好好活着

绝恋校园，恶煞情多；
亲情拯救，一定要好好活着！

胡建文 著

世界上只有一种真正的英雄主义，
就是认清了生活的真相后还依然热爱它！
——罗曼·罗兰

百花洲文艺出版社

图书在版编目(CIP)数据

好好活着 / 胡建文著. -- 南昌：百花洲文艺出版
社，2020.12
ISBN 978-7-5500-4007-6

Ⅰ.①好… Ⅱ.①胡… Ⅲ.①长篇小说-中国-当代
Ⅳ.①I247.5

中国版本图书馆 CIP 数据核字(2020)第 266799 号

好好活着　　胡建文　著

责任编辑　杨　旭
特约编辑　张立云
装帧设计　潇湘悦读
出 版 者　百花洲文艺出版社
社　　址　南昌市红谷滩新区世贸路 898 号博能中心一期 A 座 20 楼
电　　话　0791-86895108(发行热线)0791-86894717(编辑热线)
邮　　编　330038
经　　销　全国新华书店
印　　刷　长沙市精宏印务有限公司
开　　本　889 毫米×1194 毫米　　1/16
印　　张　16
版　　次　2021 年 1 月第 1 版第 1 次印刷
字　　数　220 千字
书　　号　ISBN 978-7-5500-4007-6
定　　价　78.00 元

赣版权登字　　05-2020-353

网　　址　http://www.bhzwy.com
图书若有印装错误,影响阅读,可向承印厂联系调换

序：忠实于自身生命经验

谭旭东

建文兄要出长篇了，他嘱我写个短序。这是非常的信任，不可推辞的。

说起和建文兄的友谊，有近二十年了。当初他在北京体育大学进修，我在北京师范大学读博士研究生，因为都爱诗歌，于是走到了一起。我们时常一起参加北京诗歌圈子里的活动，也有共同的老师和朋友。建文写诗，近乎痴狂。一个学体育的，竟然如此热爱诗歌，而且能够写出不同诗体的作品，且能在《人民文学》《诗刊》《星星》《诗潮》《扬子江》《诗歌月刊》《散文诗》等刊物频频发表，这是很不容易的。在我的印象里，建文的诗也常被收录到各种权威选本里，因此算是出镜率比较高的诗人，用一个时髦的词来说，就是很"高光"。

和建文交流，一起谈诗，是一个方面；我们之间还有湖南老乡的关系。在京城，虽然湖南人很多，他又是湘中新化那边的，而我老家是湘南地区，地理距离也不近，但都是湖南人，又经常在一起，自然就多了一些共同的喜好，因此心理距离也就近了很多。我们之间称"老乡"，也是真正的诗友。

年轻的时候，热爱诗歌，这大概是生命经验里最美好的一部分了。建文和我在这一点上，就比很多人多了一层审美经验，而且从乡村里走出来的诗人，对诗歌的认识也不太一样。我喜爱自然诗，对浪漫主义诗歌是非常欣赏的，当然，对乡土题材的诗也有亲近感。建文的诗里不少就是写乡土的。

建文在吉首大学教体育，而且教的是武术。这对认识他的不少人来说，又是一件很令人惊奇的事，因为他个子不高，但的确有好身手。在外面仗义执言，是不害怕报复的。为朋友两肋插刀，是建文的一份义气与豪气。

《好好活着》是建文推出的一部长篇小说，它主要是校园青春书写，带着鲜明的自传性质。小说的主人公，和建文的经历有相似之处，主题涉及校园关系、青春情感、社会与校园的冲突、个体与群体的矛盾、爱与恨等。可见，他在写自己熟悉的生活，也在写自己，当然他是善于艺术化提炼的，他把生命经验、生活阅历以及对社会、对人生、对世界的很多理解和思想融进去。建文的小说语言很流畅，而且结构也很规整，线性式的叙事，让读者的阅读感受很畅通。我欣赏小说里的心理活动的描写，这也反映出建文作为小说作家的细腻一面。小说必须是细腻的艺术，越是细腻，越能显示出小说的厚度和层次感；越是细腻，越能显示出作家内心的丰富性和生活的饱满度。

这段时间非常忙碌，开学以后就一直忙着各种讲课、指导和学术活动，还有一些生活琐事缠身，所以无法写出长篇评论，但我相信建文的读者们会给予好评的。《好好活着》不只是人到中年的生活哲学，它也昭示出诸多生命的意蕴。

好好活着，读书，写作；好好活着，辛勤耕耘，努力工作。好好活着，为爱，为理想，也为自己，为他人！

祝贺建文兄又出新作！

2020 年初冬于上海大学

谭旭东：文学博士，艺术学博士后。现为上海大学文学院中文系创意写作学科教授，博士生导师。第五届鲁迅文学奖得主。

好 好 活 着
胡建文 著

世界上只有一种真正的英雄主义，就是认清了生活的真相后还依然热爱它！

——罗曼·罗兰

"生活总把梦想击碎，我们笑着收拾残局。"

许多年以后，当龙杰在电脑上猛然敲出这句话的时候，他猝不及防地想起一些遥远的人和事，那些遥远的人和事，都与湘楚大学有关，与最初的爱情有关。

坐落在大中国南方的湘楚大学，由南北两个校区构成。北校区是新校区，南校区是老校区。南校区很小，小得如同老祖母的三寸金莲，它就只有三个规模不大的系：音乐系、美术系和体育系。身材并不高大但却砖头般结实的龙杰，是体育系的新生。尽管学校离家有数百里之遥，但身为农村孩子的龙杰，没有让大字不识的父母送他，而是独自一人背上行囊，踏上了异地求学的征程。

8月31日，龙杰在湘楚大学北校区体育馆办完报到注册手续之后，已近中午。天气出奇的热，让人感到湘楚这座以火炉著称的城市，确乎名不虚传。因为复读过两届，先前已考上湘楚大学的同学有好几个，不过他们都在北校区，但龙杰根本不想去找他们，甚至没告诉他们自己今年也考上了。两年的复读生活，早已磨掉了龙杰内心的很多东西，他发现，内心过于平静的自己，已越来越不像一个体育生。甚至没有在北校区美丽的校园里转一转，也不愿去等那辆这几天迎接新生累坏了身子正在体育馆前接受治疗的校车，龙杰悄然来到图书馆对面的站牌下，等公交车去南校区。

龙杰三次参加高考，三次报考的都是湘楚大学。他如此固执地钟情于湘楚大学，当然是有原因的：那里有他的初恋女友陈乐乐——由此可见爱情的力量是多么巨大！但他对自己将要就读的湘楚大学体育系，却了解得并不多，他所获悉的极为有限的一些情况，也是来源于报到前同门师兄的道听途说。其中，印象最深的有这么几件事。第一件是"偷窥"事件。据说，体育系有位"大侠"，他的女朋友是外语系的。外语系的公共浴室背靠一座山，叫楚山。某日，历史系一男生从山上游玩下来，无意中发现一个秘密——爬到小径边的一棵树上，可以看到女生洗澡，于是，呼朋唤友前来一起"欣赏"。当时，体育系那位"大侠"的女朋友也在里面洗澡，而"大侠"则遵命在外面等她。因为等得实在无聊，就绕到后面的山道上去走走，结果，一不小心就发现了躲在树上偷窥的那群色鬼。他气不打一处来，悄悄地潜伏到树下，冷不防大吼一声："狗日的杂种，都给老子滚下来！"那群色鬼分明还没看过瘾，但做贼心虚的他们，顺着声音往下一看，见是个五大三粗的主儿，只得把贪婪的目光从那个不大的窗口急急收回。"大侠"再次厉声喝道："傻逼，还不快滚下来！"随手捡起一块石子扔了上去，打得树上的色鬼们风一样嗖嗖地往下爬。带头的那个脚一落地，准备溜之大吉，"大侠"以迅雷不及掩耳的速度抓住前胸顺势一牵，猛地栽了个嘴啃泥。他刚想从地上爬起来，又被"大侠"一脚踩住后背。吓得另外几个已下到一半的好色之徒上下两难，干瘦的手臂吊在树枝上瑟瑟发抖。"大侠"则不慌不忙掏出手机，给体育系其他几位在北校区玩的兄弟打了电话。众兄弟刚好都很久没打架了手痒痒的心也痒痒的，只几分钟就飚过来了。几位体育的兄弟将众色鬼从树上一一赶下，一顿猛拳打得他们哭爹叫娘。"大侠"的女朋友洗完澡出来到处找不到人，打手机也无人接听，转了半天终于在澡堂背后找到他们。尽管她恨这些变态恨得咬牙切齿，但善良的小女子怕闹出大事来，哭着要她男朋友放了他们，此事方才作罢。还有一件事，则是令人更加啼笑皆非的"非处事件"。话说体育系的另一位"大侠"，找了音乐系的一位女生做女朋友，从认识到租房同居不到半个月，速度之快令人咋舌。两人第一次做那种事时，"大侠"发现该女生已经不是处女了，便恼羞成怒地逼问是谁干的好事，女生万般无奈，只好忍痛再揭一次伤疤，把无情地抛弃了她的前男友供了出来。"大侠"第二天就找到那个音乐系的男生，不由分说要他交一万元补偿费。那男生觉得此事不但毫无道理，而且可笑至极，于是费尽口舌，据理力争，但换来的却是冷冰冰的一句："老子不跟你讲那么多歪理，你不交钱可以，但你以后别想有好日子过！"不几天，此"大侠"果然叫来一拨社会上的烂仔，个个摩拳擦掌，喊打喊杀，只差没动真格的。那男生提着脑袋人心惶惶坚持抗拒了一星期之后，不得不把自己的宝贝笔记本电脑卖了交了"罚款"，以避免不可预期的灾难性后果。此事后来被学校保卫处知道，结局当然可想而知。还有一个关于体育系老师的经典笑话。体育系有一位姓诸葛的体操老师，有一次给学生上体操普修课，他在上面领做，有个女生因为"大姨妈"来了，不方便做动作，就站着没动。诸葛老师见状，立刻停下来瞪圆了眼睛朝那女生吼道："你到底怎么搞的！我在上面这么辛苦，你在下面动都不动一下，实在太不像话了！到时候你肚子里没货不要怪我！"众学生听罢，立刻爆笑如雷。该老师自知失语，又不方便再做任何解释，只得强令学生保持安静。这个经典笑话，据说在湘楚大学流传相当之广……龙杰每每想到这些事情，就忍不住想笑出声来。尽管对于这些道听途说，他无法证实其是真是假，但湘楚大学体育系，却因此而多多少少给他留下了一点不是太好的印象。

　　湘楚市的交通状况，跟国内其他很多发展中的城市一样，糟糕得很，堵车的现象频繁发生。要等的车迟迟不来，龙杰只得不停地变换着站立的姿势，并不时朝车来的方向张望。他有点恼火，有点烦躁，但又只能一次再次地命令自己安静下来。因为他知道，自己再怎么急也不能像电视上的魔术大师一样把汽车快速地牵引或搬运过来。等车的人越来越多，一张张焦急的脸上，汗珠子如蚂蚁般爬着。龙杰没有带面巾纸，只得用手掌一遍一遍地揩试着泉涌而出的汗水。可那汗水好像故意跟龙杰做对一样，越揩淌得越厉害，于是，龙杰干脆懒得去理它，任它在脸上、脖子上一顿放肆。一滴硕大的汗珠，在龙杰的下巴上悬挂片刻，垂头丧气地滴落在站牌下的水泥路面上，转眼便无声无息地消失了，不留任何痕迹。

　　不知变换了多少次站立的姿势，也不知是掉落第多少滴汗水之后，从火车站开往南校区方向的公交车终于大摇大摆地开过来了。车子喘着粗气，像一个患哮喘症的老人，走累了，需要休息一会儿，在站牌下"吱"的一声停下。一堆人像决了堤的洪水一样，毫无秩序地往前门挤。龙杰虽然是学体育的，但毕竟也是个读书人，读书人的文明礼貌让龙杰稍稍迟了一步，很快被挤到了人流的最外层。抬头看车上，更是人挨人，人挤人，根本就不见有什么缝隙。小学时在地理课本上多次读到伟大祖国地大物博人口众多，对于那所谓"众多"之人口，只有一个抽象的概念，现在总算有了一个具体的感知。龙杰突然哑然失笑，当年上地理课时被老师激发出来的那种伟大的自豪感顿时荡然无存。他到底没能挤上车，只能木然地待在原地，继续考验自己的耐性。

　　满以为下一趟车还要等很久，正想找个地方坐一会儿，解放一下支撑过久的双腿，不料下一趟紧跟着就来了。车刚一停稳，人群便又嘈杂着朝前门蜂拥而去。龙杰这回眼明脚快，行动迅速了许多，抢到了队伍靠前的位置。因此，总算幸运地挤上去了。车厢内拥挤不堪，踏脚的地方都很难找到，行李根本没地方放，只得贴身提在手上。车内没有空调，整辆车像一个闷罐似的，几十号或胖或瘦或高或矮的乘客，像满满一坛子腌菜，你挨着我，我挤着你，男人的臭汗与女人的香汗混在一起，别有一番滋味。"咔嚓"一声，车门关上了，车子启动了。胖胖的售票员从前往后艰难地挪移着，使得本就没有一丝空隙的车内更加拥挤和混乱。

　　站在龙杰前面的，是一个横截面积比售票员还要大一号的肥姐。她的一脸肥肉和三层下巴随着车子的行进一晃一晃的，真让人担心如果路况稍差一点的话，那肉会不会晃得掉下几块来。她的胸部像两座巨型碉堡，紧紧地挤压过来。龙杰很不好意思地将身子尽可能地朝后仰着。幸亏龙杰是学武术的，腿功一流，腰功也不错，不然真够他受的了。尤其痛苦的是，这女人有狐臭，那种奇怪难闻的气味，一波一波地直往龙杰鼻孔里涌，龙杰除了用力屏住呼吸，最大限度地延长换气时间，实在没有别的更好的办法了。当龙杰呼出长长的一口气来准备换气的时候，车子到了下一个停靠点。热气立马在车厢内弥漫开来。而偏在此时，有人不声不响地放了一个屁。俗话说，响屁不臭，臭屁不响，这个不声不响的屁，威力可真是不同凡响。换气时机不对，恶臭攻心，龙杰差点被熏得呕吐了，连忙用手捂住鼻子嘴巴，岂料抬手时胳膊不偏不倚与肥姐的超级大波碰了个正着。"你干什么！"肥姐正热得恨不得借个嘴巴来呼吸，现在又遇到龙杰突如其来的"性骚扰"，她眼一横，顺势一膀子甩将过来。幸亏车内人多，龙杰前后左右都有"靠山"，才不至于被弄个人仰马翻。龙杰吃了一肚子哑巴亏，只得默默地来了一个艰难的大转身。

转过身来，龙杰不禁眼前一亮。与他紧挨着站着的，是一位学生模样的漂亮女孩。女孩身着白色 T 恤，宝蓝色牛仔短裤，长长的黑色秀发，流水一般垂直地悬挂下来。鹅蛋脸，柳叶眉，皮肤水嫩，白里透红。那双清亮而写着淡淡忧郁的眼睛，像两颗晶莹剔透的露珠，不动时，也是灵动无比，看你时，更是无声胜有声。"会说话的眼睛"——这样的眼睛，龙杰曾在文学作品中多次见到，今天到底在生活中亲眼看见了。她的嘴唇朱红丰润，脸上淡施过一层脂粉。再仔细看，还涂了红棕色眼影，眉毛也经过细致的修剪，这恰到好处的修饰，更增添了她的青春的魅力。高耸的鼻翼右侧，长了一颗小小的黑痣，这颗黑痣，长在别的女孩脸上也许是瑕疵，而长在她的脸上，不但无损于她的美丽，而且，这造物主看似多余的一笔，却无意间使这张白里透红的脸儿更加生动，富有灵气。

女孩右手抓着吊环，左手拿着一张音乐光碟，好像是箫笛名曲。跟别的乘客一样，女孩的脸上，也挂了一层细细密密的汗珠。记得一位文学大师曾经说过，车夫出的是臭汗，小姐出的是香汗，此话果然一点不假。闻着女孩身上散发出来的清新的汗香，龙杰足足闷了十多分钟的大脑，顿时有种神清气爽的感觉。古人云：食色，性也。此时此刻，龙杰不得不坦然地承认，自己也是一个不折不扣的"好色之徒"。随着车子一晃一晃地行进，龙杰不由自主地把身子一点一点地往女孩那边挪，这样一来，本来就挨在一起的两个人，渐渐地靠得更紧了。虽然，这并不是第一次这么紧地靠近一个女孩的身体，但龙杰还是莫名其妙地激动，心跳明显的加快，血液在悄悄地沸腾，呼吸也禁不住急促起来，心一激动，汗水更是一个劲地往外冒，汗湿的衣服，贴住了后背。

车，又剧烈地晃动了一下，全车人齐刷刷地往后倒。

女孩抬头看了龙杰一眼，温柔地笑笑："不好意思，挤着你了。"

"没有，没有。"龙杰一面笑着回答，一面做贼心虚地往后挪了挪。

车过了一站又一站，下去一些人，又上来更多的人。虽然更加拥挤不堪，龙杰却莫名其妙的希望公交车慢一点将他带到目的地。

到了楚山脚下的和谐广场。根据上车前龙杰在站牌上看到的公交车路线判断，这里离南校区还有三个站。

从和谐广场上来一个手拿报纸的瘦瘦的中年人，上车后便旁若无人地往龙杰这个方向挤。龙杰注意到，在挤车的过程中，他的报纸始终放在胸前，一双老鼠眼睛却东张西望。直觉告诉龙杰，这是一个小偷。不过龙杰还没买手机，学费也都交了，剩下的钱都在银行卡里面，所以不用担心他对自己下手。

"各位乘客，车内人多拥挤，请注意自己的钱包、手机！请注意自己的钱包、手机！"乘务员每到一站都要反复提醒乘客，但大家对她的不厌其烦地提醒似乎比较麻木，甚至不自觉地产生了一丝丝反感。

不多时，手拿报纸的中年男人已经站到对面女孩的身后。龙杰很想提醒一下女孩注意小偷，但又怕她怀疑自己是没话找话，况且，龙杰一直都不太擅长跟陌生人尤其是陌生的女孩搭腔。所以，龙杰只得静静地观察着那人的动静。他在心里决定，一旦有情况，一定勇敢地站出来，该出手时就出手。

那人佯装镇静地站了一会儿，就借着报纸的掩护，把另一只手往女孩的屁股后面摸。龙杰估计，女孩的钱包或手机，放在牛仔短裤后面的袋子里。此时，车遇到情况来了个急刹，女孩被挤得侧了个身，使龙杰刚好能看到她的裤袋。果然，她的红色钱包就放在裤袋里面，已经被那人取出来，夹在两根手指中间正欲转移。说时迟，那时快，龙杰猛一出手，用力抓住了小偷的手腕。小偷警觉地一怔，冷冷地横了他一眼，意思是警告他小心点。龙杰毫无惧色，厉声道："瞎了狗眼吧你，敢偷我女朋友的钱！"龙杰的声音惊动了全车的人，目光齐刷刷地投过来。小偷见龙杰并不高大，也不威猛，反过来怒斥龙杰："你说谁瞎了狗眼？不要命了是不是？"说着就是一记重拳猛袭过来。龙杰眼明手快，扔掉自己手上的包，顺势抓住了他的胳膊。这样一来，小偷的双手都在龙杰的牢牢控制之下。龙杰一咬牙，双手一齐用劲，大拇指死死按着他虎口的穴位。小偷尝到了龙杰的厉害，立马吓破了胆，声音降低八度："兄弟，对不起，对不起！我这就把钱包还给她，好吗？"

龙杰哪肯轻易放人，他牙齿咬得咯咯响，恨不得将小偷的骨头都捏得粉碎。

女孩肯定见不得打斗的场面，早在一旁吓得尖叫。当她明白过来是怎么回事的时候，方才大声喊道："啊？我的钱包！我的钱包不见了！"

小偷见龙杰仍未松手，又小声央求道："兄弟，求求你！求求你了！"

龙杰怒目而视："谁是你兄弟！"

"求求你，我给你下跪好不好？兄弟，我也是迫不得已才这样的，我老妈得了癌症，要做手术，医院等着要钱……"小偷带着哭腔说，边说边做出要下跪的样子。可车内连落脚的空间都没有，当然更没有多余的地方给他下跪了。

龙杰突然心软了。他想，如果日子过得滋润，谁又愿意去做小偷呢？他松了手，降低了声调说："不管你说的是不是真的，我放过你这一次。你老妈病了就不能另想办法了吗，我想她肯定不希望有个做贼的儿子！"

"谢谢了，兄弟大人有大量！"小偷低着头，乖乖地把钱包还给了依然惊慌失措的女孩，并一连说了几句"对不起"。

全车人都向龙杰投来钦佩和赞许的目光。而龙杰自己，更是激动和骄傲。二十年来，他第一次找到了英雄般的感觉。

在众人鄙夷地注视下，小偷的脸红一阵白一阵。他低头站在门边，准备随时下车。

看着小偷那可怜巴巴的模样，龙杰的内心，又腾地涌出一股同情。他想，也许这个人说的是真的，于是又在心里琢磨着如何把事实弄清楚。他甚至想，如果自己很有钱，而情况又属实的话，说不定还会帮帮他。尽管他的偷盗行为让人憎恨，但他的孝心还是值得肯定的。

女孩紧捏着失而复得的钱包，感激地望着龙杰，轻声说："谢谢你！"那双清亮清亮的大眼睛里，分明写着惊喜和崇拜。

站在车门边的小偷，似乎听到了女孩对龙杰的道谢，原本握着拳头的右手，慢慢松开，又慢慢握紧。

又到站了。意外情况突然发生。

车门刚一打开，小偷猛地拉着龙杰的衣服，把龙杰往车下拽："傻逼，你给老子下车！"

龙杰压根没料到小偷会来这一招，一不留神就被他拖了下去。

"啊！妈呀！"随着女孩的一声尖叫，车内再一次喧闹起来。

"天啦，不得了啦！师傅，别开车，小偷把那个学生伢子拖下去了！"乘务员吓得声音都变了。

龙杰脚刚一落地，小偷的匕首就亮闪闪地刺了过来。躲闪已经来不及了，龙杰立即用包一挡，匕首刺进了龙杰塞满东西的李宁包。在小偷还没有把匕首抽出来的时候，龙杰的膝盖已闪电般顶到了他的裆部。小偷"哎哟"一声倒在地上。没给他爬起来的机会，龙杰又大吼一声，在他的头部重重地踹了一脚。

踹完这一脚，龙杰飞身跃上了车，又觉得不解恨，回头对小偷说："再不学好，老子废了你！"

车门吱呀一声关上了。龙杰又轻声骂了句什么。

马路边，小偷倒在地上，双手紧紧地抱着头部，显然还在防备龙杰的打击。旁边，雪亮的匕首露出洁白的牙齿，似乎在嘲笑他那卑鄙而无用的主人。

"小伙子，好样的！"

"那种人就该好好教训教训！"

"哎呀，要不是遇到他，小姑娘的钱包就拿不回来了。"

"不过也好险的，幸亏小伙子有一身好功夫！"

"唉，如今的社会，真是世风日下啊！"

……

汗水四溅的龙杰，满脑子还是刚才那场战斗。对于满车厢的赞扬和议论，龙杰都一律报之以略带羞赧的微笑。搏斗中的龙杰是如此勇猛，奋不顾身，搏斗结束后，回想起那惊心动魄的过程，却颇有点后怕。他，竟也佩服起刚才的自己来。在这个刚刚涉足暂时还人生地不熟的城市，万一被小偷拖下车后一匕首刺中，后果真是不堪设想啊。但龙杰并不后悔自己刚才的义举，相反，他真的为勇敢的自己感到骄傲和自豪。

龙杰忽然想起高三时亲眼看见的血腥一幕。那天，龙杰去县城买书，经过一个十字路口时，一个十五六岁的少年高喊着"救命啊"慌慌张张从他身边跑过，后面跟着一群追杀的人。路边的行人无不闻风丧胆，应声而退。龙杰很想站出来堵截，为逃命的少年堵出一条生路，但骨子里的懦弱最终占了上风。龙杰眼睁睁看着一群杀手从他的身边呼啸而过。第二天，龙杰就听到消息，那个少年被砍了二十几刀，死了。后来，龙杰一直为自己当时的懦弱感到深深的自责。

而今天，练了十几年武术的龙杰，终于见义勇为了一回。几年来深藏在龙杰心里的对于那次懦弱的自责，终于被另一种与之相反的心理取代。

车内渐渐恢复了平静。

女孩突然关切地问了声："你，没事吧？"

"没事。"龙杰略微有些紧张地回答。

女孩抿嘴微笑，不再说话，目光默默地移向窗外。

车还是一晃一晃的，龙杰感到女孩挨自己更紧了。

这时，南校区到了。龙杰像做梦一样下了车。女孩也紧跟着下了车，下车后冲龙杰笑笑："今天真的谢谢你了！"

龙杰立马想到小时候写好人好事的作文里常用的一句话："不用谢，这是我应该做的！"当然他肯定不会这样说。可不说这句话他又不知说什么好，最后只得傻傻地朝女孩笑了笑。

　　女孩继续问："你是体育系的新生吧？"

　　"是的。你怎么知道我是体育系的新生啊？"龙杰反问道。

　　"嘿嘿，凭感觉呗！"女孩神秘地一笑，"你的功夫超厉害，我可以拜你为师吗？"

　　"拜我为师？可以啊！"

　　"真的吗？那太好了！"女孩激动地把手伸向龙杰，"师傅你好！我是音乐系的宋小林，大小的小，双木林，你就叫我林子吧。"

　　龙杰不知道说什么好，只知道握着女孩的手傻笑。

　　女孩也不急于抽出手来，仔仔细细看着他："嘻嘻，你笑起来真可爱！"

　　龙杰被女孩看得不好意思了，觉得浑身不自在，脸上也有点发烫，索性把手收了回来。

　　女孩甜甜地叫了声："师傅，你还没做自我介绍呢！"

　　"我叫龙杰，李小龙的龙，李连杰的杰。"从小酷爱武术的龙杰，每次作自我介绍都会这样说。

　　"龙杰！"女孩津津有味地品咂着龙杰的名字，像品着一道美味佳肴，"师傅，这名字真有电影里面那种大侠的味道耶！"

　　龙杰渐渐放松了一点："哈哈，我是看武侠片长大的，做一位顶天立地的大侠是我少年时代的梦想。"

　　女孩说："不过师傅长得文质彬彬的，更像是个诗人或艺术家呢！"

　　龙杰又不好意思起来："不瞒你说，我也写诗。"

　　女孩佩服得五体投地："这样说来，师傅可是文武全才呀！"

　　龙杰说："我从小最崇拜的就是文武双全的人，像李小龙和李连杰。李小龙是西雅图华盛顿大学哲学系的高才生；李连杰爱好文学，据说会自己写电影剧本。"

　　"嗯，真好！文能提笔安天下，武能上马定乾坤！"林子顿了顿，

"不过，实话实说，我以前一直对体育生怀有一种偏见，认为他们头脑简单，四肢发达，今天你可是让我彻底改变了对体育生的看法！"

龙杰当然也听说过这种议论，而且自己当初也是迫不得已才报考体育专业的。不过，既然从事了体育这个行当，他就要用行动证明给别人看，体育生并不都是"头脑简单四肢发达"的另类。

他们在站牌下又交流了一会儿，彼此都有一种相见恨晚的感觉。分别时，林子还主动把自己的 QQ 和寝室的电话号码留给了龙杰。

与林子道别后，心情不错的龙杰快步来到体育系办公大楼。

体育系办公楼外面，挂了好几块镶有镀金大字的金光闪闪的牌子，除了"湘楚大学体育系"之外，还有某某体育训练基地、某某体育思想研究中心等牌子。这些牌子都很新，虽然系门口就在马路边上，但牌子都很亮很干净，显然刚挂上去不久。而体育系的办公楼，与这些牌子相比较，就明显不是一个时代的产物了。办公楼并不高，只有三层，主体由普通的红砖砌成，正面用水泥沙石抹了一下。也许是年代久远的缘故，墙面有的地方的沙石已经剥落，有的地方则布满了暗褐色的苔痕。进门的地面虽然铺了水泥，却粗糙得很，有些地方已经烂掉了，也并没有及时地修补好。教学楼的左右两侧，各站着一排不知名字的树，它们无精打采的叶子上，落了厚厚的一层灰尘。

在龙杰心目中，神圣的大学殿堂可不是这个样子的。带着一股失望的情绪，他缓步登上了那一级一级石板铺就的台阶。

进了办公楼大门，一位身材很好长得也还算漂亮只是皮肤有点黑的学姐立马笑容满面地接了龙杰行李，并带他一一办完了几道必须在南校区办理的新生入校手续。最后，热情的学姐又领他去见辅导员。

从学姐那里得知，一年级的学生辅导员名叫李莉，是一位刚研究生毕业不久的女老师。

进了学生工作办公室，学姐指着一位身材匀称，很有气质的年轻女老师说："小师弟，这就是李老师。"

龙杰上前一步，恭恭敬敬地道了声："李老师好！"

"你好！欢迎来校报到！请问叫什么名字啊？老家是哪里的？"李老师温和的微笑瞬间化解了不少龙杰对于大学的失望。

"老师，我叫龙杰，来自梅山。"

"啊，真巧真巧，我们是老乡呢！"李老师立马把标准的普通话换成了龙杰熟悉的方言，"恩屋里梅山乃托给（你家是梅山哪里的）？"

龙杰激动地说："梅山王爷山给，李老师恩唸（梅山王爷山的，李老师你呢）？"

"我屋里挨倒王爷山，天马山恩晓滴喃（我家挨着王爷山，天马山你晓得吗）？"

"晓滴晓滴，细前嘎几经常到恩闹七嗨给（知道知道，小时候经常去那里玩的）。"

语言真是个奇妙的东西。就这么几句简单的方言，便把龙杰和李老师的心灵距离拉近了许多。

由于自然地貌和历史沿革等多种原因，梅山的方言特别难懂，如同鸟语。比如，梅山人说"他"就是"几"，说"来"就是"厘"，说"行不行"就是"何落恩何落"……听起来就像外语一样。不仅如此，梅山人讲的普通话，也跟正宗的北方普通话大不一样，被戏称为"塑料普通话"。外县市的人，尤其是外省人，跟梅山人打交道，因言语的隔膜，交流很是不便。在经常跟梅山人打交道的外乡人中间，有这样一个段子甚是流行："天不怕，地不怕，只怕梅山人讲普通话"。还有个笑话，是说有一个梅山人向外地来的朋友用"塑料普通话"介绍梅山，说到梅山夏天的蚊子很多，他洋不洋土不土地说："梅山的蚊子就是多，闷再啊死恩（蚊子咬死人）"，弄得他的朋友晕头转向，不知所云。当然，李老师的普通话非常标准，她自己不说完全听不出来她是梅山人。但她说起方言来依然原汁原味，使暂时还不适应异地他乡的大学生活的龙杰倍感亲切。

学姐傻傻地站在一旁，显然什么也没听明白。

李老师笑着问她："周欢，我们刚才讲什么，听得懂吗？"

周欢打趣道："对不起，亲爱的李老师，完全完全听不懂，因为我的外语成绩很不好。"

"哈哈哈哈……"李老师笑得前仰后合。

这时，又有几位新生在一位高年级男生的带领下敲门进来，李老师连忙给自己失态的笑踩了个急刹，说："周欢，你带龙杰去找宿舍吧。"

"好的！"周欢也及时忍住了笑。

"李老师，那我先去宿舍了啊，再见！"龙杰说。

"好的，快去吧！以后学习上生活上有什么需要帮忙的，记得跟我说啊！"李老师亲切地拍拍龙杰的肩膀，一直目送他到走廊上。

下台阶的时候，周欢慢下脚步，对龙杰说："小师弟，你跟李老师是老乡，真的很幸运哟！"

龙杰问："为什么呢？"

"我跟你说呀，李老师可是我们体育系的女神，暗恋她的男生一大把哦。"

"呵呵，她还没结婚吗？"

"人家刚研究生毕业呢，小师弟好好努力，说不定有机会，哈哈……"

"哈哈哈哈……"

两个人说着笑着，一会儿就到了宿管科。在宿管科领到了学校统一配备的床单被褥，宿舍钥匙，又很顺利地找到了南校区 2 栋 110 寝室。

如果说南校区的办公楼，还只是有点陈旧，那宿舍楼，就简直破败不堪了。南校区三个系，学生人数上千，却只有三栋旧宿舍楼。这三栋红砖青瓦的楼房，每栋都是三层，房间狭窄，地面潮湿。一栋和二栋相对而立，三栋则紧靠一栋后面。每一栋宿舍之间，距离不足 30 米。采光条件可想而知。但距离近也有距离近的好处，为两栋宿舍的同学互相交流提供了方便，这边的同学有事要找那边的同学，只需打开窗户喊一声就行。那些有偷窥癖的兄弟们，就更应该三呼万岁了，至少不用花钱买望远镜呀！宿舍区唯一可以用来养眼的风景是，宿舍间的空地里，有两排高而笔直的树，他们挺胸立腰，精神焕发，像两列集合的跳高运动员。宿舍楼一侧，有一个小小的园子，叫香桂园。几排不高的香樟树下面，零星地布置了几张石桌石凳。园子的正中央，是一棵高大的桂花树。香桂园，无疑是南校区学子们课余闲暇一个较为雅致的去处。

天气依然很热，树上的蝉声，不绝于耳。走进宿舍区，周欢和龙杰没有在园子里流连，直接进了宿舍。龙杰的宿舍在一楼，紧靠厕所和水房，墙壁上脏兮兮的，地面上湿漉漉的，更有丝丝霉气混合着厕所那边飘过来的臭气，一阵一阵涌过来，实在令人难受。龙杰禁不住把眼前的一切与想象中的大学进行了一番比较，得出的结论，自然是除了失望，还是失望。

那位叫周欢的学姐，把龙杰带进寝室，对他说："小师弟，我们南校区住宿条件不是很好，你将就将就吧，到了大二，会换好一点的寝室的。"

龙杰苦笑了一下，说："师姐，进了大学，我终于知道了理想与现实的差别。"

学姐说："我们刚进来时条件更差，现在还是有所改善的，至少地面给铺了瓷砖。"

龙杰就笑："幸亏我复读了两年啊！"

龙杰的革命乐观主义精神，让周欢也忍不住笑了起来："所谓有所得必有所失，有所失必有所得嘛！"

笑罢，周欢自己找了个凳子坐下说："对了，小师弟，问你一个比较八卦的问题，可以吗？"

龙杰轻描淡写地说："什么八卦的问题啊？我又不是什么明星，不怕你去曝光的。"

周欢说："这也说不准啊，这是一个什么奇迹都可以创造出来的时代，你看王宝强那家伙都成明星了。"

"好啦，想问什么你就问吧。哪天我真成明星了，你拿它去媒体爆料吧，赚的钱分我一半就可以了。"龙杰很想知道周欢要八卦什么。

周欢从包里取出一本杂志随手翻着："小师弟，问你一个私人问题，你找女朋友了吗?"

"还没有呢,没人要啊!"龙杰越说越来兴致,"到时还要请师姐帮忙呢!"

"哈哈,完全没问题。"周欢笑道,"先给你做个心理测试好不好?看最适合你的爱情模式是什么。"

"好啊!"龙杰原本就对时下流行的心理测试比较感兴趣。

"注意听好题目:请问,下面哪一种是你心目中最幸福的爱情模式? A、躺在床上一起聊天;B、到景点游玩留下共同回忆;C、在热闹的场所拥抱亲吻;D、在幽静的地方谈心。ABCD 你选哪一项?"

龙杰还真把这当回事,想了想才回答:"选 A。"

周欢说:"答案:你很容易爱上对方,一见钟情的事最容易出现在你身上。"

"呵呵,好像蛮准的呢。"龙杰明显故意地说道。

"所以啊,小师弟,你根本用不着我帮什么忙,南校区美女这么多,说不定哪天你就跟谁一见钟情了!"

"我也这么想呢,哈哈……"

"好啦,不跟你八卦了,我得走啦!"周欢站起身叮嘱龙杰,"你记住我的手机号码,有事就联系我。"

"好的,谢谢师姐!"

04

　　挥别周欢师姐，回到寝室，龙杰开始寻思如何布置自己的"狗窝"。寝室的面积不大，却挨挨挤挤摆了四张双层木床。龙杰一看就明白，这逼仄的寝室是要容纳八位大侠的。很快，龙杰就在进门左手边靠窗的那张床的床沿找到了自己的名字，遂深感庆幸自己的床位没有靠门，因为如果靠门的话，一定免不了被动地吸收更多的氨气分子。

　　此时的 110 寝室，除龙杰之外还是空无一人。不过，已经有三个床铺摊了席子，铺了被褥，摆了东西。龙杰把自己的东西放到床上后，就去看那三个铺上的名字。宿舍左边两张床，靠门那张床的下铺，是陈默。右边靠窗的床，上铺是迟早，下铺是肖来福。这三个名字都起得很有意思。龙杰想，陈默和迟早可能是城里人，肖来福则一定是个农村小伙子。一般来说，只有城里人才起陈默、迟早之类文绉绉的名字，而像肖来福这样直接寄予人生厚望的质朴得甚至有点土气的名字，是只有朴实敦厚的乡下人才会取的。这么想着，龙杰又饶有兴致地把其他四位同学的名字一一研究了一番。他们分别是龙杰下铺的张翔，陈默上铺的刘猛，以及右边靠门那张床上下铺李斌和江河湖海。据龙杰分析，张翔、刘猛、李斌诸位大侠，跟龙杰一样，同属农民的后代。而江河湖海兄弟，则肯定出身于新知家庭。特别有意思的是，江河湖海兄弟的名字，竟与龙杰表哥的儿子的名字雷同，而且，那个名字是龙杰取的。龙杰给表侄取那个名字的原因，是因为它既有宏大的气魄，又难以重名。没想到还是遇到重名了。龙杰不无幽默地想，我这个小侄子可真是旷世奇才啊，幼儿园没读，就直升大学本科了。

龙杰独自傻乐一阵，甚觉无聊亦无趣。便哗啦啦脱掉鞋子，攀爬到床上去铺床。一上床，目光顿被床边墙壁上毛笔书写的一首打油诗吸引。那首诗，内容"经典"，书法也不赖："爱情是个鬼，把你拖下水。水深浪又急，一去不能回。"扫读一遍，感慨唏嘘。写这句话的兄弟，能有此等感悟，定是情场老手莫属！在上床之前，龙杰本打算把那一脸污垢的墙壁好好清理一番的，这篇经典的墙头文学，彻底改变了他的计划。龙杰决定将它好好地保留下来，去启迪后来以及后来的后来的兄弟们。

欣赏完墙上的经典段子，龙杰开始铺床。他用中学时研究出来的懒汉铺床法，三下五除二就把床铺铺好了。待将其他物什一一安置妥当后，龙杰出门在外面的地摊上买了脸盆、饭盒、提桶、水瓶、衣架、镜子、牙膏、香皂和洗衣粉等一系列日常用品。回来时，那三位已经来校报到的室友依然不见影踪。龙杰在窗边无所事事地独自坐了一会儿，就到了吃饭时间，于是，用不锈钢勺子叮叮当当敲着饭盒走向食堂。其实龙杰并不知道食堂在哪里，但一路上都是手里端着饭盒的学长学姐，他只需跟着人流流动就是了。

食堂也是一座红砖瓦房，只有一层，面积倒是不小，足有好几百平方米。虽然地面上湿湿的，像刚被水洗过，但那一两百张长条餐桌和数百条长木凳，还算整齐和干净。进门后径直朝里走，有一排约莫一米高的铺着瓷砖的水泥台子，台子上面是刷着绿色油漆的钢筋护栏。这就是同学们打饭菜的地方。此刻，身着白衣白帽的打菜的师傅们，已经各就各位，随时恭候着前来就餐的青年学子。龙杰原本不太饿，但到了就餐的地方，闻到饭菜的香味，肚子就条件反射地开始"闹革命"了。他先打了四两饭，怕吃不饱，又加二两。体育生都是很能吃的，这是常识。记得四月份去省城参加专业考试的那段日子，龙杰和他的弟兄们饭量大增，一两一钵的米饭，每人每餐都要消灭 10 钵以上。连龙杰自己都不太敢相信，他的最高纪录居然是 12 钵。12 钵，整整一斤二两啊，盛到洗脸盆里也不会有太多剩余空间，简直跟猪的胃口差不多了。龙杰他们学校的带队老师见状，笑着说，你们这群饭桶，吃饭都用上了爆发力啊。那家饭馆原本饭都是免费的，遇到这群饿死鬼投胎的体育生，不得不将规矩临时改了，从第二顿饭起，饭钱也照收不误，搞得龙杰他们边吃饭边用梅山鸟语集体骂娘……打完饭，龙杰又打了一份平时最爱吃的辣椒炒肉，一份空心菜，然后选了一个靠窗的位置坐下来。在准备狼吞虎咽之前，他的目光，不无挑剔地在饭盒里停留了那么几秒钟。这才发现，这里的伙食，实在差劲得很。辣椒切得太大，炒得又不够熟。而所谓的辣椒炒肉，却只见辣椒难见肉，几片零星散布的猪肉，肥多瘦少，甚至还有一两块带毛的猪皮，像个猪毛刷子。至于那几根可怜的空心菜，一副老气横秋的样子，看来不是空心菜爷爷，也是空心菜爸爸了。老是老了点，但清爽还是清爽，因为菜里没有几滴油，使得青菜更像青菜。不过，所谓饥不择食，龙杰懒得去管这饭菜质量如何，猛地来个狮子大张口，胡乱吃将起来。可是才吃一口，他的嘴巴便本能地停止了咀嚼。这饭也实在太难以下咽了！食堂里的米，显然是在粮仓里存放太久而差不多变了质的，不但一点香味没有，而且味同嚼蜡。龙杰赶忙夹了一片肉，想借肉香送下那口无味的米饭，无奈没除干净的猪毛太粗，像刷子一样，刷得喉咙怪不舒服。苦闷中，龙杰又尝了一块辣椒，结果，因为辣椒切得不够细，又没怎么炒熟，辣得吃辣椒长大的龙杰眼泪直流。坐过火车的人都知道，火车上的饭菜很难吃。龙杰觉得，湘楚大学南校区食堂的饭菜，其难吃程度，比火车上的有过之而无不及。尤其令人气愤的是，六两饭还没吃一半，龙杰竟然在菜里发现了半截青虫，开始还以为是辣椒瓤呢，仔细一看才将这半截青虫验明正身。龙杰感到一阵恶心，索性将剩下的饭菜全倒掉了——如果被龙杰惜粮如金的父亲看见，肯定会摇头叹息半天，并好好教育儿子一番了。龙杰终于领教到大学食堂是如何虐待穷学生的。可悲可叹，大学生正是长身体的年龄，却吃着猪食一样的饭菜，怪不得学校的青年男女几乎都是一脸的菜色。就这样，一顿糟糕的晚餐，使龙杰对南校区的失望有增无减。

天色渐晚，太阳落下了山坡，龙杰的心情也跟着暗淡下去。快快不乐地回到寝室，寝室里依旧空无一人。四张空床，寂静无声。窗外，黄昏还没有褪尽它最后的霞光，蚊子就已迫不及待出来捣乱了。这里的蚊子比龙杰梅山老家的蚊子更可怕。梅山的蚊子个儿大，声音也大，一到天黑就嗡嗡地叫个不停，如同轰炸机一般。这里的蚊子呢，个儿小，却有学问得很，闷声不响，一口一个包，让人防不胜防。龙杰把饭盒一扔，刚在凳子上坐下，裸露在外面的脚踝就又痒又痛起来。这该死的蚊子！龙杰条件反射地用力一拍，蚊子没打到，反而把脚打痛了。搞体育练武术的，打架很有一套，打蚊子却未必厉害了，常常是有力无处使，打的是自己。亮灯了，龙杰低头，看到刚才被蚊子咬过的地方，起了一个大红包，奇痒难忍。龙杰边往脚踝处涂风油精边想，识时务者为俊杰，看来得赶紧挂蚊帐了，否则今天晚上死定了。

挂好蚊帐，龙杰实在不想再一个人待在寝室喂蚊子，就飞也似的溜出了宿舍。出宿舍区大门，左拐，再往前走 100 米左右，龙杰注意到了一个叫作"大学书屋"的店子。龙杰从小有两大爱好，练武和读书。这一动一静，按理是非常矛盾的，但在龙杰这里，动静结合却臻于完美。练武，龙杰常常达到入迷的程度；读书，他也常常废寝忘食。电影电视里如果有精彩的武术表演或散打比赛，龙杰会看得像个智力障碍者一样；而只要一见到书店，龙杰就会不由自主地往里钻。今晚，龙杰又找到了一个打发时光驱逐寂寞的好地方，心中一阵窃喜。书店不是很大，书却又多又全，除了音乐、体育、美术等方面的专业书籍之外，文史哲方面的书，也码了整整一个书架。龙杰走进书店，一头扎进书中，如饥饿的牛遇见一大片茂盛的庄稼，不顾一切啃起来，头都不肯抬一下。尤其是一本叫作《从文自传》的书，把龙杰迷得如痴如醉。沈从文是从神秘湘西走出去的一位文学大师。在《从文自传》中，沈从文绘声绘色地讲述了他 19 岁以前的故事。他以朴素自然的文笔，把质朴的湘西写活了，把那一段奇特的经历写活了，古老神秘的湘西以及一个奋发向上的苗族少年的形象，跃然纸上，"美得愁人"。沉浸在故事中的龙杰，跟着沈从文一起逃学，一起看杀人，一起充军，一起操练武艺，一起穿湘西，走四川，赴北平，不知不觉，书翻到了最后一页，仍然意犹未尽。

"同学，我们要下班了，请问书选好了吗？要是还没选好的话，欢迎明天再来。"老板的声音温柔地在耳畔响起。龙杰从书本里回过神来，不安地望一眼老板。老板的笑容一直挂在脸上，如一朵开放在田野里的灿烂的野菊花，让龙杰顿时轻松了许多。原本只想到书店看看的龙杰，犹豫一番后，买了一本《从文自传》，打完折，才几块钱。一本薄薄的书，荡涤了龙杰大半天的不愉快。龙杰心满意足地走出书店，一边爱不释手地翻着刚买的书，一边往回走。走着走着，头突然被狠狠地撞了一下，原来，只顾看书的他一不小心碰到校门的铁杠子了。一位女生刚好路过，捂着嘴偷偷地笑了。

在经过女生宿舍门口的时候，不知为什么，龙杰突然想起了林子。龙杰慢下脚步，有意无意地前后左右张望了一下。当然，龙杰没有能如愿看到她。或许，她早就回宿舍了吧。这时，有如泣如诉的箫声自香桂园那边传来，龙杰驻足聆听，心如大海，潮起潮落……

踏着灯光和树影，回到寝室。陈默、迟早和肖来福都已回来，正躺在床上，用生硬的普通话在聊着东南西北的天。

"你们好！"龙杰一进门便热情地招呼各位室友。

他们三位一边说着"你好你好"，一边从床上坐了起来。

陈默很瘦，迟早很壮，肖来福很黑。这是他们各自留给龙杰的第一印象。

"你是龙杰吧！"陈默开门见山地问。

"对，是的。"龙杰连连点头。

"你刚才去哪里了？有一位美女来找过你，在这里等了你一个多小时呢。"陈默说话时，脸上的表情很是生动。龙杰想，他应该一点也不沉默。

"找我？"龙杰陷入了短暂的沉思。初来乍到，谁会来找我呢，但他又希望确有人来找过自己，于是笑问，"知道她叫什么名字吗？"

"不好意思，忘了问她名字了。嘿嘿，在美女面前，我们都太紧张啦！"不出所料，陈默果然是个油嘴滑舌之徒。

"请问她多高？长什么样子？"龙杰迫不及待地想知道来者是谁。

"这个……这个我还真没太注意呢！"陈默玩笑道，"在美女面前，我们都高度紧张，只敢低着头看自己的脚尖了。"

大家都哈哈大笑起来，龙杰也跟着笑了。

"应该不会有人来找我吧？"说这话时，龙杰的大脑屏幕上，匆匆闪过林子美丽的身影和甜美的笑容。

陈默说："有美女找上门来是福气啊！"

迟早和肖来福也异口同声道："真的有个女孩来找过你。"

迟早和肖来福，看长相就是很靠得住的那一类人。见迟早和肖来福这么一说，龙杰便百分之百相信了。他很想再过细地问一问，但又似乎没有问的必要，便也开起玩笑来："来之前有同学给我看过手相，说我最近有桃花运，看来真走桃花运了。"

陈默说："龙杰兄，你明天可要请客啊！"

龙杰满口答应下来。于是大家开始讨论明天吃什么的话题。

看来，龙杰一回来，寝室里多了个人，大伙儿的谈兴更浓了。

聊着聊着，陈默忽问："各位兄弟，你们对体育系的感觉怎么样？"

"不知道该怎么说。"龙杰皱着眉轻轻地摇了一下头。

肖来福小声说："有点差劲。"

"岂止是有点？据说有同学一来报到就打道回府了。"迟早愤愤不平地说，"她奶奶的，北校区搞得那么好，而我们南校区就像个大牛棚！我都想再回去复读一年算了！"

"不能这么说，人家音乐系和美术系的办公楼教学楼都是新的啊，只能说我们体育系是牛棚！"肖来福补充道。

陈默仰头一笑："谁叫我们体育生都是牛皮轰轰的大牛人呢！"

几个人又是一阵哈哈大笑。

大家一笑，陈默调侃的兴致更高："其实我还是很喜欢南校区的，虽然环境差点，但南校区的女生多靓啊！今天我坐在香桂园里看了一天的美女啦！真过瘾！"

迟早揶揄地说："过干瘾吧你！有本事你就泡一个！"

陈默头微微往上一扬，说："哈哈，这还不是小菜一碟啊！只不过，如今都21世纪了，你泡妞不算本事，妞泡你才是本事！"

陈默的话，让龙杰想起中学时在一次新闻讲座上听来的那句关于新闻的经典名言来："狗咬人不是新闻，人咬狗才是新闻。"他在心里笑了笑，没说话。

迟早说："那你就等着妞来泡你吧！"

陈默叹息道："唉，可惜本人早就名草有主了。"

从高中到大学，在男生寝室，美女永远是百谈不厌的话题。四个人的卧谈会，一直持续到深夜。

不知什么时候，他们三个都睡着了，寝室里响起了轻轻的鼾声。只有龙杰依旧毫无睡意。路灯的光从窗口射进来，加上暑气未消，闷热得很，龙杰左翻一个身右翻一个身，翻得木床咯吱作响。

夜愈来愈深了，龙杰在蚊帐里睁着眼睛使劲地想：晚上来找我的那个女孩，是不是林子啊？如果不是，那又是谁呢？难道……有那么一瞬间，一个念头如同一道闪电的光，突突地划破了这个并不宁静的夜。

　　有些人是用来忘记的，有些事是用来怀念的。这是龙杰当年跟他的初恋女友陈乐乐分手后，写在日记里的一句话，有一段时间，这句话理所当然成了他 QQ 的个性签名，引起了网友中众多同病相怜者的强烈共鸣。那时候，龙杰发誓将陈乐乐打入记忆的十八层地狱，永远不再想起她。

　　但记忆总是跟人作对的，有时候，你要记住一个英语单词，往往强记半天最终还是被遗忘；你要忘记一个人，他却总是固执地不肯在你的头脑中淡去，并时不时地牵引出一股长长的惆怅。

　　龙杰没想到，自己来大学后做的第一个梦，就是梦见陈乐乐。他梦见陈乐乐回到了他的身边，与他一起在南校区食堂里吃饭。不知是什么节日，食堂装修一新，张灯结彩，但吃饭的就他们两个，龙杰喂她一口，她喂龙杰一口，好不幸福！吃完饭，陈乐乐含情脉脉地说，我们要一辈子相亲相爱，永远永远不再分开。然而，梦里幸福得要死，醒来痛苦得想死。龙杰不得不坦然承认，有些人是要用一辈子去忘记的。

　　陈乐乐是龙杰在梅岭中学就读时的同学，校长陈尔东先生的千金。他们从高一开始同班，一直到高三文理分科的时候才分开。高一刚进校，龙杰就凭借自己出色的体育特长被班主任罗老师指定为体育委员。陈乐乐则因其特殊的背景和相对优秀的中考分数而无可争议地担任了班长兼团支书。龙杰长得还算帅气，鼻梁高挺，棱角分明，一头短发，精神得很。不过龙杰个子不是很高大，尽管初三时曾经代表他所在的学校参加过县中学生田径运动会，并获得初中男子组 100 米和 200 米金牌，但乍一看上去，运动员的特征并不是很明显，所以基本上不存在什么特别吸引人的地方。更何况高考指挥棒下的中学校园，体育委员跟政界某些退居二线的官员一样，基本上是个闲职。在偌大的校园里，有谁会在意你一个体育委员呢？而陈乐乐则不同，人长得特别漂亮，又在班里身居要职，还有一个当校长的爸爸，当然从一开始就非常引人注目了，除了男生们的目光成天像苍蝇蚊子一样在她脸上身上叮来叮去之外，也总有女生羡慕嫉妒恨的目光在她身上和脸上牢牢地定住。最初，龙杰和陈乐乐交往并不多，平常甚至说话的机会都很少。龙杰也根本就不想像某些没骨头的男生一般，见到漂亮女生就一个劲地献媚。但该发生的故事却是注定要发生的，挡也挡不住。

开学一个半月后的 10 月 16 日，梅岭中学迎来了热闹非凡的第 25 届秋季田径运动会。养兵千日，用兵一时，当运动员出身的罗老师，觉得这是该把手下的大将派上用场的时候了。于是，他让龙杰一人就报了四个项目的比赛。除了龙杰擅长的 100 米、200 米和 4×100 米接力外，还有龙杰并不擅长的 3000 米长跑。龙杰开始不太想跑这个自己从没跑过的 3000 米，但作为体育委员，肩上挑着罗老师的信任和全班的荣誉，又感到义不容辞。况且，罗老师向来是个说一不二的人物，军令如山，在罗老师面前，恭敬不如从命。不出所料，比赛第一天，龙杰就在梅岭中学的校园里掀起了一股龙氏旋风。龙杰一人独得 100 米、200 米、4×100 米三块金牌，其中，100 米还以 11 秒 06 的成绩打破了校运会和县运会的纪录。一时间，龙杰成了梅岭中学的风云人物，更成了龙杰所在的高 168 班全体同学的超级英雄。班长陈乐乐身体比较纤弱，显然无法到运动场上去冲锋陷阵，只得负责后勤服务和广播稿的撰写工作。当她在 100 米跑的终点看到像疾风一般狂卷过来像野马一般腾越而来的龙杰时，她激动得大声高呼："龙杰，加油！龙杰，加油！"同学们也都跟着大喊加油。于是，被陈乐乐和同学们加够了油的龙杰遥遥领先，第一个撞线，冲过终点。陈乐乐火速写了一篇题为《龙杰，168 班的骄傲》的广播稿，交到主席台上广播："龙杰，你是我们 168 班的英雄,我们为你自豪,为你骄傲!希望你在接下来的 3000 米比赛中,再创佳绩,为 168 班争光!加油!"此时此刻,陈乐乐对龙杰肯定充满了对于英雄般的崇拜情结,就差不好意思让广播帮她说"龙杰龙杰我爱你,就像老鼠爱大米"了。

校运会的第二天,上午 8 点 30 分,3000 米预决赛的枪声准时打响。煤渣铺就的 400 米环形跑道上顿时尘土飞扬。起跑时,龙杰在第三道,这是一个相对比较有利的位置。在罗老师的指导下,龙杰采取了当年"马家军"在国际赛场上惯用的跟随跑战术。前面 5 圈,龙杰都不紧不慢地跟在 167 班体育委员伍伟豪的身后,与伍伟豪相距一米左右的距离。陈乐乐他们不知道这是罗老师给龙杰安排的战术,看到龙杰一直落在伍伟豪身后,心里急得慌。当龙杰再一次经过 168 班啦啦队身边的时候,陈乐乐带头大喊:"龙杰,超过他!龙杰,超过他!"啦啦队的声音如同给龙杰注入了一支强有力的兴奋剂,龙杰的斗志一下子被激发了出来。没有长跑经验的龙杰把罗老师的叮嘱抛到了九霄云外,跑到第六圈的时候就猛然加速了。龙杰的耳边只有一种声音,"龙杰,超过他!龙杰,超过他!"风呼呼地从耳畔吹过,脚鼓点般地在跑道上敲打,龙杰越跑越快,越跑越快,迅速超越了伍伟豪,并把伍伟豪远远地甩在身后。霎时,陈乐乐喊疯了,124 班的拉拉队喊疯了,所有第一天就被龙氏旋风迷倒的观众们喊疯了,运动场上响彻着"龙杰,加油!龙杰,加油!"的声音。此刻的运动场,几乎成了龙杰一个人的天下。什么是王者?这就是真正的王者!什么是英雄?这就是真正的英雄!在这里,体育的魅力得到充分的彰显,甚至绝不亚于任何一届亚运会奥运会的比赛。然而,就在呐喊者的热情一浪高过一浪的时候,跑道上的龙杰却突然像中了魔一样慢了下来,腿如注铅,抬不起来。腹部也开始绞痛,一阵比一阵剧烈。只得把先前强有力摆动的双手,按在腹部,痛苦地坚持着。龙杰慌了,因为当时他并不知道,这是由于加速过早过急,体力迅速消耗,加上肌肉内乳酸迅速堆积,疲劳得不到及时恢复,引起腹部痉挛,造成心有余而力不足的状况。这时,龙杰离终点还有最后 100 米。跑道边上,罗老师急了,陈乐乐急了,龙杰的所有钢丝铁丝粉丝们,全都急了。仿佛此时此刻在跑道上奔跑着的不是龙杰，而是他们自己。他们只知道着急，急得忘记了继续为龙杰加油。他们焦急的表情和营造出来的沉闷的气氛，让龙杰更加力不从心，举步维艰了。片刻之后，经验丰富的罗老师朝龙杰大吼一声："最后100米，坚持就是顺利！"似乎是受到罗老师的启示，乐乐他们的口号迅速统一为："龙杰，挺住！龙杰，挺住！"但大家再怎么大声呼喊，龙杰如同自行车轮胎被人把气彻底放光了一样，步幅越来越小，步频越来越慢，呼吸越来越急促，汗水浸透了全身。一直都在匀速前进的伍伟豪慢慢追了上来，他的脚步声告诉龙杰，他马上就要超过自己了。陈乐乐本来已跑到终点处呐喊助威迎接龙杰，现在她再也无法安心在那里等到龙杰冲过去了。她手里拿着一瓶早为龙杰准备好的矿泉水，满头大汗地向龙杰迎面跑过来，在距终点约二十米的地方接到了龙杰。龙杰在跑道上跑，乐乐在跑道边上跑，一边跑一边喊"龙杰！挺住！龙杰！挺住！"

据说不会游泳的拿破仑曾经遇到一位不识水性的溺水者，自己不会游泳但也不能见死不救啊，他急中生智拔出手枪冲着水中喊："再不上来我就开枪了！"结果那个人扑通扑通就爬上岸了，由此可见，人的潜力是无穷大的。陈乐乐没有手枪，不能对着跑不动了的龙杰大喊"再不冲刺我就开枪了"，但她奔跑着加油的这一招显然也有奇效，快到终点时，龙杰的腹痛神奇般地消失了。像一辆耗尽了油的跑车突然又加足了油，龙杰猛一加速，朝终点直冲过去。他跟伍伟豪几乎同时跨过终点线。龙杰跑过终点后就石碑一样扑倒在地，在凹凸不平的煤渣跑道上滑出好几米远。紧跟过来的陈乐乐把水一扔，急忙俯身来扶，反应之快不亚于军用雷达。在周围几个男生的帮助下，娇气的陈乐乐居然把如同骨头散了架的龙杰从地上扶了起来。"快扶着他走一走！"罗老师激动地在后面大喊。陈乐乐把龙杰粗硕的大手架在自己瘦弱的双肩上，吃力地朝前迈着仿如三寸金莲的小步，关切地问："龙杰，你没事吧？"这时的龙杰很想吐，呼吸困难，无力说话，只能摇头示意没事。开始还有两个男生帮着搀扶，后来不知为什么，那两个男生走了几步就同时放手了。也许他们觉得陈乐乐过度高涨的热情里隐含着什么特别的意思，为了避开当电灯泡的嫌疑，就主动让位了。陈乐乐架着龙杰绕运动场慢走了一圈，龙杰的呼吸才慢慢恢复了正常。最后，陈乐乐扶着龙杰在草地上坐下，捡来刚才扔下的那瓶农夫山泉，要喂给龙杰喝。龙杰有点不好意思，告诉她自己已经没事了，就把瓶子接了过来。同学们早已围拢过来，不知是谁轻轻说了句："农妇，山泉，有点田"，带出了大家一片快活的笑声。陈乐乐也羞涩地笑了。这时，广播里开始宣告刚才的比赛成绩，龙杰以 0.1 秒的微弱优势夺得 3000 米跑第一名！听到宣告，陈乐乐和龙杰竟忘情地抱头欢呼起来。几秒钟后，两人似乎意识到什么，又闪电般分开，改抱头欢呼为击掌庆贺。

通过这次运动会上的精彩亮相，先前在校园里默默无闻的龙杰一下子腾空而起，成为青春的天幕上一颗"闪闪的星星"，成了很多女生心目中的偶像。后来，作为体育委员的龙杰，居然又令人不可思议地在众人面前大展文学才华，先是在全校作文竞赛中拔得头筹，继而又在《青春文学》杂志上发表了一篇近万字的小说:《迷途》。对龙杰已然无限心仪的乐乐先是认龙杰做 Brother，后又顺理成章地将 Brother 升级为 BF。梅岭中学是明令禁止学生早恋的，贵为校长千金的陈乐乐岂能带头违反？所以，龙杰和陈乐乐自然只能加入"地下工作者"的行列。"地下工作者"的地下活动，险象环生，紧张而又刺激，痛苦而又甜蜜，为单调刻板苦闷无聊的中学生活增添了许多生动的色彩。

为了不引起同学们尤其是老师的怀疑，龙杰和陈乐乐一般在公开场合是不说话的，甚至彼此对视的情况都很少。他们的交流，主要是通过一种用笔记本写信的秘密方式。这种方式虽然很老土，但隐秘性非常强。上数理化课或自习课的时候，龙杰一般是不听讲也不自习的，他的"作业"就是在一个装帧精美的笔记本上给陈乐乐写情书或情诗。写完后，趁着下课的时候，把笔记本放到陈乐乐的课桌上。乐乐看完，把回信直接写到后面，摆在课桌里，等着龙杰来取。整个过程，完成得神不知鬼不觉。他们好像总有写不完的话，这个笔记本，每天至少要传递两三个来回。如果龙杰写的是信，那么，陈乐乐回的必然是信；如果龙杰写的是情诗，那么，陈乐乐也会以诗的形式回复，虽然不怎么像诗，甚至就是一些分行的句子。龙杰的情书和情诗，写得都很讲究，很文艺，陈乐乐的回复则散漫一些，想到哪说到哪，一写就是两三页，空白处，还会用彩笔绘上美丽的插图。不到一个月，这个专用笔记本就用了将近一大半。一天，龙杰忽发奇想，在笔记本的扉页上题写了"爱情备忘录"几个洒脱的行楷字，并在后面的信中告诉陈乐乐，他要把这本"爱情备忘录"一直写下去，到结婚的时候结集出版，作为结婚礼物，相互签名赠送给对方。陈乐乐激动地回复道："此刻，幸福就在我的心尖上跳动，真的好期待好期待那一天！我一生中最浪漫的事，就是陪你一起写我们的爱情备忘录……"

除了"纸上谈情"之外，龙杰和陈乐乐每天都有固定的约会时间，那就是下晚自习后和就寝前的20分钟，约会地点就在教室里。最危险的地方就是最安全的地方，龙杰和陈乐乐似乎深谙个中之道。因为同学们的书和复习资料都放在课桌里，所以，每天下晚自习后，每个教室都是要按规定锁门的。锁门的任务，则理所当然落在各班班长头上。下晚自习后，等同学们陆续走完之后，陈乐乐便拉灭灯，开始锁门。但她锁的是前门，后门则是虚掩的。大约五分钟后，陈乐乐轻轻推开后门进去，与等在里面的龙杰接头。他们总是坐在右边靠墙的位置，也不说话，只是相互拥抱着，默默地坐一会儿，然后蹑手蹑脚地先后离开，把美丽的念想留给黑暗，留给月光，留给长夜里的骚动和无眠。

青春的秘密是藏不住的。虽然龙杰与陈乐乐的"地下活动"进行得如此隐秘，但陈乐乐一些反常的举动还是引起了校长大人的怀疑。校长大人把陈乐乐叫到身边，先是旁敲侧击，继而直截了当地问她是不是坠入了爱河，由此引发了一场父女之间的战争。不知道从哪儿来的勇气，陈乐乐竟然承认了自己恋爱的事实，并宣称恋爱是年轻人的自由，父母不应该横加干涉。当校长的父亲气得差点吐血而亡。本想跟女儿摆事实讲道理的校长大人，顿时勃然大怒："你的意思是早恋没有错！简直是无法无天了！"陈乐乐分辩说："尊敬的校长大人，请您明白，恋爱是不存在早晚之分的。春天来了，草要发芽，树要开花，有什么错不错的？这是一位大学校长说的。"校长大人被她驳得理屈词穷，只得搬出救兵——陈乐乐的母亲。母亲改变了教育方式，跟女儿动之以情，晓之以理，陈乐乐服软不服硬，在母亲面前态度诚恳了许多。但她认定恋爱不会影响学习，并保证应届考上重点大学。其实，陈乐乐的母亲跟她父亲也是中学同学，只是陈乐乐并不知情。母亲见女儿爱得如此坚决，加上有自己成功的先例，所以很快作出让步，只是叮嘱她在高中阶段与龙杰保持应有的距离，待考上大学后再考虑感情的发展。后来，虽然校长大人还是把陈乐乐换到了同年级的另外一个重点班，但并不影响她与龙杰之间的那种特殊的情感交流，只是把约会时间变更到了周末。她的成绩依然很好，每次大考小考都稳定在年级的前10

名。这使她更加坚信一点，所谓的早恋也并不像传说中的洪水猛兽。有趣的是，老师们只要一提到早恋，就很喜欢以"玩火自焚"来警示情窦初开的学生，而陈乐乐则认为，只要把握好火候，玩火不但不会自焚，而且，这火还会温暖和照耀自己。这个观点，在她应届考上湘楚大学后，在她的脑海里更加巩固，不可动摇。朦胧的初恋，甚至是陈乐乐顺利走过黑色高三的动力之源！

然而，美丽动人的初恋，往往都是无疾而终的。高中毕业，读文科的陈乐乐顺利地考上了湘楚大学外语系，而一直严重偏科，数理化三门功课经常"大红灯笼高高挂"的龙杰，虽然体育专业得了90分，语文得了120分的高分，还是挽回不了从独木桥上摔下去的命运。呛了几口水，从水中挣扎着爬上来，龙杰又在复读班苦苦修炼了一年过独木桥的特殊本领，依然无济于事，只得从水里探出头来，傻愣愣地望着不远的对岸长吁短叹。

陈乐乐在大学里给龙杰进行了一年的书信加电话鼓励，终于丧失信心。在龙杰重整旗鼓雄心勃勃再度投身复读班苦练真功时，走过了大一适应期的陈乐乐最终抵挡不住中文系一位公子哥儿的凌厉攻势，把当年天长地久的诺言轻轻地扔在深秋的风里。在失去书信和电话联系（那时龙杰和陈乐乐都没有手机，而电话打过去陈乐乐总不在寝室，后来才明白是拒接）一个多月后，龙杰在那不眠的夜晚怀着深深的担忧和不安小心翼翼写就的几封探询的情书，终于换回一枚晚秋的落叶："龙杰，对不起，忘记我吧，我已经是别人的小鸟了！"兼具文人的脆弱和运动员的冲动的龙杰，回首往事，心如刀割，奔涌而出的泪水足可以养活成千上万记忆之鱼。脆弱化作了眼泪，冲动紧跟着行动。龙杰擦干眼泪跟班主任说一声家有急事必须马上回去就冲出了办公室，把班主任那句"办完事情早点来"远远地丢在身后。

龙杰连夜坐火车从梅山县赶往湘楚市，下车后在火车站广场坐了两个小时才天亮。天亮了，坐第一班公交车赶到湘楚大学，在电话亭给陈乐乐寝室挂了个电话。

陈乐乐还没起床，听到是龙杰的声音，沉默了约莫一分钟，然后问：

"你在哪里?"龙杰说:"在你们外语系门口。""你怎么来了?""我想见你……"一向从容洒脱的龙杰声音低得像蚊子叫。电话里的陈乐乐,像变了一个人似的,语言冰冷得远在零度以下。她没有拒绝龙杰的求见,但把时间约在中午。龙杰没有坐过牢,可龙杰坚信接下来在外语系门口泪水长流等陈乐乐的四个多小时,绝对比坐牢还难受。令龙杰当时无法接受也许今后永远也无法接受的是,好不容易把她等到,她却不是一个人来的,而是带来了她在大学里新找的男朋友。

"你好,这是我的男朋友王子"。陈乐乐大大方方地向龙杰介绍她的新任男友,完全是陌生的表情,陌生的声音。接着,她又把龙杰介绍给她的新男友:"这是我高中同学龙杰。"龙杰气不打一处来,心想,什么"王子","王八"还差不多!男子汉的尊严受到了莫大的污辱,龙杰真想一拳打过去,把那个一脸坏笑的"王八"门牙打掉,然后,再给陈乐乐一记响亮的耳光。但龙杰又觉得这一切都没有必要。既然这份爱情,挽留已纯属多余,那么,更不值得自己大动肝火。这样一想,拳头紧了紧终于没有挥过去,耳光也就没有在陈乐乐明显化过妆的脸上响起来。

末了,陈乐乐假惺惺地要邀龙杰吃饭,龙杰一口谢绝了。他心里憋得慌,在湘楚大学的小超市里买了瓶啤酒,跑到楚江边一饮而尽,然后抱着一棵树,号啕大哭起来。他第一次发现,哭,原来是一件多么痛快的事情,哭得越是伤心,内心就越感到舒畅。没有人认识她,更没有人劝慰他,他可以自由自在地哭,自由自在地流泪。龙杰哭着哭着,终于没力气哭了,眼泪流着流着,终于流完了,被风吹干了。他久久地凝视着滔滔东去的流水,神情木然,像一根没有春天的树桩,大脑也仿佛停止了思想。

天快黑的时候,暂时平静下来的龙杰跑到街边的小店里炒了个蛋炒饭。刚吃了一口饭,心里又开始憋闷起来,泪水又像自来水一样哗哗地流出来。肚子很饿,饭却怎么也咽不下去了。他记不清自己是怎么踏上回梅山的火车的,更想不起自己是怎么熬过火车上孤独而又漫长的六小时的。回到学校,瘦了一圈、浑身无力的龙杰三天三夜没睡过一个好觉,刚开始是睡不着,实在困极了的时候,打个盹又惊醒了,梦里梦外都是陈乐乐的影子,用手一抹眼睛，就是一巴掌的泪。第四天，龙杰读了一天毛泽东诗词，他不再流泪，开始强迫自己重回现实。第五天，龙杰的精神得到了一定的恢复，几天来第一次吃了三两饭，并睡了一个长达五个小时的觉。第六天，龙杰下决心努力学习，一定要考上大学。第七天，龙杰写下诗歌《初恋是一只美丽的小纸船》，作为对那份逝去的爱情的沉重祭奠——

初恋是一只美丽的小纸船
用我的炽热，你的羞涩
认真又认真地折叠
小船的名字，叫作浪漫

初恋是一只美丽的小纸船
用我的痴情，你的思念
细心又细心地折叠
小船的名字，叫作缠绵

初恋是一只美丽的小纸船
在脸红心跳的欢呼中起航
在无限的痛惜中，被波浪打翻
沉入时间的河床……

梦醒之后，龙杰又迷迷糊糊睡了一觉，待到起床时，太阳已快升到半空，炫目的光线照得龙杰睁不开眼睛。早晨短暂的凉意早已消失得无影无踪，热浪又开始一波一波地从窗口往寝室里涌。再过一天就要军训了，天气要是一直这样热下去，不死也要剥层皮，每个新生都将变成"非洲来的"，龙杰不无悲凉地想。

龙杰洗漱完毕，再把自己桌上和抽屉里的物什收拾整理了一下，突然听到什么东西在咕咚作响，原来是昨晚没吃饱，早上又没吃，肚子里正发生严重的暴乱。平息这场暴乱，唯一有效的途径是赶快往体内填充物质，补充能量。

"起床了？"陈默一脸汗水推门进来。

"刚起来，"龙杰说，"昨晚做了一夜的梦，没休息好，困得很。"

"怎么了？在梦中跟女朋友约会啦？哈哈哈……"

"哎呀，别提了，本人早就被女朋友遗弃了，现在的女朋友还不知道养在哪个岳母娘家呢！"

"被女朋友遗弃？我看是你把女朋友遗弃了吧！"爱搞怪的陈默故意把表情弄得很夸张，"不过，旧的不去，新的不来。如果真的没女朋友的话，那是再好不过了，在南校区这个盛产美女的地方，找个女朋友还是不难的。昨天那个来找你的美女就不错嘛！"

龙杰不置可否地笑了笑。

陈默这厮，说话就像在热锅上炒豆子一样，噼里啪啦的。他笑着叹息道："我可是倒霉透了，高中时读书读得无聊透顶，想找个女朋友玩玩，饥不择食，唉，现在是热糍粑粘了手，想甩都甩不掉啦！"

龙杰听了直想为他鸣不平，这世间为什么只有后悔没有前悔，而有后悔偏又没有后悔药。但想到那个不知真有还是假有的无辜女孩，不经意间动了怜香惜玉之心，明知不会有任何报酬还是帮她说了一句："陈默同学，知足常乐，要学会珍惜啊，不要做花心大萝卜！"

"珍惜？哈哈，兄弟，这你就大错特错了，女人是最不值钱的东西，你越珍惜她，她越看不起你，所以有人说，人生有两样东西不宜看得太重，一是金钱，二是女人，金钱如粪土，女人像衣服。"看来这仁兄前世跟女人有仇，女人在他薄薄的嘴唇里摇身一变，就由"人"变成"东西"，由"东西"变成"衣服"了。

龙杰听了陈默的高论，只觉得好笑。他想，这小子的母亲要是有机会听到他的话，不后悔当初生下他时没把他扔到马桶里淹死才怪呢！

还好，陈默发表完他的长篇大论，知道见好就收，没有继续发挥的意思："好了，说女人真没意思，不说也罢。"

龙杰正准备洗耳恭听他的有意思的话题，可惜陈默也许一时出现大脑短路，出乎意料地陷入了沉默。

此时，龙杰的肚子里又咕噜咕噜地响了几声。不行，得去吃饭了。偏偏陈默突然问了句："龙杰你还不去吃饭？"

"我这不是刚起床吗？"龙杰被陈默这么一问，肚子里的暴乱闹得更加厉害了，没等陈默搭腔，又说："我饿得不行了，必须马上犒劳一下我的肚子去。"

"我郑重推荐你去吃兰州拉面，味道美极了，我刚吃了回来。"陈默的话里都好像飘着拉面的香味。

"兰州拉面？可这里不是兰州是湘楚。"龙杰边说边穿鞋子，眼睛看也不看陈默，心里却已垂涎三尺了。

"什么法律规定的，兰州拉面就不能卖到湘楚来！"陈默说。

"能能能，我还真想吃一次拉面呢，你快告诉我这家店子怎么找吧。"

"从南校区大门口出去，左拐，前行一百米左右，你就可以看到一家书店，叫大学书店，书店的斜对面，就是那家昨天才正式开业的正宗兰州牛肉拉面馆"，陈默还嫌指点得不够详细，最后补充一句，"门口有位师傅在现做拉面，赤膊上阵，拉面甩得嘭嘭作响，吃的人多，看的人更多，场面壮观得很呢！"

"谢谢，俺这就去也！"

"记得少吃点，否则你把肚皮撑破了可不能怪我啊！"

龙杰夺门而出，拔腿就往大学书店旁边的拉面馆飞奔，只跑了几十步，汗就直往外冒，不得不改疾跑为竞走。龙杰之所以这么性急，其一是因为实在太饿了，其二则是因为生在南方长在南方的他不知道这兰州拉面到底是什么东西，对新生事物的好奇迫使他急于要去见识见识。

出得南校区大门，左转，果然隔老远就听到摔拉面的嘭嘭声。拉面馆门口，站了很多人，估计是习惯于用眼睛吃东西的看客。龙杰紧走几步，迅速成为用眼睛吃拉面的人群中的一员。看拉面师傅做拉面确实太有趣了。那位做拉面的师傅，膀阔腰圆，粗犷剽悍，头发微曲，鼻翼高耸，嘴唇上生着一撮有趣的小胡子。他带着一脸幽默的夸张的神情，不像是在做拉面，而是在玩魔术。一坨面粉团，只两三分钟时间，就在他粗壮的手臂的一拉一摔之间，变成无数根又细又长的"琴弦"。

领略完师傅这一番做拉面的风采后，龙杰速速进店坐定，点了一碗。不知是太饿，还是第一次吃拉面的缘故，这牛肉拉面在龙杰的嘴里，简直巨香无比。龙杰顾不上炎热，一顿狼吞虎咽，几口就吃完了。摸摸肚子，还是扁平扁平的，索性又点了一碗。两碗拉面下肚，肚内暴乱暂时平息下来。龙杰汗流浃背出了拉面馆，快到南校区门口才发现忘了付钱。拉面老板生意太好，出现漏网之鱼在所难免。龙杰做了将近三分钟的激烈的思想斗争，最终决定返回去补付。付了本该属于人家的五块钱，龙杰觉得心安理得多了，甚至像做了一件功德无量的大好事。龙杰想，在这个吃霸王餐都屡见不鲜的年代，估计像我龙杰这种好思想的人已然不多了。

再度走进南校区，但见那两排笔直的松树下，已经聚满了新老同学。从挂在树上的红得耀眼的横幅可以知道，是移动和联通利用开学之际，在南校区攻城略地，争夺客户资源。这两个大摊位的旁边，则是南校区的数十个社团在招新。其实龙杰刚才出去的时候，他们应该就已经在那里了，只是因为饿得慌，走得急，龙杰根本就没有注意到这些罢了。

那时候，手机刚刚在校园里兴起，真正用得起手机的同学还不是很多。龙杰暂时没有买手机的打算，因为交完学费后，卡上的钱就所剩不多了，所以只是一边走一边用眼睛的余光扫视了一下移动和联通的两个摊点。他倒是很想知道南校区到底有些什么社团，有没有自己喜欢的。在南校区这么一个破地方，一定得找点事情来做，充实充实自己的精神生活，否则，这四年铁定太难过了。龙杰仔细看了看，南校区的社团还真不少，有音乐协会、吉他协会、竹笛协会、舞蹈协会、武术协会、散打协会、跆拳道俱乐部、健美操协会、书法协会、美术协会、漫画社、演讲与口才协会、爱心志愿者协会，等等，号称"百团大战"。遗憾的是，唯独没有龙杰最想参加的文学社。

不过很快的，龙杰便释然了。这里可是音体美专业生聚集的地方，怎么可能会有文学社呢？

正在这时，身后，一个熟悉又陌生的声音叫住了龙杰："喂，小师弟！龙杰小师弟！"

　　龙杰回过头去，一眼就看到了那天去体育系办公室报到时见到的周欢师姐。周欢今天穿了一件纯白的圆领 T 恤，与她微黑的脸形成鲜明的对照。胸前印着"湘楚大学体育系武术协会"字样，还有一个醒目的武协标志，字和标志都是火红火红的颜色，也只有这火红火红的颜色，才足以匹配这热烈奔放的青春。

　　"师姐，原来你也是学武术的啊！"

　　"哈哈，看不出来吧！学武术的姐竟然也这么靓！"周欢笑得有点夸张。

　　旁边一个穿同样 T 恤的矮个子男孩立马露出一脸揶揄："会长，少臭美吧你！你这黑不溜秋的也叫靓啊，说得我想吐了！"边说边做呕吐状。

　　"我呸——"周欢收敛起笑容，用一双有神的眼睛狠狠横着那男生，"矮脚虎，你这个三等残废也敢来嘲笑本小姐，看我怎么收拾你！"

　　"好好好，我说错了，纠正纠正——周欢是体育系第一美女，行了吧？"

　　"哼，这还差不多！"周欢神气地一扬眉，摆出一副胜利者的模样。紧接着便春风满面地对愣在一旁的龙杰说，"小师弟，你来说说，姐姐到底靓不靓？"

　　"靓！靓！体育系第一美女非周欢师姐莫属！"龙杰笑着竖起大拇指。

　　"哈哈哈哈……"一脸得意的周欢洒下一片爽朗的笑声。大伙儿都被她自信的话语和笑声逗乐了。

笑罢，周欢对龙杰说："来来来，填个表，加入我们武术协会吧，今后有姐姐罩着，保证在湘楚大学没人敢欺负你！"

"太好了，小弟初来乍到，正担心被人欺负呢。"龙杰笑着说。

"好！姐姐决不食言！"周欢举起右手，龙杰也心领神会地举起手来。两只武者的手重重地撞击到一块，响声果断而清脆。

填完表，龙杰又在周欢学姐的身边坐了一会儿，两人东一句西一句地聊了一阵。周欢是那种长得不太漂亮但爱说爱笑、颇有人缘的女孩。

在武术协会报完名后，龙杰依然边走边好奇地左顾右盼着。因为作为新生的他，还是第一次见到这种社团招新的大场面。

突然，龙杰感到眼前一亮：宿舍空地间另一侧的一棵大树下，林子正公主般温柔地坐在那里，她的身后，立着一块"湘楚大学南校区广播站招新"的大型宣传展板。林子那水灵灵的青春靓丽的面孔，黑眼睛里洋溢而出的笑意，依然那么勾人心魄。

龙杰忍住没有主动跟林子打招呼，而是一边朝她那边走，一边故意看着别的方向。他相信她一定会看见他的。他挺胸抬头，尽量使自己显得器宇轩昂些。

走了好几米远，龙杰并没有听见喊他的声音，微微失望的他悄悄地看了一眼林子，她正在忙着接待前来咨询的同学。龙杰想快步走过去，脚步却不听使唤，心里也像做了什么坏事一样的有些发虚。他心跳加速，头直冒汗。于是，他又迅速恢复刚才的神态，把目光从林子的身上移开。

耳畔，还是没有传来林子的声音。龙杰急得心脏都要从胸膛里蹦出来了。他甚至开始怀疑，林子已经不认得自己了，或者，她以闪电般的速度忘记了自己。是的，除了过于重感情的文人（龙杰常常不自觉地把自己归入文人之列），谁又会在意那萍水相逢的缘分呢？所谓的一见钟情，应该也只是存在于作家诗人的文学作品里吧！

正当龙杰胡思乱想、忐忑不安的时候，他万分期待的那个声音突然响起："嗨，师傅！师傅！"龙杰佯装讶异地侧过头来，林子正热情地站起来朝他挥手致意。仿佛有着巨大的磁石吸引，龙杰想假装慢一点都不行，身子像中了魔法般轻盈地向着林子那边飞了过去。

龙杰觉得自己虽然不是伶牙俐齿，但平时在语言表达方面也还算可以的。可为什么在林子面前，自己却好像突然有了语言障碍呢？他傻傻地笑着，真不知说什么好。

"师傅，我正要找你呢，可又不知你住哪间寝室，在QQ上给你发信息你又不回，可把我给急死了！"林子说话眉飞色舞的。

"你在QQ上给我留言了？这几天还没来得及去网吧呢。"龙杰不好意思地说。

"没事，这不就见到师傅本尊了吗？"林子说，"师傅，我们广播站正在招新，不知你是否愿意加入？"

"加入广播站？想是想啊，可我这口梅山普通话……"龙杰以为林子是要自己去广播站做播音员。

林子咯咯地笑着，边笑边用手遮着嘴巴。坐她右边的一位圆脸女孩抢着答道："我们除了招播音员，还招学生记者。"

这时，林子接过话茬："师傅，你不是有写作特长吗，赶快报名吧。我们广播站的学生记者由学校新闻中心统一主管，从这一届起，学校新闻中心将给每一位学生记者颁发盖钢印的记者证呢！"

龙杰兴奋地说："好啊！想当年，我做梦都想当记者呢！"

要知道，记者，在龙杰的心目中，可是一个无比神圣的职业呀。小时候，不知听谁说过，记者去哪里都不用买车票，只要把记者证一亮，一路畅通无阻。龙杰想，那可真是风光无限啊。龙杰还听人说，记者是当之无愧的"无冕之王"，再怎么牛的人，都不敢轻易得罪记者。因为记者是正义的化身，哪里有黑暗和污浊，哪里就有记者的笔和摄像机。被记者曝光可不是那么好受的。另外，记者不但文章写得好，而且口才一流，世界上只有律师的口才能够跟记者相比。因此，中学时代，龙杰最大的理想就是当一名记者。可是龙杰的文化成绩太差，最后不得不靠体育特长考进大学。大学梦是圆了，而那个辉煌的记者梦，却化成了泡影。没想到，在大学里，自己竟还有机会过一把记者瘾。

"现在就要梦想成真了哟，来，师傅，这是我们的报名表，你拿回去填一下。"

龙杰接过林子递过来的报名表，仔细地看了看，说："填好了什么时候交给你？"

"本周之内吧……对了，师傅，你还要准备两张一寸的照片。"

"好的，我现在就回寝室去填表。"

"师傅再见！"林子甜美的笑容一直灿烂如花地绽放着。

　　寝室里又来了四个人：张翔、刘猛、李斌、江河湖海。张翔皮肤黝黑，五大三粗，三角眼，卧蚕眉，不怒而凶相毕露，俨然一个三国时代的张飞。龙杰在心里笑道，这小子真应该叫张飞的。跟张翔一般高大的刘猛，一看就觉得他的名字真是起绝了——像"牛"一样猛（龙杰他们梅山话的发音，是"刘""牛"不分的）。李斌和江河湖海，个子也不矮，一米七五左右，但长相却温和了许多。尤其是名字里面水波荡漾涛声一片的江河湖海，眼睛上还贴着一副斯文的标签——架着一副大大的黑色边框茶色眼镜。龙杰想，这家伙以前肯定不是搞体育专业的，十有八九是进高三后觉得考文化彻底没戏才临时改练了体育，说不定还是走后门进来的呢。

　　龙杰进去跟他们一一打了招呼。一寒暄才知道刘猛也是梅山老乡，毕业于梅山八中。据说他也多次参加过梅山县中学生田径运动会，不过他的项目不是跑步，而是"三铁"——铅球、铁饼、标枪。老乡见老乡，两眼泪汪汪。龙杰和刘猛说了几句"塑普"之后，就用家乡话交谈起来。

　　"龙杰，我们虽然没见过面，但我早就听说过你。你是梅岭中学出名的才子，文武双全！"刘猛说得眉飞色舞。

　　"过奖过奖，用我们梅山话讲，我这叫文不文，武不武呢！"龙杰这样说绝不是自谦。龙杰从来都不缺乏自信，但他不会盲目自信。他是个有自知之明的人。

见龙杰正在填一张记者报名登记表，刘猛又向寝室的其他同学"吹嘘"起龙杰的文学才华来。刘猛不遗余力地免费广告真把龙杰吹神了，室友们纷纷围拢过来，像打量一个天外来客一样盯着龙杰。

"龙杰，你写的小说带来了吗？快让兄弟们见识见识吧！"

"没带来，都不知道扔到哪里去了。"龙杰谦虚地笑笑，"写得不好，挺幼稚的。"

其实，那本刊发有龙杰小说处女作的《青春文学》，就在龙杰随身携带的皮箱里面珍藏着，只是他不好意思拿出来给大伙儿展示罢了。

"是武侠，还是言情？"陈默问。

"就是写中学生活的，算是言情吧。"

"没想到我们体育系出了个大文豪啊！"李斌感叹道。

"不敢当，不敢当！"

"兄弟啊，你这么好的文笔，怎么不去读中文系呢？"江河湖海问。

"当然想啊，可是我想中文系，中文系不想我……"

龙杰有点招架不住大伙的热情了，只能简单地回答着，应和着。

表格填好了，照片也找到了。龙杰兴冲冲去找林子。

林子拿着龙杰递给她的登记表，微笑着从上往下看。她的目光，在"创作简历"那一栏停了下来。她注意到，那一栏，别的同学什么都没有填，或填得很少，但龙杰却填得满满当当的。

龙杰从高一开始发表文章，到高三时，已发表二十多篇。《语文报》《青春文学》等报刊和梅山县广播站，都发表和播出过龙杰的稿子。记得龙杰的第一篇通讯稿在县广播站播出后，龙杰他们村里很多人都自豪地告诉龙杰的妈妈，说他们在广播里听到龙杰写的文章了。虽然那篇通讯稿龙杰只得了 5 元钱的稿费，但它带给龙杰的快乐和成就感，却是用多少钱也买不到的。

"师傅，你真的是个大才子耶！"林子看完，朝龙杰竖起大拇指，"比我想象的更厉害！"

"你别这样夸我啊，我会骄傲的。"龙杰像一个被大人夸奖得不好意思的孩子，红着脸笑着。

"你真应该去读中文系！"

"想过，但去不了。我文化成绩很差，如果不考体育，根本就上不了大学。"

"那你可以转系啊，转到中文系去。"林子给龙杰出主意了。

"转系？可能不是那么容易吧。还不知道中文系要不要学高等数学。"

"你怕学数学？"

"怕，我与数学简直不共戴天。高中时，数学考试从来没及过格，最低纪录是10分，至今无人能破！"

林子笑了，转头去问旁边一位穿紫色文化衫的同学："喂，小兰啊，你知道中文系要学高数吗？"

"好像要学，我老乡是学汉语言文学的，我在他那里看到过一本《高等数学》的教材。"

"我想，要学也应该是很简单的。"林子对龙杰说。

"算了，再简单，对于我来说都是哥德巴赫猜想。"龙杰皱着眉说，"我真的一点数学细胞都没有。高考数学，我拼死拼活才打三十几分呢，而且全都是瞎蒙的，因为选择题多。"

"其实我也差不多，不考音乐专业，也进不了大学。"林子说，"师傅，练武术很辛苦的，而你，又要练武术，又要写文章，怎么忙得过来啊？不会觉得很累吗？"

"做自己喜欢的事情，怎么会累呢？"聊熟了，龙杰竟大胆地开起玩笑来，"你要我背一块一百斤重的石头，我当然走不了几步，而如果让我背同样是一百斤重的你，我肯定健步如飞呢——因为我喜欢啊！"

"哈哈，这个比喻打得好！"林子从龙杰的比喻中感受到了一种幽默和智慧，心悦诚服地说，"师傅就是师傅！"

龙杰和林子又聊了一会，就到吃中饭的时间了。一位男生过来接替了林子。

林子说："师傅，一起去吃中饭吧，徒弟请客。"

"谢谢，我早餐吃得晚，还不饿。"龙杰说的是真话，此刻，他的肚子还胀得很。两大碗拉面可不是那么容易消化的。

"一起去吧，少吃点就是了。那天你帮了我，我还没好好感谢你呢！"

"可我真的不饿呀。"

"不饿也可以吃一点的。记得我外婆说过，男子汉，过一道门槛都可以吃三碗饭呢。"

虽然真的不饿，但龙杰心里还是很想跟林子一起去的，最后当然会爽快地答应下来。

林子边走边笑着调侃道："豪爽一点，这才是体育系大侠的风格嘛！"

走了大约十分钟，龙杰和林子来到了南校区旁边一家颇有艺术情调和现代气息的音乐粥吧。店面不大，装饰得却很有特色，颜色以蓝色为主色调，简单而高雅。音响里正轻轻地播放着一首好听的乐曲。

"不想吃饭，我们喝粥好吗？"在粥吧门口，林子停下来问龙杰。

"好的。"龙杰点头。

"这里的粥味道蛮不错的，以前啊，我基本上每天都来。"说完，林子又补充道，"我主要是喜欢这个店子的品位与格调。"

"嗯，确实蛮不错的，我们进去吧！"龙杰做出一个很绅士的手势。这个动作龙杰是在电影里学的，应运还是第一次。不过还好，比较自然。

龙杰点了一个皮蛋瘦肉粥，林子点了一个美容莲子粥。这里的服务也相当好。没等多久，粥就上来了。品一口，真如林子所言，味道相当不错。龙杰还从来没喝过这么好喝的粥呢。

他们一边慢慢地品着粥，一边在轻轻的音乐声中倾心地交谈着。

一曲终了，又是一曲。节奏更加徐缓，低低地流淌着忧伤，流淌着一种美丽的哀愁，流过岁月，流向谛听者的内心。林子告诉龙杰，这个乐曲是世界名曲，叫《蓝色多瑙河》。龙杰是个乐盲，但听着这个曲子却也很有感觉的。

欣赏音乐的时候，龙杰无意间看到，对面墙上写着这样一句话："请你爱的人喝粥"，就说："林子你看——请你爱的人喝粥，这句话写得很好，很有创意的。"

"这是一家全国连锁店，企业文化做得很不错。"

"有人说，文化是一个企业的灵魂。"

"是啊，是啊!"

林子略略停顿了一下，突然笑问："师傅，你相信爱情吗?"

"相信啊!"龙杰肯定地答道。

"你相信爱情真的有那么美好吗?"

"相信! 在我的心中，爱情一直都很美好很美好!"

"我原来也曾执着地相信，可是，在我们的身边，有那么多的不美好，让人感到失望，甚至……"

"甚至什么?"

"绝望!"

林子说话的声音很轻，却让龙杰感到了一种无法言喻的沉重。

他想了想，说："世间确实存在很多不美好的东西，但我们并不能因此而否定美好的存在啊! 我们要向所有相信美好并执着地守护着美好的人们致敬!"

林子若有所思地盯着她对面的墙壁，不再说话。

"我写过一首诗，题目就叫《相信爱情》。"龙杰说。

"是吗?"林子回过神来，看着龙杰。

"要不要我现在朗诵给你听啊?"

"要!"

"你确定不怕我的塑料普通话折磨你的耳朵?"

"深感荣幸! 现在喜欢诗歌的人可不多了，不过我还是很想听师傅朗诵诗歌的。"林子补充道，"其实，诗歌与音乐是相通的。"

"确实很难找到诗歌的知音了!"龙杰感慨。

"嗯。"林子眨了眨眼睛，像个小学生一样安静地期待着，"林子愿意一辈子做师傅诗歌的知音!"

"谢谢!"龙杰露出他招牌式的傻笑，他的情感，很快沉入到诗的意境里。徐缓的音乐声中，诗句流了出来——

相信爱情

早已遗落在世俗的风中
镀金的誓约
也已沉入没有波涛的海底
但我仍固执地相信爱情

是的，我相信爱情
相信精神的原野上盛开的花朵
相信雪一样圣洁的童话和梦
爱情啊！我相信你
如同相信我自己

我相信闪电般的缘分
我相信心与心的真诚
我相信永不褪色的承诺
我相信，至高无上的爱神
终将成全所有爱与被爱的人

诗歌朗诵完了，龙杰看到林子的眼睛里，有一种晶莹的东西在闪亮。

相信爱情！相信爱情！与其说是一首诗，不如说是一份心灵的告白。龙杰满心期待着得到来自林子的评价。

"写得真好！"林子喃喃地说。

时间定格。沉默，一段长长的诗意的沉默。

离开粥吧的时候，龙杰突然很想问林子，昨天是不是她来找过他。但最后还是没有问，林子也一直都没有跟龙杰提起别的什么。

身后的音乐粥吧里，依然在重复地播放着那曲《蓝色多瑙河》。

龙杰怎么也没想到，久违的陈乐乐会到南校区来找他。

"打扰一下，请问龙杰在吗？"当她有些局促地出现在 110 寝室门口的那一刻，龙杰的心情是复杂的。

"在，在。"龙杰一怔，继而佯装洒脱地以微笑相迎。

"美女，是你啊，怎么今天才来啊，龙杰差点等得花儿都谢了！"陈默油嘴滑舌地打趣道。

陈乐乐大大方方地笑了："我看你们这些花儿都还开得好好的啊！"

龙杰怕陈默这个怪胎继续兴风作浪，便说："我给你们介绍一下，这是我老乡，外语系的。"

刘猛在一旁插话："龙杰，你的介绍能不能再详细一点，以满足我们对美女的好奇之心啊！"

陈乐乐一听刘猛的声音，吃惊地问："怎么，你也是梅山的？"

"猫错猫错（没错没错），恩哟里晓滴给（你怎么知道的）？"刘猛笑问。

"就凭你那一腔典型的梅山塑料普通话啊！嘿嘿……"

"哈哈哈哈……原来我的普通话讲得这么差劲啊！哎呀，丢死人了，干脆找条地缝钻下去算了！"刘猛的目光在地上夸张地找来找去，好像这地上真有地缝可以钻似的。

"嗨，美女，你不要只顾跟老乡说话啊，龙杰舍不得把你详细地介绍给我们，你能不能给个面子，给我们做个自我介绍啊？"陈默插话道。

"我姓陈，耳东陈，名乐乐，快乐的乐。现就读于本校外语系，英语专业，今年大三，介绍完毕，嘿嘿。"

"原来是我们的学姐啊，学弟这厢有礼了，快请坐，快请坐！"陈默边说边热情地将他自己的凳子摆在陈乐乐的面前。

"谢谢！"陈乐乐坐下，摘下她那顶漂亮的太阳帽当扇子扇着风。

"龙杰，你怎么不说话啊，从实招来，是紧张，还是心里有鬼啊？"陈默是制造气氛的高手，试图以玩笑来打破眼前这种难堪的局面。

"陈默，别乱讲，别乱讲。"龙杰说得小声，却显得严肃。

玩笑显然开不下去了，气氛顿时变得尴尬起来。

"各位学弟，你们要午休了吧，那我就不打扰了。"坐了不到十分钟，陈乐乐便起身告辞。

"好吧，我们也不留你了，这寝室……说话也太不方便了。"陈默意味深长地望着龙杰，"怎么，还坐在那里发呆啊，赶快带美女出去压压马路吧！"

龙杰这才回过神来。他径直把陈乐乐送到南校区门口的公交车站牌下，心里终于有了一种解脱的感觉。

岂料车来时，陈乐乐却对正在心里酝酿一声优雅的"再见"的龙杰说："嗨，跟我一起上车吧！"

"我……"龙杰突然傻愣在那里。

"走吧，我带你去北校区看看。"陈乐乐边说边来拉龙杰的手。

龙杰被陈乐乐弄得晕头转向，全不知她葫芦里到底卖的是什么药，便稀里糊涂地上了车。

北校区到了。一下车，陈乐乐兴奋地说："你刚来，肯定还没来得及好好看看学校，今天我带你转一转吧。"

龙杰没有点头，也没有摇头，他木然地跟在陈乐乐身后，与陈乐乐始终相距一步远。她是不是有什么事情要跟我说呢？龙杰很想把事情问个清楚明白，却欲言又止。不过他猜想一定不会是什么好事，既然不是什么好事的话，那么，早知道不如晚知道。而如果万一是什么好事呢，龙杰想，既然是好事，那就早知道晚知道都是一个样。总之，想来想去都是暂时没有问的必要，于是就那么不尴不尬地跟在后面，从图书馆转到综合楼，再转到文科楼。

在那栋古色古香的文科楼前面，陈乐乐停下来问龙杰："怎么样，我们北校区还不错吧！"

"不错啊，比南校区强多了。"龙杰表情僵硬地回答。他与一脸生动的陈乐乐站在一起，形成极其鲜明的对照。

"喂，今天看你好像不怎么高兴哦！考上大学了，应该高兴才对啊！"陈乐乐应该早就发现了龙杰的异样，而龙杰也觉得，今天她说的每一句话都是那么刻意，那么不自然。

龙杰苦笑道："高兴？考了几次才考上，差点都变成范进了，有什么值得高兴的？而且，你没见到我们南校区烂成那个样子，比梅岭中学的环境还差呢！"

"我觉得啊，话不应该那么说，不管考几次，考上了终归是值得庆幸的。至于大学环境不好，但毕竟是大学啊！再说，我们到大学来是学知识的，不是来玩的，环境是次要的。你不知道，全国比我们学校环境差的大学多着呢。看学校要看牌子，不能光看房子，我们湘楚大学可是一本大学呢！"

龙杰不置可否地笑了笑，好像这一切都与自己没有太大的关系。

陈乐乐微笑浅浅，仰脸看着龙杰，目光深邃难懂。

龙杰突然发现，眼前的陈乐乐比以前瘦了许多，眼眶微微的陷了下去。是在减肥吗？可她原本一点儿也不肥啊。

若是一年前，龙杰肯定会关切地问她为什么。但现在两个人关系不同了，她已不需要龙杰关心，龙杰也没资格去过问这一切了。那个有资格过问和关心她的人，就在北校区，在她的身边。龙杰深深地沉默了。没有风，龙杰的心里，却似有一丝冷冷的风吹过，带来一缕秋天的惆怅。

确实已经是秋天了，虽然天气依然热得令人难受。

龙杰和陈乐乐就这么在北校区转呀转呀，当再次穿过银杏路回到图书馆前面时，日头已经西斜了。龙杰抬腕看看表，时针正好指向下午5点。

"几点了？"见龙杰在看表，陈乐乐柔声问道。

"5点。"龙杰的声音有点轻，带着几分疲惫。

"就5点了？"听那口气，就知道陈乐乐肯定在心里埋怨时间怎么走得这么快。

"我们已经把北校区都走了个遍呢！"

"你饿了吧，来，我带你到堕落巷吃饭去。"

"堕落巷？"

"这名字有点意思吧，就是我们学校的商业街，一直以来大家都这么叫。"

"你饿了吗？"陈乐乐又重复地问了一遍。

"不饿，不饿"。龙杰摇头说，"我中午吃多了，肚子现在还饱饱的。"

虽然龙杰说不饿，但陈乐乐还是执意带龙杰去堕落巷看看，边走边向龙杰详细地介绍堕落巷这个名字的光荣来历。

穿过银杏路，经体育馆，左拐一百米，即见一条小巷，巷口挂的牌子是——湘楚大学精神文明巷。陈乐乐带着龙杰，径直朝里走去。街的两旁，网吧、书店、音像店、小吃店、服装店、杂货店、歌厅、录像厅、美容美发厅，像模特走台一样，刚走一个，又来一个，让人应接不暇。巷子又窄又脏，污水横流，地面凹凸不平，快餐盆、塑料袋、饮料瓶、果皮纸屑满地皆是。

走了不长的一段，见仍没到目的地，龙杰好生纳闷："哎，你说的堕落巷在哪啊？"

"这就是啊！"陈乐乐"扑哧"一声笑了。

龙杰还想不通："这里不是叫文明巷吗？"

"呵呵，文明巷是官方称谓，堕落巷是民间叫法，呆子，懂么？"陈乐乐每讲一句话，都在尽力地使气氛变得轻松。

"不过看起来这文明巷真够堕落的！"龙杰低声评论了一句。

"是啊！这里满大街都是假冒伪劣，盗版书，劣质光盘，黄色录像。你看，网吧、录像厅数都数不清，里面还有专供学生看通宵录像的沙发床和被子，据说——陈乐乐强调了一下'据说'两个字，上半夜还好，下半夜尽是一些不堪不入目的东西。"

龙杰又安静下来，低着头走路，脑子里却在不由自主地放映那些"不堪入目"的东西，一幕接一幕。尽管龙杰未曾有过看毛片的劣迹，此番"放映"，全凭想象，但还是有点耳热心跳。

陈乐乐一时找不到什么合适的话题，语言上的交流进入短暂的空白。

突然，一个血流满面的人从身旁气喘吁吁地跑过。紧接着，又有几个拿着白光闪闪的刀子的人大喊着"砍死他！砍死他！"呼啸而过。

"妈呀！"陈乐乐赶忙用一只手紧紧蒙住眼睛，一只手顺势搂住龙杰的胳膊，喃喃自语："好可怕！好可怕！"

这就是所谓大学的文明巷？很快明白了这是怎么一回事的龙杰，真感到不可思议。龙杰真不知道现代社会的文明与野蛮该如何界定，只觉得眼前发生的最真实的暴力事件，真是对"文明"二字的莫大讽刺。

少顷，被陈乐乐搂得极不自然的龙杰装作用手去理头发，使得那只刚才被判监禁的手终于解放出来。陈乐乐顿时很不好意思，慌忙之际，急生一智，从挎包里面掏出面巾纸来擦汗，同时也递给龙杰一张面巾纸。

"我读大一那年的圣诞节，就在前面那个拐弯的地方，亲眼看到砍死一个人，当时吓得腿都软了，几个月后还在做噩梦。"陈乐乐不怕了，却听得龙杰心惊肉跳的。

堕落巷！这就是远近闻名的堕落巷！

龙杰叹道："哎，这个地方，学校和政府应该严加管理，不应该让它成为文明的死角！"

"怎么管？这里成教生、自考生那么多，三教九流都有。甚至还有犯罪分子改名换姓冒充学生隐匿在这里。"

说到这儿，又是短暂的沉默。一个易拉罐叮叮当当滚过路面，在龙杰的脚前停住。龙杰颇有绅士风度地把它捡起来，抓在手里半天都找不到扔垃圾的地方，只得又把它放在路边。

陈乐乐赞许地看着龙杰，说："你还是那么绅士啊！"

龙杰笑笑说："习惯了。"

走了几步，龙杰听乐乐说："吃饭的地方到了。"

"哪里?"

"梅山老乡餐馆，看，前面就是。"

听说是老乡开的，龙杰有一种莫名的亲切感，他停住脚步，不禁细细打量起那餐馆来。

餐馆不大，二三十平方米的样子，桌椅却挨挨挤挤摆了不少，一直延伸到外面的空地上。这时，客人已基本上坐满了，生意好得老板都没时间出来跟顾客打招呼。

陈乐乐快步走进去，像回家一样熟悉，显然之前为这家老板的发家致富做过不少不可磨灭的贡献。她左顾右盼，硬是把肥得像企鹅一样的老板娘给找了出来，用梅山方言高声大气喊道："老板娘，你要不得，老顾客来了也不招呼一下啊!"

老板娘连忙赔出一脸的笑："乐乐妹子，对不起，对不起啊，人太多了，真的忙不过来!"她朝陈乐乐身后看了看，接着说，"嗨，乐乐妹子，你那个帅哥男朋友呢?这学期开学好几天了，还没见他到老板娘这里来打照面呢!"

"老板娘，你是个快活嫂呢，别东扯西扯了，快帮我们到楼上安排一个小一点的包厢好吧?"

"好呢好呢，几个人?"

"就我们两个。"怕老板娘还不懂味，陈乐乐边说话边用眼角的余光扫描着龙杰。

老板娘很快注意到了陈乐乐旁边还有个叫龙杰的男生，对陈乐乐说："这个帅哥也是我们的老乡吧!来，两位跟我到楼上的雅座里面去坐!"

楼上的小包厢，美其名曰"雅座"。但"雅座"不雅，是用三合板隔出来的，简单得没有任何装饰。墙壁不白，灯光也不亮。餐桌上横七竖八地躺着一堆碗筷碟子及尚未消灭干净的鱼骨头鸡骨头猪骨头，汤汤水水流得满桌都是。地面上也湿湿的，滑得很，陈乐乐一进包厢就差点跌倒，幸好被紧随其后的龙杰扶住。

"地面太滑了，小心啊！"老板娘连忙说。

陈乐乐站稳后大度地笑笑："没事没事，我今天带了根拐杖来的。"

老板娘意味深长地笑了。她匆匆把餐桌和地面收拾了一下，把一份皱巴巴的旧菜单递了过来："两位老乡，点几个什么菜呢？"

陈乐乐接过菜单，翻了一下又递给龙杰："来，还是你点吧。"

"我不会点菜，你点吧。"龙杰又把菜单推给陈乐乐。

"今天你是客人，应该你点。"陈乐乐坚持。

龙杰见再三推辞不过，就随便点了几个平常爱吃的菜，一个柴火腊肉，一个白辣椒炒鸡杂，一个西红柿炒油渣，还有一个梅山赫赫有名的三合汤。点完后把菜单给陈乐乐，问她还有没有要补充的。陈乐乐就说再点个丝瓜汤吧，丝瓜汤吃了美容呢。

三菜两汤，不是很丰盛，但对于没有经济收入的学生来说已经够奢侈了。

老板娘笑眯眯地问："老乡，就够了？"

"够了够了，只有两个人，多了也吃不完。"龙杰说。

老板娘还是笑眯眯地看着陈乐乐："乐乐妹子，这个老乡是头一次来呢，真的不多点几个菜？"

陈乐乐斜眼看着龙杰："还要不要加一个什么菜？"

龙杰又说："真的够了，就先上这几个菜吧，不够的时候再点。"

"好，好！"老板娘连连点头，"需要什么酒水饮料吗？"

"来两瓶青岛啤酒吧。"陈乐乐边说边用目光征询龙杰的意见。

"我不喝酒。"龙杰并不是滴酒不沾的好男人，只是在他看来，喝酒也是需要兴致的，没兴致，喝什么酒都没味。

"你别装好不好，我又不是不知道你能喝，今天不喝多了好吗，每人一瓶！"陈乐乐执意要喝。

"喝一瓶吧，老乡，你看，我们乐乐美女都这么豪爽！"老板娘当然恨不得他们两个都变成酒缸甚至酒海。

龙杰拗不过陈乐乐，只好答应喝一瓶。但他弄不明白以前滴酒不沾的陈乐乐今天为什么一定要和自己喝一杯。

很快，一个在店子里帮忙的小姑娘就把两瓶青岛啤酒摆上了桌。因为刚从冰箱里取出来，酒瓶上还冒着丝丝冷气。见拿的是青岛啤酒，刚才还在心里责怪老板娘下楼的时候忘了再交代一遍要青岛啤酒的龙杰终于放了心。龙杰最怕老板拿那种南方某地产的啤酒。因为暑假在老家，有一次大家一起喝酒，一个刚从南方回来的朋友告诉他们一个令人震惊的消息，说南方某地一啤酒厂有个职工得了艾滋病，绝望的他怀着一种对社会的报复心理，自杀在酿制车间密封的酒池中，很多天后才被发现。而此前生产的上万箱啤酒，已广泛地散布到全国各地，所以，这种酒在短时间内万万喝不得，否则就会一不小心喝成一个艾滋病人或艾滋病毒携带者，那后果真是不堪设想。自从那次喝酒后，龙杰一直把那位朋友的话牢牢记在心上，不但坚决不再喝那种酒，而且连那个城市生产的所有啤酒都被龙杰彻底戒掉了。

酒上得快，上菜却慢得像《龟兔赛跑》里的乌龟先生，让人怀疑点菜的时候猪肉还在屠宰场的猪身上鲜活着，丝瓜还在农民的菜园子里恬静地做着绿色的梦。偏偏这段时间龙杰和陈乐乐好像把话都说尽了，沉默无语中四只眼睛偶尔不听使唤地碰撞一下，好不尴尬。

"这里菜怎么上得这么慢？"终于，龙杰忍不住埋怨道。

"没办法，这家店子生意太好了，今天还算幸运，以前来的时候经常找不到位子坐。"陈乐乐解释说。

等急了的龙杰没有接着再发感慨，而是倒了两大碗开水，把两双劣质卫生筷浸在开水里使劲烫。

"你什么时候也这么讲卫生了？我跟你说啊，不干不净，吃了没病！"

龙杰说："在外面吃饭还是注意点好，万一染上乙肝什么的，那就麻烦了。"

"我一贯乱吃的，健康得很。"陈乐乐正欲接着往下发挥，一眼看见服务员端着盘子进来了，便说，"菜上来了，准备开酒吧。"

服务员忘了拿开瓶器来，龙杰便用筷子把两瓶酒都撬开了，给陈乐乐一瓶，自己这边留一瓶。

"一人一瓶，包干?"陈乐乐问龙杰。

"你，行吗?"龙杰很是怀疑她的酒量。

"No problem!"陈乐乐顿了顿，叹息一声，"唉，在大学什么也没学会，就学会了喝酒。"

龙杰皱着眉说："女孩子还是不要喝酒的好。"

一直冷冰冰的龙杰终于说出一句暖心的话，把陈乐乐感动得不行。她的眼圈不知怎的就红了。

陈乐乐先给龙杰斟了一杯酒，又给自己斟一杯。动作娴熟得让龙杰刮目相看。她站起来，朝龙杰一举杯："来，我先敬你一杯，祝贺你终于圆了美丽的大学梦!"说罢，一饮而尽。

"谢谢!"龙杰也脖子一仰干了。

很久没有喝酒了，就连啤酒都有点刺激喉咙。龙杰一连干咳了几声。

龙杰想喝口茶清清嗓子，陈乐乐的第二杯酒又端上来了："第二杯酒，祝你大学四年学业有成!"

龙杰举杯："谢谢! 也祝你学业有成!"

两人再次碰杯。杯子与杯子相碰，发出短而清脆的声音。

陈乐乐放下酒杯，给龙杰夹了一片腊肉："你尝尝这个腊肉，真香。"

"好的，你也吃吧。"龙杰抵挡不住陈乐乐的热情，把碗送过去接了。

也许是因为有啤酒促兴，桌上的气氛渐渐融洽起来。

龙杰嚼了一口腊肉，有股浓浓的柴火味，确实是正宗的梅山菜。他笑着说："菜还不错，很正宗的，怪不得这里生意这么好。"

听到龙杰对这家餐馆的肯定，陈乐乐感到很开心，说明自己带龙杰来对了地方。她认真地介绍道："这里厨师都是从梅山请来的，特色菜也都是从梅山开湘楚的班车上带过来的，所以非常地道。"

"嗯，确实是地道的梅山风味。"

说话间，龙杰把酒杯斟满，见陈乐乐的酒杯还空着，又帮她也倒满了。他想自己也应该敬陈乐乐一杯，但稍微犹豫了一下，才把手中的杯子举向陈乐乐："来，我也敬你一杯吧，祝你天天开心！"

"谢谢你！"陈乐乐微微一笑，笑容里藏着几许不易察觉的无奈。

尽管掠过陈乐乐脸上的无奈，像一丝飘忽的云，但细心的龙杰还是捕捉到了。他试探着问道："你今天好像有什么心事？"

"没……没有啊！今天很开心的，嘿嘿！"陈乐乐极力掩饰着。

龙杰没有再穷追不舍地问下去。

"喝酒吧！喝酒！"陈乐乐又举杯了，"来，再碰一下！"

龙杰想劝陈乐乐不要喝得那么急，话到嘴边又打住，只是说："这样吧，我干了，你随意！"

"不行，我也干了，喝酒的人都说，酒品就是人品啊！"

话音一落，陈乐乐"咕嘟咕嘟"又喝了一杯。龙杰没想到陈乐乐读了两年大学，居然变得如此海量，不禁小吃一惊。

两人频频举杯，不多时，两瓶酒便喝了个底朝天。陈乐乐脸泛酡红，兴致正高，便又吩咐老板娘拿酒上来。

"不是说好每人一瓶吗？"龙杰真怕她喝醉了。

"喝！继续喝！"陈乐乐边倒酒边说，"这酒啊，不喝就干脆不喝，要喝就要喝个痛快！"

在陈乐乐地招呼之下，服务员很快又把两瓶青岛啤酒摆上了桌。

酒喝得越多，话也就越来越多。脸上洋溢着兴奋之色的陈乐乐，醉眼看着龙杰，莫名地感叹道："生活是美好的，也是残酷的，大学是美好的，也是残酷的。"

龙杰没有作声，他感到头有一点点眩晕。

陈乐乐突然失控地大笑起来，笑完便自斟自饮："你说话啊，你不说话就说明我说错了！哦，我说错了，罚酒一杯……"

"你没说错呢！"龙杰边说边用力按住她的杯子，"你醉了，不能再喝了。"

"我没醉，没醉……"

"你真的醉了。"

"我真的没醉，一点都没醉！"陈乐乐边说边用力地推开龙杰，咕嘟咕嘟又是一杯。

她一定过得不快乐。陈乐乐的反常之举让龙杰多少明白了她的一点心思。一股怜悯之情油然而生，于是强行夺下了她手中的杯子。

"不要再喝了，喝醉了对身体不好。"

"我没醉，我还能喝，我没醉……"她反反复复说着同样的话。

龙杰无奈地看着对面的陈乐乐，轻叹一声。他吃惊地发现，陈乐乐的大眼睛里竟然噙满了泪水。这泪水告诉龙杰，她很可能失恋了。龙杰实在想不出除了失恋，还有什么事情能够让总是一脸骄傲和快乐的陈乐乐如此反常，甚至流下委屈的泪水。龙杰帮她把酒拿掉，并给她盛了一小碗米饭。他自己也把剩下的酒都喝完了，准备吃饭。

陈乐乐的确还不是很醉，在龙杰把那碗饭送到她面前的时候，深情地说了声"谢谢"，与此同时，那噙在眼里的泪便趁机滚了出来，缓缓地滑过红润的面颊。泪水滑过的地方，依然盛开着如花的笑靥。

"杰克……"陈乐乐突然像从前一样，轻轻唤了龙杰一声，泪水流得更厉害了。

那年，电影《泰坦尼克号》风靡全球，他们偷偷地跑去看了。后来，陈乐乐一直故意把龙杰唤作"杰克"。

龙杰怜惜地看着陈乐乐："你有什么话就说出来吧，别闷在心里。"

"杰克，我……我失恋了……他……他是个骗子……"陈乐乐嘤嘤地哭泣起来，"这是报应……真的是报应……到现在才明白，当初我……我给了你多么深的伤害……"

"过去的事就别提了。来，擦一下眼泪，吃饭吧。"龙杰突然动了恻隐之心，他取出一张餐巾纸，轻轻递到她手上。

陈乐乐点点头，端起碗来，小口小口地吃着。眼泪却流得更厉害了。

龙杰又取了一张餐巾纸，给陈乐乐擦泪。

陈乐乐哭得更伤心了……

12

吃完饭，时间已经不早了。夜幕无边无际地笼罩下来，在满街灯火的映衬下，小小的堕落巷倒显得更加热闹非凡。

陈乐乐停止流泪，却依然在醉意中兴奋着，走路也深一脚浅一脚的，原本笔直的一条小街，被她走得曲折回环。而那首叫作《昔日重来》的歌，却被她借着酒兴，唱得煞是动人。

昔日重来，昔日重来，昔日真的能够重来吗？随着歌声的旋律，龙杰的思绪飘向那浪漫的昔日，又在中途被无情的现实阻挡回来。陈乐乐唱着唱着，一个踉跄，猛地朝龙杰这边歪过来。龙杰忙伸手把她扶正。

她继续唱歌，一遍又一遍。龙杰继续安静地走，边走边欣赏路灯下自己长长的影子。影子与影子相伴，寂寞的是陌生的城市在夜里游走的心。

走出堕落巷，陈乐乐突然停住，不唱了。

龙杰说："我送你回寝室吧。"

"现在就回寝室？"陈乐乐脸上露出不情愿的样子，"时间还早呢，我们去爬楚山好不好？"

龙杰没点头也没摇头，心里却着实为难。

"去嘛！"陈乐乐的语气里带着恳求。

龙杰关切地说："你今天喝多了，还是早点回寝室休息吧。"

"杰克，你就相信我吧，我真的没醉，真的真的没醉！"醉意却分明在陈乐乐的眼神里悠来荡去。

　　无奈，龙杰只得跟着一半清醒一半醉的陈乐乐从校医院那边往楚山上走去。楚山是一个国家四 A 级风景区，正门在和谐广场，离湘楚大学北校区有一站路，但湘楚大学的学生上楚山，一般是不走正门的，而是从学校医院后面的小道上山，此举既可省力，又可省钱——每张门票 30 元，学生票也要 15 元，省着点就够两天的生活费了。

　　过了校医院，就到了楚山脚下，一边是喧喧嚷嚷的红尘，一边是与世无争的净土。山风轻拂着秋蝉的鸣叫和雀鸟归巢的声音，一条玉带般的小溪，从《诗经》的源头汩汩流来，奏响亘古的宁静。如果说，刚才他们从堕落巷走出来是告别了一本热热闹闹的通俗小说，那么，此刻走进楚山，就是走进了一首清新典雅的唐诗，走进了一册线装的古籍。

　　晚上去山上玩的人原本就很少，现在因为刚刚开学，又非周末，斜斜的石径上空无一人。弯弯的山路，在前方不远处打一个结，便一头扎进了幽深的林子里。此时，陈乐乐已经主动和龙杰交换了一个位置，她哼着小调走在前面，龙杰则闷声不响地跟在后面。

　　"杰克，快点走吧！"陈乐乐的歌声突然停了下来。

　　"别急，慢慢走，欣赏啊！"龙杰依旧不紧不慢地迈着步子。

　　陈乐乐又哼起她的小调，走了几步，再一次停下来："嗨，你怎么不说话啊？"

　　龙杰说："我在听山。"

　　"听山？山只能看啊，你怎么听？"也许陈乐乐觉得龙杰这人真的很古怪。

　　"当然可以听啊。"龙杰说，"听山溪的歌唱，听山风的伴奏，听秋蝉的哀怨，听百鸟的啁啾……"

　　"杰克，你说话总是那么充满诗意！"

　　龙杰没有回答，一路上，他的脑海里被一些乱七八糟的东西充斥着。他渴望安静，在安静中收拾心情。

　　天已经完全黑下来了。月亮没有出来，也许，它也有一个秘密的约会吧，今晚暂时缺席。城市的万家灯火和山下学校的灯光，却毫不吝啬地把他们的光亮分了不少给这座永远与世无争的静默的山，使得它并没有因为月亮的缺席而陷入无边的黑暗。

走着走着，陈乐乐慢慢停下脚步，回头望着龙杰，眼里流淌着别样的柔情。

龙杰也停下脚步。尽管夜色朦胧，但他仍然不敢与陈乐乐对视，迎接她那火辣辣的目光。

龙杰和陈乐乐的前方，是一道足有三四十级台阶的陡坡，这陡坡斜得不能再斜，给人一种卧久了拼命想要站起来的感觉。

陈乐乐突然柔柔地往龙杰身上一靠，用一种龙杰曾经非常熟悉的撒娇的语调说："我走不动了，杰克，你背我上坡好不好？"

龙杰木然地立在那儿，像一根沉默的树桩。

"好不好，好不好嘛？"陈乐乐边说边身子一软，紧紧贴在龙杰的背上。她用的是商量的语气，但她的一双手，却不容商量地搭在了龙杰的肩膀上。

一股久违的熟悉又陌生的体香混合着浓浓的啤酒味儿，随着山风扑入龙杰的鼻孔。龙杰也忽然有了醉意，心跳加速，血脉偾张。纵使他头脑再清醒，毕竟也是个"人"，是个有血有肉的"人"，而贴在他背上的，并不是一个没有体温的躯壳，而是一个活生生的正值妙龄的女孩，是他永生难忘的初恋情人。

龙杰深吸一口气，矮下半个身子，让一身软绵绵的陈乐乐爬到了自己的背上。两个人的衣服都很薄，而且，陈乐乐穿的是露脐装，这样被龙杰反手一背，衣服就一个劲地往上缩，仿佛识透了主人的心思，在故意开玩笑似的，龙杰能够明显地感觉到陈乐乐的体温和心跳。

陈乐乐就那么满怀信任地趴在龙杰的背上，双手箍住龙杰的脖子，脸和胸部紧贴住龙杰的后背。龙杰一步一步往上爬，只觉得那颗不安分的心就要从喉咙里蹦出来似的。白昼的炎热原本尚未褪尽，现在加上本能的冲动，汗水很快就爬满了额头。

"已经爬了一半了，加油！加油！"陈乐乐的声音，兴奋得有些战栗。

龙杰的思绪，则随着陈乐乐柔柔的"加油"声，回到了四年前的狮子山上。

也是秋天，金黄的野菊花，灿烂如青春的微笑，星星点点地装点在上山的小路旁。陈乐乐一只手让走在前面的龙杰牵着，一只手拿着那本刊有龙杰那篇小说的《青春文学》。脸上的微笑，自然而爽朗，一如山路旁的野菊花。红脸的太阳看着这对沉浸在爱的幸福中的男孩女孩，不忍心惊扰了他们，最后偷偷地看一眼，便躲到对面绵延起伏的雪峰山脉的山岭下去了。

狮子山是雪峰山余脉上的一座小山峰，因状如狮子而得名，它海拔不是很高，却很陡，地形险峻，当年曾是反清复明的农民起义军对抗朝廷的据点。才爬了不到三分之一，娇弱的陈乐乐就喊累了。龙杰就一直在前头鼓励她，"拖"着她走。走到一半的时候，"拖"也"拖"不动了。不管龙杰在前边怎么加油，陈乐乐就像一辆前轮打滑的拖拉机，在原地雷打不动。

"加油！加油！很快就到山顶啦！"龙杰的"油"，运输管道好像直接通往科威特的油田，加也加不完。

"哎呀……人家真的走不动了啦呀！"陈乐乐装出一副要哭的样子，显得可爱极了。

龙杰说："来来来，我给你背毛主席诗词。"

"杰克，别开玩笑了，背毛主席诗词有什么用！"

"谁说没用，二万五千里长征怎么走过去的？爬雪山，过草地，是怎么取得胜利的？毛主席的诗词功不可没呀！"

"哈哈，毛主席诗词真有这么神奇？"陈乐乐放声大笑起来："那你快背！快背！"

"背哪首？《七律·长征》？"龙杰问。

"不听不听，要背就背一首我从来没听过的。"

"好，你听着啊。"龙杰清了清嗓子，大声背诵起毛主席的一首《十六字令·山》："山，快马加鞭未下鞍。惊回首，离天三尺三。山，倒海翻江卷巨澜。奔腾急，万马战犹酣。山，刺破青天锷未残。天欲堕，赖以拄其间。"

"哈哈哈哈，毛主席真是个乐天派，离天都只有三尺三了，成神仙啦！"

"是啊，乐观好啊，乐观才有信心战胜眼前的困难。现在，狮子山已经有一半被我们踩在脚下，不用半个小时，我们就会把整座狮子山都踩在脚下，那时候，我们就可以豪迈地大喊一声——山登绝顶我为峰！"龙杰有如当年的毛泽东一样激情澎湃。

"可是，"陈乐乐嘟起小嘴："可是我还是走不动。"

龙杰忍不住笑了："走不动怎么办？毛主席都帮不了你，我能帮你吗？"

"你当然能帮啊！"陈乐乐坚定地说。

"啊？你要我怎么帮？"

陈乐乐突然把手搭在龙杰的肩上："你背我！"

龙杰笑了："唉，小丫头片子，真拿你没办法，谁叫你是我女朋友呢？"说完矮下身子，把娇小的陈乐乐轻轻地往背上一抛，抬腿就走。对于初恋中的男孩，背女朋友可正是一份求之不得的美差哟！

山路陡峭崎岖，陈乐乐在背上一颠一颠的，正在发育的酥胸紧贴着龙杰的背部，龙杰像浑身通电般激动得战栗。平时帮爸妈挑担总是歇肩的龙杰，背上背着一个近百斤的人爬狮子山，脚下却有使不完的劲儿。

爬了约五十米，龙杰已经大汗淋漓。

"你累了吗，亲爱的杰克？"乐乐在背上说，"要不要我下来走啊！"

龙杰背得正在兴头上，忙说："不累，不累，也不想想我龙杰是谁，好歹也是一体育健将啊！"为了表示自己真的不累，龙杰猛一使劲，加快了脚步，快得跟跑差不多了。

陈乐乐在龙杰背上颠得受不了，"咯咯咯咯"地大笑一阵后，对龙杰说："哎哟，我受不了啦，受不了啦，快放我下来吧！"

"不放不放！坚决不放！"龙杰俨然一位威严的将军，把话说得斩钉截铁。

龙杰又把步伐加快了些，真的跑了起来。

陈乐乐痒得浑身难受，笑个不停，一边笑一边把身子往下滑："杰克你个大坏蛋！放我下来！快放我下来！"

龙杰因为连走带跑，累得气都喘不匀了，不堪陈乐乐的再三挣扎，终于把她放了下来。

陈乐乐整了整衣服，粉拳挥舞："你坏死了，坏死了！我打扁你！"

龙杰骂不还口打不还手，始终保持着一脸温和的坏笑。

骂够了，打够了，陈乐乐笑眯眯地站在龙杰对面，不说话了。落日的余晖映红了半个天空，也映红了陈乐乐那张还微微带点孩子气的脸。她皮肤好，水嫩水嫩的，像一个成熟的水蜜桃。此刻，在满天晚霞的映照下，显得格外动人。她对面的龙杰，汗爬水流，像一个刚发动的蒸汽机火车头，"扑哧扑哧"喘着粗气。陈乐乐忙掏出手绢给龙杰擦汗。

"你累了，坐下来歇会儿吧。"陈乐乐提议。

"好"，龙杰忙点头答应，"走，我们到那块大石头上去坐一会儿吧。"

龙杰和陈乐乐，背靠着背在旁边那块表面十分平整的石灰岩上面坐了下来。

他们坐了一会儿，感到不累了，又继续爬山。爬到山顶的时候，天已经完全黑下来。谁也没有提议就在山上过夜，但他们就那么任夜幕深垂，都没有要下山的意思。山脚下，是一座大型的水泥厂和一座小型的铁路采石场，灯光如昼，机器轰鸣，而天空则随着夜色的逐渐加深，最初还是隐隐约约的星星开始大大方方地露出脸来，宝石般的闪闪发光。灯光与星光交映生辉，机器的轰鸣声不绝于耳，赶走夜的恐惧和寂静。而采石场的夜班工人的说话声，更让人感到亲切，让人忘却自己置身于夜阑人静的山顶。

他们选了一块大而平坦的岩石就座，一种从未有过的兴奋感使语言逃离躯壳。龙杰坐在左边，乐乐坐在右边。龙杰的右手紧握着乐乐的左手。乐乐的头向左偏着，靠在龙杰右边的肩膀上。有很长的一段时间，他们都没有说话，幸福像夜晚的山风轻轻拂过，在彼此的心里，散发着醉人的温馨。

离龙杰和陈乐乐坐的地方不远，是一片坟地。龙杰注意到了，乐乐也注意到了。但他们没有感到害怕。这也许就是爱情的力量吧。一个平时连毛毛虫都害怕的女孩，竟敢在一片坟地旁边过夜，只因她的手被一个男孩紧握，她的头，紧靠着一个男孩的肩膀。

夏天的夜，本就很短。而炽热的情感更能加快时间的流逝，这一晚，似乎过得特别快。他们说说话，睡一会儿，又说说话，天就亮了。这个其实什么也没有发生的夜晚，成为龙杰和陈乐乐中学时代最甜美的记忆……

13

"扑——"的一声，一只大鸟扇动着翅膀，从一棵树上飞到另一棵树上去了，也许是被树下的这对旧日恋人所惊动的吧。几片翅膀扇落的枫叶，在龙杰和陈乐乐周围依次落地，其中一片，有意无意地落在龙杰的头顶，惊扰了龙杰无限美好的回忆。

"杰克，加油，杰克，加油……"此刻，背上陈乐乐的加油声已经越来越小，与其说是说给龙杰听的，还不如说是在自言自语。她的头，无力地耷拉在龙杰的肩膀上，身体也在缓缓地往下滑，不足九十斤的陈乐乐，在龙杰的背上显然越来越重了。很明显，因酒而生的短暂的兴奋感已经过去，接下来就是深深的疲惫。疲惫至极的陈乐乐，很快就在龙杰的背上睡着了。

龙杰把陈乐乐用力地往上抛了抛，继续向前。不知怎的，一种怜爱之情油然而生。龙杰曾经深深地爱过她，也曾在心里狠狠地骂过她，恨过她，甚至希望她得到相同的报应，被后来爱她的那个人无情抛弃，而此刻，当她真正遭到报应的时候，龙杰既感到莫名其妙地解恨，又感到莫名其妙地心疼。他不禁暗自感叹，人的内心真的太复杂了，复杂得就像这个读不透的社会，不，比这个社会还要复杂一百倍一千倍。

爬上台阶之后，是一片小小的平地，再上面，又是台阶。龙杰站定，把陈乐乐从背上轻轻放了下来。

陈乐乐还没醒来，龙杰只得树桩一样立在那里，扶着她睡。她乖乖地趴在龙杰的肩膀上，睡得那么沉，那么放心。

　　一只鸟飞动了一下，惊动了一群鸟儿。鸟儿们啁啾地叫起来，说着只有他们自己才能听懂的鸟语。大学里，晚上就寝前流行开"卧谈会"。想来鸟儿们被惊醒之后，也开起他们的"卧谈会"来了吧。鸟儿们的"卧谈会"大概是吵着了熟睡中的陈乐乐，龙杰听到她长长地叹了口气，但依然没有醒来，温柔的鼻息有节奏地"抚摸"着龙杰脖子上的肌肤，龙杰无意中又把熟睡之中的陈乐乐拥紧了一点儿。

　　大概站了十几分钟，龙杰感到有点累了，于是抱起陈乐乐，在台阶上坐了下来。睡意蒙眬中，陈乐乐双手环住龙杰的脖子，此情此景，像极了一对热恋中的情人。

　　不知什么时候，陈乐乐醒了。借着淡淡的星光，隐约可见她大大的眼睛里汪满泪水。龙杰的目光，不敢在陈乐乐汪满泪水的眼睛上停留。他缓缓地抬起头来，望着天空。龙杰记起小时候听过的一首儿歌："天上星星亮晶晶，皮皮熊，数星星，数来数去数不清……"一直以来，龙杰也是一个喜欢仰望天空的男孩，一个喜欢数星星的孩子。一颗，两颗，三颗……龙杰又开始一颗挨一颗地数着星星。可是，天上星星这么多，是穷尽一生也数不清的啊。突然，一颗流星划过夜空，留下一段凄美的痕迹，消失在永恒的黑暗之中。龙杰想，他跟陈乐乐的爱情，多像一颗倏忽而过的流星啊，擦出瞬间的美丽，遂坠入永恒的虚无。坠落的流星，还能自永恒的虚无之中，回到曾经的那片天空吗？

　　沉默。两个人的世界，在亘古的沉默中静谧。

　　"刚才我做了一个奇怪的梦。"良久，陈乐乐说话了，"梦见我跟你一起去爬山，爬呀爬，爬到了耸入云霄的山顶上，突然，我看到对面的悬崖边上有一朵奇花，一朵非常非常美丽的奇花，我指给你看。你就说，乐乐，我把它摘下来送给你，说着，腾云驾雾而去，化掌为剑，将那朵奇花摘了下来，插在我的头发上，我感到好幸福好幸福……醒来后我就想，人要是能永远住在梦里，那该多好啊！"

陈乐乐控制不住两颗泪水，滴落在龙杰的脖子上。龙杰的思绪，以光的速度，从天上回到人间。在柔弱的女生面前，男生都有一种呵护的本能。龙杰抬起自己的左手，轻轻地为陈乐乐揩干眼角的泪水，陈乐乐更加泪流不止。她突然抱紧龙杰，不顾一切地狂吻起来。此举真让龙杰有点措手不及，面对陈乐乐暴风骤雨般的攻势，龙杰欲躲不能。就那么几秒钟，陈乐乐湿漉漉的双唇唤起了龙杰男性的冲动。龙杰闭上眼睛，沉醉在一种幸福的快感之中。龙杰有点被动，有点笨拙，但在陈乐乐主动而娴熟的引领之下，很快适应并运用自如。唇与唇相碰，舌与舌交锋，一场甜蜜的酣战，愈演愈烈。陈乐乐身上散发出的气息的芬芳和唾液的甜香，对龙杰构成了一种挡不住的诱惑，龙杰渐渐地化被动为主动，理性土崩瓦解，情感占了上风。于是，龙杰的手也不听使唤地行动起来，伸进乐乐薄如蝉翼的衣服，在她的后背上轻轻摩挲起来。紧接着，又从后背探索到腹部，继而转移到她高耸的前胸，兴奋之际，龙杰甚至无师自通地解开了她的胸罩……

幸福的激战正酣，她继续疯狂地吻着龙杰，不，被龙杰吻着，抚摸着，在龙杰的怀里娇喘着，大脑在轰鸣，心在狂跳。龙杰的情感，在蓄谋着一场更加激烈的战争。然而，就在这时，龙杰的理性复活了，苏醒了，在情感的头上猛地拍了一巴掌："兄弟，闪开！"情感被拍了个措手不及，丢盔弃甲，不战而逃。

龙杰轻轻推开陈乐乐，把她刚被解开的胸罩扣好，恢复原样，然后长长地舒了一口气，将头转向山下的万家灯火，久久地凝视不动。龙杰的胸膛，依然在剧烈地起伏着，起伏着。

陈乐乐没有马上睁开眼睛，泪水，从闭着的眼帘里渗出来，缓缓地滑落在她光洁的面颊上。

她低低地唤了一声："杰克……"

龙杰木然地坐着，脑海里空白一片。

"杰克……"陈乐乐又柔情似水地唤了一声。

"乐乐，你有什么话就说吧。"龙杰回过头来，望着她。

其实，此刻的龙杰，已经预感到她要说什么了。

"当初我……我……真是太糊涂了……到现在才发现，你才是真正爱我，真正值得我爱，值得我用一生去珍惜的人。"陈乐乐顿了顿，恳切地望着龙杰，"杰克，我们……可以重新开始吗？"

龙杰没有回答。归巢的鸟雀也已睡去，山林静寂无声。

过了很久，很久，龙杰再次把头转向山下："很晚了，我们回去吧。"

"哇"的一声，陈乐乐终于失声痛哭起来，哭声如箭，穿透夜的寂静……

14

来湘楚大学好几天了。也许是很少出远门的缘故，大家都有点不习惯，夜深人静的时候，想家想得特厉害。据说体育系的女生，也跟其他院系一样，绝大多数都是父母送来的，父母走的时候，有的还哭鼻子呢。听到有人舍不得父母走，龙杰他们就笑，说没想到体育系的女侠们也这么没出息。笑过之后，自己的心里，却也淡淡地拂过一种忧忧戚戚的感觉，龙杰明白了，这种感觉叫作乡愁。无事可做，龙杰就在本子上写一些与爱情有关的句子。除了想家，偶尔也无来由地想想林子。他甚至还发动自己独特的搜索引擎，有意无意地在南校区搜索过她的影子，当然，每次搜索到的都是失望。几次失望之后，心里就空落落的，于是，龙杰就眼巴巴地盼着军训，希望军训能带给自己一点刺激，一份别样的心情。

龙杰是 1984 年出生的，但在龙杰的身上，明显地带有一些 70 后的特征。也许是经常跟 70 后的哥哥一起玩的缘故。譬如，跟许多 70 后的农村孩子一样，从小就非常崇拜军人。手枪、冲锋枪和坦克，是龙杰小时候最喜欢的玩具。龙杰跟他的小伙伴们，更是常常玩打仗的游戏，他们有的当解放军，有的当日本鬼子，整天玩得天昏地暗硝烟弥漫。上高中时，龙杰曾和同学们一起搞过几天军训，但那军训只是象征性的，一点儿也不过瘾，连军装都没穿过，更不用说摸摸枪把了。后来听比他先考上大学的陈乐乐讲，大学的军训是非常正规的，虽然累一点，但充满了乐趣。陈乐乐给龙杰写信时，还给龙杰寄回不少军训时拍的照片。穿军装的陈乐乐简直"酷"极了，让龙杰情不自禁想起毛主席当年那首题赠丁玲的著名诗篇："飒爽英姿五尺枪，曙光初照演兵场。中华儿女多奇志，不爱红装爱武装"。

军训终于在大家的期盼中如期而至。当它真的来临时，龙杰有几分兴奋，也有几分恐惧。兴奋的是自己终于可以做一回"当兵的人"，恐惧的是那日日升高的气温。你想想吧，要在将近四十度的高温下训练一个月，不死也要被剥层皮呢。

9月1日上午，全体新生都换上了军训服装，在南校区礼堂召开完军训动员大会后，便被辅导员和教官带到篮球场上，准备军训。南校区三个系，有新生近千人，编成一个团，团下有连，连下有排。体育系的新生是一个连，叫三连，分成两个排，男生为一排，女生为二排。听说男女生要分开组编，男生们就都悄悄嚷嚷开了。但团长在军训动员大会上说了，"服从命令是军人的天职"，当然只能服从上级的安排。嚷嚷几句以后，大家都安静了下来。

分开列队后，龙杰他们的排长过来了。排长很黑，满脸暗疮，小眼睛，单眼皮，个子还算高，但没有想象的魁梧。当教官阴着脸站在大家面前的时候，龙杰的第一感觉告诉自己，他有点不喜欢这位教官。

"大家好，我姓阎，大家以后就叫我阎排长吧。我是四川人，在部队五年了，当了三年教官。我以严厉出名。因为我姓阎，要求也严，大家都叫我'阎王'。"他的话，带着浓重的四川口音。

队伍里爆发出一阵热烈的笑声。龙杰也笑了，教官那怪怪的口音，让他想起了军训前刘猛跟大家讲的一个笑话：在某大学的一次军训集训中，有一位教官的普通话讲得很差，大家都听不懂。有一次，教官对同学们说，今天我们的任务是，一班杀鸡，二班偷蛋，我给你们做稀饭。同学们听后莫名其妙，以为教官要带他们去烧烤了。最后，教官指手画脚费了好大的劲才让大家明白过来，原来他说的是，一班射击，二班投弹，我给你们做示范。

"笑什么，有什么好笑的！不像话！"阎教官的脸黑得更厉害了，"我丑话说在前头啊，从现在起，你们给我严肃点！否则的话，别怪我这个阎王不客气！"

下面又爆发出一阵想忍却没忍住的笑声。

阎教官气得小眼睛一鼓一鼓的，火山第一次爆发："安静了！全体都有，立正！稍息！立正！给老子罚站十分钟，不许动！"他显然被自己不听话的部下们激怒了，声音尖利得像虎啸狼嚎。

就像被人按了一下某个控制场面的应急开关，队伍立马出奇的安静。阎教官的小眼睛鼓得更厉害了。

太阳越爬越高，热度也在一挡一挡地往上升，很快，同学们的身上、额头上就大汗淋漓了。龙杰觉得自己头顶的帽子，就像孙悟空的紧箍咒一样，箍得难受极了。气氛沉闷得让人窒息。

十分钟罚站完毕，教官又开始训话。不知是他的话口音太重了，还是龙杰根本就不想听，反正他在训些什么，龙杰一句也没听清。训完话之后，阎教官说："今天上午，我们的任务，主要学习整理着装和站军姿！"

木桩一样站在烈日下的龙杰，突然对期待已久的军训没有了任何兴趣，想着接下来的漫长难挨的二十多天，龙杰的头一阵眩晕。

终于挨到吃饭的时间了，运动场上，队伍一解散，大队人马便像草原上的马群一样向食堂狂奔。因为教官们也都在食堂的一侧吃饭，同学们便只管把眼睛盯着饭碗，闷声不响地吃。吃完饭到了寝室，憋了一肚子话的弟兄们，终于忍不住了，一边擦汗一边骂骂咧咧。

"我们这个教官真变态！"最先对教官发难的是张翔。

"翔哥，你就自认倒霉吧，团长说了，服从命令是军人的天职。"陈默说。

"老子认得他个鬼，他要是再这么变态老子揍他一顿！"

"兵痞！十足的一个兵痞，变态狂！军人的形象都被他糟蹋完了！"刘猛也是异常气愤。

"这个阎王，简直没人性！全排又没一个妹子，这日子可怎么过下去啊！"江河湖海感叹道。

龙杰说："军训啊军训，害我白白盼望了那么久！我现在只想明天一早军训就结束……"

"牢骚太盛防肠断！哈哈，说什么都是没用的，大家洗洗睡吧！"陈默一副很坦然的样子，其实谁都知道，这只不过是另一种形式的牢骚。

大家就这么骂一通，感叹一通，再骂一通，就洗了脸，准备上床休息。

"砰砰砰！砰砰砰！"有人敲门。

门开了，进来的是李老师和阎教官。李老师既是学生辅导员，也是龙杰他们班的班主任。

"同学们好，今天阎教官利用中午休息的时间，教大家叠一下被子，还有箱子、鞋子、书本等物品的摆放，整理内务是要列入评比的，请大家务必认真对待。谢谢大家的配合！"李老师脸上带着温和的微笑。

阎教官依然阴沉着一张脸，仿佛全寝室的人都欠了他很多债拖着不还似的。

大家翻身从床上爬起来，心中都有一百个不情愿。

"你们给我看好，听好，我就只教一遍啊，教一遍还不会的，自己去学，我不管了！"阎教官拿过下铺的一床被子，边说边做起示范来。

说句实话，他被子还叠得不错，一床松松垮垮的被子，硬是被他叠得像豆腐块一样，有棱有角的。龙杰真想鼓掌，但手举到一半又放下了。

阎教官做完示范，便要同学们按照要求把自己的被子叠一遍给他看。

大家叠完，阎教官明显不满意："你们看，你们看，叠得像个什么样子！要你们认真点认真点！脑袋都长到哪里去了！"

张翔在阎教官身后不满地"哼"了一声。

阎教官回过头，眼睛狠狠地瞪了一下。正欲发作，李老师笑着开口了："阎教官，再辛苦你一下，请你再教他们一遍吧。我们体育系的男生都是些大老粗，干细活笨一点。"

阎教官摇摇头，不耐烦地说："好了，我破例再教你们一遍！最后一遍！都给我看仔细了！"

好不容易才过了叠被子这一关，衣服、鞋子、箱子、饭盒、书本等的摆放又费了大伙儿半个来小时。休息不到20分钟，下午的训练就开始了。

大家骂骂咧咧地冲出寝室，到指定地点去集合。

下午又是站军姿。站完军姿后，学习立正、稍息。天气热得出奇，又实在枯燥得很。更令人气愤不已的是，站军姿的时候，如果有人站得不好，阎教官就会在后面冷不丁地踢上一脚。

"报告教官，有人晕倒了。"站了一会儿，陈默瓮声瓮气地说。

龙杰顺着声音往后一看，只见张翔双眼紧闭，满头大汗倒在地上。

阎教官走过去，摸摸张翔的额头，又码码他的脉，大声吼道："给老子起来！装什么装！"

躺在地上的张翔，呼吸急促，一动不动。

"快起来！不起来，军训不及格拿不到学分别怪我铁面无情！"

张翔没有任何反应，继而四肢猛地抽搐起来。

"出怪事了！喂，你们把他抬到那里去！"阎教官只好授意陈默和刘猛把张翔抬到球场旁边的大树下去。这时，医务监督正好背着药箱子过来了。检查一番后，估计没什么大问题，就走开了。

张翔这个鬼脑壳！龙杰在心里笑骂道。凭他那水牯般的体魄，站站军姿是不可能晕倒的。龙杰想，他只是在想法逃避军训罢了。果然，不几分钟，张翔就慢慢地坐了起来，趁阎教官转身的当儿，朝着军训队伍窃笑。

阎教官踱了一阵方步，又开始对大家训话，再次强调了一大通军训纪律。

龙杰总觉得，他那浓重口音的话，比树上令人厌烦的蝉鸣更加难听和刺耳。

一个暑假没有动，体能下降得可真快。一天的军训，居然把龙杰弄得腰酸背疼，腿如铅注。下午解散的时候，阎教官说一排的同学晚上还要训练，龙杰心里直骂娘。

想见时难相见，不期然又偶遇了。在食堂吃饭时，龙杰竟遇见久违的林子。她穿了一件宽大的海蓝色文化衫，胸前写着一个大大的"舞"字，显得轻松随意而又不失青春的魅力。人长得漂亮，身材又好，穿什么衣服都好看。

林子也看见了龙杰，屁颠屁颠地向龙杰这边走来，吸引来众多艳羡的目光。

"师傅，你穿军装的样子真的好帅耶！"

"没办法，主要是人长得帅嘛！"熟了点，先前还有点腼腆的龙杰就敢在林子面前开开玩笑了。

"哈哈哈哈，没想到师傅也会臭美啊！"林子笑得前仰后合。笑过之后，她问，"师傅，军训是不是很累？"

"还好啊，要知道，我可是体育生啊！"

"是哦，军训对于你们体育生来说，应该是小菜一碟啦！"林子说，"对了，师傅，你现在是我们广播站的记者了，要记得给我们写几篇关于军训的稿子啊，通讯和军训感受都可以的。"

"没问题！"龙杰问，"稿子写好了怎么交给你？"

林子说："你不是有我 QQ 吗？直接发到我 QQ 邮箱里就行。"

"好的。不过，估计这段时间是不能上 QQ 了。"龙杰带点怨气地说，

"看来起码十天半月，我们是没有人身自由了。"

"哈哈，军训说苦也苦，说累也累，但回忆起来还是蛮有趣的呢！"林子一双大大的眸子泛着兴奋的光泽，"记得那时带我们军训的教官特有趣，人也很好，我们特崇拜……"

"唉，别说教官了，一说教官我就来气。我们的教官特变态！你不知道，他满口脏话，还动不动用脚踢我们！"

"真的？这就太不像话了。不过每一届的教官里面都有个别素质差的。"林子安慰道，"没关系，师傅，半个多月挺一挺就过去了，男子汉嘛，一定要学会坚忍！"

听林子这么一说，龙杰心里的怨气冲淡了不少，身上的疲惫也一下子消失了很多。

"龙大侠，我先走了啊，你们继续谈心吧！"陈默说完，用勺子敲着碗朝食堂门口走去，刚走两步，又回过头来做了一个鬼脸。

"陈默啊，你给我正常点好不好！"龙杰笑道。

陈默一伙嬉皮笑脸地消失在食堂的大门外。

目送他们出去后，龙杰又准备端碗，这才发现，碗里的饭，早就吃光了。手里端着的是一个空碗。

林子笑笑："师傅，今天第一天军训，你们晚上不会还有训练吧？"

"有啊！"龙杰本想再次跟林子大发一通感慨，但这些感慨刚一上路，又赶紧来了个急刹车，因为龙杰突然看见了在不远处用餐的阎教官。

龙杰压低声音说："不好了，我们教官就在旁边。"

"哪里？"

"那边，靠柱子坐着的，墨黑墨黑一脸麻子的那个。"

"哈哈，确实长得有点个性。"林子抬腕看看表，发现时间不早了，便说，"师傅，六点钟了，你也赶紧回寝室休息一会儿吧。"

龙杰点头说："好。"

临走，林子又说："师傅，告诉我你们在哪块地方训练，晚上我去看你军训。"

"在室外的篮球场，"龙杰充满期待地说，"真的一定要来啊！"

"好的，一定来！"林子肯定地回答。

晚上的训练，如期进行。林子果然按时赶到篮球场，虽是站得远远地看，仍给了龙杰神奇的力量。训练主要是复习白天学习的内容，龙杰既不觉得枯燥，也不觉得累了。

一小时后，阎教官整队集合，宣布："接下来，我们跟二排一起搞一个活动，大家放松放松。每个同学都要上台，特别是有才艺特长的同学，要好好准备一下，为大家奉献一个精彩的节目。"

"欧耶！哈哈！"听到要跟女生们一起搞活动，陈默兴奋得做鬼叫。

活动在篮球场上进行。一排和二排，以中线为界，各坐一边。主持人两个排各出一个。一排的同学们一致推举陈默上阵。女生那边选上来的，则是一位身材不错的美女，叫王琪，应该是学健美操或体育舞蹈专业的。活动的内容，就是表演节目，阎教官说，每个人都必须表演，主持人点到谁谁就上场。

活动开始了，那位叫王琪的女主持人首先表演了一段精彩的孔雀舞，她跳舞的时候，龙杰觉得她像极了杨丽萍。虽然没有音乐伴奏，但丝毫不影响动作的表现力和观赏效果。

接下来，是由一排出节目。大家一致推荐张翔，陈默就示意张翔上来。张翔显然没做好心理准备，摸着头半天没有上去。

陈默就带着大家喊："张翔，来一个！张翔，来一个！"

二排的女生接着也尖着嗓子喊："一二三四五，我们等得好辛苦！一二三四五六七，我们等得好着急！"声浪一阵高过一阵。

张翔只好硬着头皮上去了。他说："我叫张翔，张飞的弟弟——不好意思，开个玩笑啊。我的名字是张开翅膀去飞翔的意思，但遗憾的是，就连在梦里都没飞起来过一次。"

张翔的开场白引来大家一阵开怀大笑。他顿了顿，习惯性地挠了一下头，"本人实在没什么才艺，就做个简单的自我介绍，大家交个朋友吧。"

漂亮的女主持人大声问道："张翔的意思是，他就不表演节目了，大家同意不同意？”

所有的男生女生齐声说："不同意！"

张翔回头看看一排的兄弟，急了："我真的不会表演什么节目，大家就放我一马吧！"

女主持人接着说："大家同意放他一马吗？"

下面齐声说："不放！"

张翔挠了半天的头，说："好，请安静一下，我给大家讲个笑话吧！"

怕自己的兄弟下不得台，作为主持人之一的陈默赶紧出来解围："好吧，讲个笑话也行，但有个条件，就是他说的笑话要能够让大家发笑，否则不能通过。好不好？"

"好！好！"所有的男生和所有的女生都齐声说。

张翔又挠了一把头，清了清嗓子，有板有眼地讲起来："这是一个真实的笑话。有个电视台的主持人——不好意思，他跟本人关系不错，为了维护他的公众形象，我现在就不点他的名了，嘿嘿，开个玩笑啊——他在主持一档节目的时候，搞了一个现场互动游戏，请两个观众出来进行跳绳比赛，赢了的那个可以获得一份礼物。马上有两个女孩子跑上台来。主持人说我喊'预备——开始'你们就跳，但刚喊了个'预备——开'其中一个就跳了。主持人马上喊停，并说，同志，你也太性急了吧，我的开刚出口，始（屎）还在嘴里呢！"

张翔讲到这里戛然而止，引得现场爆笑。

笑毕，陈默问："大家觉得这个笑话怎么样？"

下面有人回答："好是好，就是太短了！"

陈默朝张翔笑了笑："兄弟，大家还不过瘾怎么办？"

下面马上起哄："再讲一个！再讲一个！"

张翔没办法下台，只得又讲了一个："某大学伦理学课堂上，教授正在讲授爱情和婚姻。这时，一位学生大声问道：老师，为什么大家都说婚姻是爱情的坟墓？教授激动地回答：这就是说，如果没有婚姻，爱情将死无葬身之地！"

见下面笑声一片，陈默终于发话了："兄弟，可以过关了！恭喜你！"

又轮到女生出节目了，一位叫安谧的女孩表演了一套健美操。听主持人介绍，安谧读中学的时候，曾经代表学校参加全省中学生健美操比赛，夺得过单人操的冠军，她活泼明快的表演，彻底征服了大家。

之后出场的是江河湖海，他为大家演唱了一曲张羽生的《大海》，他的声音飙得很高，而且声情并茂，还跳几个舞步，玩几个抛接话筒的花样，明星味儿十足。他得到的喝彩同样不少。

二排的女生又表演了一个节目后，轮到刘猛出场了。刘猛一上去就嘿嘿地笑："我叫刘猛，大家听我说话像鸭子叫，就知道我肯定不会唱歌，再看看我这企鹅一样笨重的身材，就知道我肯定也不会跳舞，但如果我不表演节目的话，我估计大家不会放过我。这样吧，我也为大家讲个笑话好不好？"

"不好！"大家马上异口同声地投了否决票。

刘猛只得向两位主持人求情。最后还是陈默为他解了围："亲爱的兄弟姐妹们，刘猛确实没有唱歌跳舞的才华，讲笑话的本事倒是不错，我们就一起见识见识吧！"

陈默一提议，大家用掌声一致通过。

笑话还没开始讲，刘猛自己先笑了："朋友们，我来自梅山，大家肯定都听说过这句话：天不怕，地不怕，就怕梅山人讲普通话。我的普通话是很不普通的，请大家千万要注意听——没听清楚的话你会留下一生的遗憾！"他顿了顿，"我要讲的这个笑话，在我们梅山流传很广，下面言归正传：从前，梅山有个叫戴痞子的人，虽然成天游手好闲，却非常聪明机智，深受大家的喜欢。有一天，他跟一个伙计在路上走，迎面走来一群如花似玉的妙龄女子。那伙计对戴痞子说，都说你很聪明，你要是能做到中间那位姑娘的啵，那我就真的佩服你。戴痞子说，我们打赌，你输了给我三升米，我输了我给你一斗米。那伙计欣然答应了。戴痞子胸有成竹地说，好，看我的，就快速迎了上去。他挡在那群姑娘面前，板着脸问道，你们是不是偷吃了我园里的橘子。姑娘们气愤地说，你莫乱怪啊，小心我们剁你的脑壳。戴痞子说，你们偷没偷，我闻闻你们的嘴巴就知道了。为了显示自己的清白，姑娘们理直气壮地说，你闻，你闻啊！他当真一个一个地闻过去，闻一个，摇摇头，再闻一个，还是摇摇头。当他闻到中间那个姑娘的时候，他猛地把嘴巴凑上去，做了一个响啵，然后转身就跑。恼羞成怒的姑娘在后面大骂，你这个死剁脑壳的，短命鬼！戴痞子则频频回过头来做出一副嬉皮笑脸的样子。就这样，聪明绝顶的戴痞子轻而易举地赚了一个啵和三升米。"刘猛的笑话立即引起了全场轰动，"笑果"非同一般。

龙杰本想表演一套武术，活跃的现场气氛使他受到了热烈的感染，而林子的到来，更加点燃了他的表演欲。他的心早已经在兴奋地闪展腾挪了。但想到林子，他又突然改变了主意，他要来点创新，即兴朗诵一首诗歌。

陈默叫到了龙杰的名字，龙杰轻快地起身站到台中央。借着球场的灯光，他深情地看了一眼林子，林子也正安静地看着他。

龙杰潇洒地甩甩头："大家好！我叫龙杰。李小龙的龙，李连杰的杰。大家一听我的名字就知道，又一位武林高手横空出世！"龙杰的自我介绍，同样赢得掌声和笑声一片。他继续说道，"不过，今天我就不表演武术了，我为大家即兴朗诵一首自己创作的诗歌吧！"听说武术班的龙杰要即兴朗诵自己的诗歌，大家充满了好奇，暴风雨般的掌声过后，则是暴风雨过后大地般的宁静。

"曾几何时，社会上对体育存在一种不应有的偏见，认为搞体育的人都是头脑简单四肢发达的，体育界乃是思想和文化的荒漠。我热爱武术，也喜欢文学，我想用我的诗歌来修正这种偏见。我的诗歌的题目叫——《体育文化人》。"

每一块肌肉都蕴含着力量
每一条血管都奔流着激情
每一根神经都传递着兴奋
每一个表情都袒露着健康
我们是新世纪的体育文化人

每一次挑战都书写着勇敢
每一声呐喊都展示着坚强
每一回受挫都怀揣着乐观
每一朵笑容都洋溢着自信
我们是新世纪的体育文化人

明眸里闪烁着智慧的光芒
大脑里密布着思想的深邃
动如脱兔，运动场上飞扬着青春的风采
静若处子，知识殿堂吮吸着永恒的书香
我们是新世纪的体育文化人

粗壮的骨骼，支撑着公平与正义
宽阔的胸膛，容纳着美德与良知
以内外兼修的理念塑造完美
以德术相长的良训鞭策人生
我们是新世纪的体育文化人

"我的诗歌朗诵完毕，谢谢聆听！希望大家都能成为能文能武的体育文化人！"

龙杰朝所有的观众深深地鞠了一躬。

掌声。经久不息的掌声。

主持人王琪做了一个有点夸张的表情："哇，好有气势和内涵的诗歌！请大家再次为我们体育系的才子鼓掌！"

话音未毕，又是掌声四起。龙杰迫不及待地看了一眼站在一旁远远地观看的林子。别人的掌声都停了，林子还在忘情地鼓掌，使得龙杰对于自己刚才的朗诵更加满意，他的内心迅速体验到一种从未有过的惬意。

陈默食指放在嘴边"嘘"了一下，示意大家安静下来。他说："朋友们，龙杰不愧是我们体育系的才子，他的诗歌给了我们很深的启示。让我们共同努力，做新世纪的体育文化人！"随着掌声响起，陈默停顿了一下，接着说，"龙杰的名字，是两位功夫巨星的合体，据我所知，龙杰同学的功夫，也不输李小龙和李连杰——开个玩笑，哈哈。刚才大家听了他的精彩的诗歌朗诵，下面请大家继续欣赏他的武术表演！让掌声来得更猛烈些吧！"

龙杰被陈默打了个措手不及，但本没打算表演武术的他也没有刻意推辞。但见他凝神静气，一套舒展大方的长拳，一气呵成。表演完毕，他又应大家的要求表演了走倒路。走倒路就是把脚举起来用手走路。龙杰走倒路的样子，像极了一只下山的猴子，逗得大家捧腹大笑。

林子笑得更加夸张，竟捂着肚子蹲了下去。

　　龙杰的表演，把联欢会的气氛推到了高潮。这时，有人提议要教官表演节目。主持人便顺水推舟地把两位教官请上了台。

　　二排的刘教官首先亮相，他一口气演唱了两首歌——《当兵的人》和《小白杨》。刘教官虽非专业歌手，但那气势好生了得！

　　轮到阎教官表演了，他没有唱歌，而是打了一套军体拳。说实话，他打得还算不错，虽然在龙杰等行家看来，他的基本功差了一点，但很有力道。

　　阎教官表演完毕，同样收获了不少的掌声，有人还故意吹起了口哨。

　　王琪笑着走向观众，大声说："同学们，阎教官表演得好不好？"

　　大家便齐声说："好！"

　　陈默接着说："阎教官表演得妙不妙？"

　　大家又齐声说"妙！"王琪和陈默最后一同喊道："下面，我们请阎教官再来一个——要不要？"

　　同学们立刻声嘶力竭喊道："要！"

　　阎教官显然对大家的热情表示十二分的满意，满口答应再表演一个节目："盛情难却，盛情难却，我再为大家跳一曲国标吧，不过需要找一个女生上来配合一下。有谁愿意上来与我共舞？"

　　话音刚落，就有一个矮矮胖胖的女生自告奋勇地跑上来了。阎教官犹豫了一阵，然后以身高差距太大不好配合为由把女生打发下去了，弄得那女生好不尴尬。

主持人王琪灵机一动，建议阎教官自己选舞伴。可是，出乎意料，他选中的几个漂亮女生都说自己不会跳拒绝了。最后只得由王琪舍命陪君子。

阎教官紧紧地搂着王琪，王琪边跳边使劲地往后仰着，但阎教官的力气太大，他裤裆里的那把"手枪"时不时地趁机顶她一下。王琪觉得好恶心好难受，却又骑虎难下，真是哑巴吃黄连有苦说不出……

一个好好的活动，到最后竟变得索然无味。所有的男生女生都恨死了那个"阎王"。回宿舍的路上，林子对龙杰说："你们教官好变态！"龙杰愤愤地说："岂止是变态！简直是个——变态狂！"

军训的第五天清早，龙杰下楼梯时不小心摔了一跤，把右大腿的韧带拉伤了。这是老伤，四月份参加体育高考武术专项考试的时候就伤过，当时真是疼痛难忍，咬紧牙关才坚持把专项考完。考完专项，紧接着就是100米跑。龙杰去医务室打了几针"封闭"，才坚持考完，但成绩非常不理想。万幸的是，他最后还是考上了。

龙杰拖着受伤的腿去出早操，尽管尽了最大努力，还是迟到了一分钟。

"报告！"龙杰站在那里，等着阎教官发话。

"先做100个俯卧撑！"虽然时间还早，天还没有大亮，阎教官那张布满麻子的可怖的脸，仍然看得十分清楚。

龙杰解释道："教官，我刚才下楼梯的时候不小心摔了一跤，腿受伤了。"

阎教官板着脸："别跟我说什么理由，赶快做！"

龙杰犹豫了一下，极不情愿地慢慢趴了下去。

阎教官厉声喝道："自己数，数出声来！"

"一、二、三、四……"因为受伤的腿还在剧烈地疼痛，当龙杰艰难地数到一百的时候，汗水早已湿透了脊背。

"做得不规范！原地不动，保持立正姿势，罚站10分钟！"阎教官眼睛狠狠地横着龙杰。

龙杰明显被激怒了，只觉得全身的血液，直往头顶上冲。但他不便发作，像一只沉默的野兽，血脉偾张地站在那里，恨他恨得直咬牙。龙杰甚至想把这个该死的"阎王"狠狠地揍一顿。

　　右腿依然钻心地痛。龙杰只得把重心放到左脚上，减轻右脚的负担。

　　不知是站到第几分钟的时候，龙杰的没太站直的右腿冷不防地被重重地踢了一脚。龙杰本能地用脚一勾，身后的阎教官一个趔趄，差点摔个狗吃屎。

　　"你敢踢老子！"阎教官恼羞成怒，拳头冷不丁地就挥了过去。

　　如果刚才的勾踢还是无意的话，龙杰现在就真的顾不上那么多了。他全身的愤怒都化成了反抗的力量，抓住阎教官的手臂，顺势就是一个背摔。

　　阎教官的防守统统失效，被重重地摞倒在地上。

　　见龙杰跟阎教官开战了，同学们立刻围了过来。场面一片混乱。

　　怕冲突继续升级，张翔从后面像铁箍一样紧紧箍住龙杰，将他强行抱到一边去。

　　阎教官毕竟也是有点功夫的。龙杰松手后，他一个鲤鱼打挺站了起来。出乎所有人的意料，他不但没有发怒，反而向龙杰竖了个大拇指："你算条汉子，我就佩服功夫比我更好的人！"

　　龙杰和他全寝室的兄弟们都不敢相信，在后来的军训中，阎教官居然没有报复他，而且态度来了个一百八十度的大转弯。龙杰的表现也越来越好，最后还在他擅长的打靶中表现突出，被评为"优秀射手"呢。

　　可军训快结束时，龙杰听到一个他怎么也不敢相信的消息——周欢得了精神分裂症，休学回家了。他将信将疑地去问李老师，李老师心情沉重地说："是啊，真没想到，平时那么乐观开朗的她会这么脆弱！"

　　原来，周欢在中学时就爱上了她的体育老师，刚考上大学的时候，那位未婚的体育老师曾经信誓旦旦地说，等她大学毕业了就跟她结婚。爱和被爱都是幸福的，那是周欢纯洁的初恋。她把她很多美好的第一次都给了他，第一次牵手，第一次写情书，第一次拥抱，第一次接吻，第一次……然而，就在一个星期六的晚上，残酷的现实无情地粉碎了她为自己精心建构的关于幸福的梦想。她想他了，坐了几个小时的火车，偷偷地回去见他，想给他一个惊喜，结果，他的房间里明明亮着灯，她却怎么也敲不开门。她担心得要死，以为自己亲爱的人有什么不测，就把门踢了猛冲进去。那一刻，她看到了她最不想看到的一幕，那个曾给过她无数甜蜜幻想的房间，站着只穿着一条短裤的体育老师和一位惊慌失措的女生。痛苦至极的周欢一下子失去了理智，哭喊着朝她曾经的亲爱的男朋友扑了过去："你为什么要骗我？为什么？我恨你！我恨你！我恨你！"那体育老师恼羞成怒，抬手就给了失态的周欢一巴掌。周欢马上停止了哭，"嘿嘿嘿嘿"地起来。她疯了。

一整天，龙杰的脑海里都是自信的周欢，快乐的周欢。虽然跟周欢的交往并不多，但他已经在心里深深喜欢上了这位大大咧咧的学姐。生活怎么会这样呢？难道这就是命运吗？他闷得慌，空洞的脑海里，纠缠着无穷无尽的惆怅。

军训结束那天，林子来向龙杰要之前向他约的稿子，心情极度不佳的龙杰只得交了白卷。当林子得知详细情况后，沉默了好半天，长叹一声："唉，这就是生活！"

军训终于结束了，龙杰长长地舒了一口气。照照镜子，发现自己的一张白脸变成了一块黑炭，整个一少年包青天。

来大学后一直没有机会去网吧上网。现在军训搞完了，总算可以出去过把网瘾了。吃罢晚饭，痛痛快快地冲了个凉水澡，把浸满汗渍的军装扔到一边，换了那身李宁牌的运动服，龙杰一路小跑着去南校区旁边的小巷里找网吧。

那条小巷名叫前进巷，网吧开了一条街。龙杰去了几家，都是人满为患，看样子，来上网的大部分是刚刚结束军训的南校区的新生。龙杰火急火燎找了好几个来回，终于在"天地人网吧"觅得一个位置。因为人太多，天气炎热，网吧不怎么通风，加上抽烟的不少，网吧里烟雾弥漫，给人一种闷得透不过气来的感觉。但这似乎并不是什么障碍，大家都玩得十分起劲，聊天的，打牌的，玩游戏的，搞得热火朝天。尤其是那些玩游戏的，玩到刺激的时候，竟忍不住大喊大叫，跟疯子没什么两样。

龙杰不会打牌，也不喜欢玩游戏，到网吧一般就是看看感兴趣的新闻，逛逛自己喜欢的文学网站、诗歌论坛，或者跟网友聊聊天。网络聊天也是很容易上瘾的，记得最开始网聊的时候，龙杰一有机会就要跑到网吧去，甚至偷偷在网吧熬过几个通宵呢。天地人网吧的机子不算很好，网速也慢，光开机就用了好几分钟的时间。开机后键盘又不听使唤，但网吧只有最后一个位置了，龙杰没有选择的余地，只好将就将就。

开了机，龙杰首先登陆了QQ。这是他一直以来的习惯。

一开QQ，信息提示音就不停地响。龙杰很久没上网了，系统消息和网友留言太多了。第一个系统消息就是请求加好友的。其实龙杰没有设置身份验证，谁都可以加他，但系统照例要给他发条消息。龙杰查看了一下对方网友的资料，大部分都是空白，只简单地填了几项——昵称：拒绝融化的冰，女，20岁，双鱼座。出于好奇，龙杰想先看一下她的空间，但进不去，没有权限。

不过很快，拒绝融化的冰的消息就来了："嗨，你好！"后面送了三朵鲜艳的玫瑰花。

"你好！"龙杰礼貌地回了三个抱拳礼。

"呵呵，猜不出我是谁吧！用你的小脑筋赶快想一想吧！"这次对方发了个调皮的表情。

龙杰抓耳挠腮也想不出对方是谁，便问："我的小脑筋不管用啦，请问你是？"

"嘿嘿，猜不到吧。告诉你，我也是湘楚大学的，再猜！"

龙杰回复："猜不到，姓甚名谁，请从实招来！哈哈哈哈！"

"还没猜到？笨蛋一只！告诉你算了吧，我是林子，嘻嘻！"对方又连发三个调皮的表情。

龙杰兀自笑了起来。天地良心，他根本就没想到对方会是林子。

聊天愉快地继续着。

潇湘剑客："呵呵，幸会！幸会！"

拒绝融化的冰："师傅你终于来了啊！等得花儿都谢了！"后面跟着三朵凋谢的"玫瑰花"。

潇湘剑客："嘿嘿，今天总算解放了！解放区的天，是明朗的天！"

拒绝融化的冰："热烈祝贺！"

潇湘剑客："谢谢林子！对了，你为什么叫拒绝融化的冰呢？"

拒绝融化的冰："因为我是一块固执地不肯融化的冰。"

潇湘剑客："真的没有什么能够将你融化吗？"

拒绝融化的冰："至少，现在没有。"

潇湘剑客："我不相信。"

拒绝融化的冰："不相信也得相信。"

潇湘剑客："我要变成一片阳光，将拒绝融化的冰融化，呵呵！"

拒绝融化的冰："我在阳光照不到的角落，嘻嘻！"

潇湘剑客："世界上没有阳光照不到的角落。"

拒绝融化的冰："就算没有阳光照不到的角落，我也依然是一块拒绝融化的冰。请问，珠穆朗玛峰上的雪能化吗？梅里雪山上的雪化了吗？"

潇湘剑客："呵呵，你太固执了！"

拒绝融化的冰："不是我固执，是生活让我害怕融化。"

潇湘剑客："雪化了是春天，你害怕什么？"

拒绝融化的冰："有些东西是说不清楚的，嘿嘿。师傅，你的网名好霸气，网名颇有一股古代侠客的味道。"

潇湘剑客："呵呵，挟剑走江湖，是我少年时代的梦想。"

拒绝融化的冰："师傅果然具有大侠风度！"

潇湘剑客："大侠不敢当，小侠倒有一点。"

拒绝融化的冰："师傅啊，你文武双全，如果提前五百年出生，你很可能就是某一个皇帝的将才，至少也是一个名副其实的剑客啊！"

潇湘剑客："哈哈，可是本大侠生不逢时啦！"

这时，有一个高中同学上线，给龙杰发来问候，他抽空跟她聊了几句。

一会儿，林子的消息又过来了："怎么不理我了，很忙吗？"

龙杰说："不好意思，跟我高中同学打个招呼呢。"

"师傅，我可是在专心跟你聊呢，你看我都是隐身的耶！你也不许开小车！"

龙杰这才注意到，她的头像还是灰的，于是索性跟同学拜拜，隐身潜水："报告小徒弟，师傅不开小车了，开隐身战斗机，请问是不是应该表扬一下？"

"应该应该，表扬表扬！"

"谢谢谢谢！得到美女徒弟的表扬，本大侠真是感到无上滴光荣啊！"

"哈哈，师傅，你一定要经得起表扬哦！"

"没问题，你师傅可是经过酒精考验滴！"

"呵呵，不开玩笑了。师傅，跟你说个正经事儿，过几天就是国庆节了，你有什么特别的安排吗？"

"还没什么安排啊！本来打算回家一趟，可是刚来学校不久，不想浪费车费……你呢？"

"我也不打算回家。对了，请问师傅家在哪里呀？"

"梅山，听说过吗？"

"没听说过呢，那里好玩不？"

"当然好玩了，那里有个神仙洞，电视连续剧《西游记》三打白骨精那场戏就是在那里拍的呢，电视里的水帘洞就是我们那里的神仙洞！"

"真的呀？什么时候带小徒弟去见识见识，如何？"

"没问题啊！"

"就这么说定了啊！拉钩！"

"拉钩，上吊，一百年，不许变！"

"嘿嘿，师傅真好！"

"你还没告诉师傅你是哪里的呢！"

"一个非常非常贫穷落后，既出土匪也出大文豪的地方，猜猜是哪里？"

"湘西？"

"师傅就是师傅，一猜就准呀！"

"湘西土匪，好怕！"

"哈哈，原来师傅也是个胆小鬼啊！"

"看过《湘西剿匪记》，湘西土匪好恐怖的呢！"

"呵呵，真正的土匪，我都没见过一个。"

"那里是少数民族地区吧？"

"对，湘西是土家族苗族自治州。"

"那你肯定不是汉族?"

"我是美丽的苗家小妹妹。"

"呵呵,小苗子你好!"

"不许这么叫,苗子是骂人的话呢!要在我们湘西,你这么说会挨打的!"

"不好意思,我还以为是亲切的称呼呢!那就叫你苗家阿妹吧!"

"叫我小徒弟就可以了,叫林子也行,都喜欢,嘿嘿。"

"只知道湘西是个神秘的地方,但具体湘西在哪里,我还不知道呢!"

"湘西,在沈从文的书里,在黄永玉的画里,在宋祖英的歌里,还在师傅的梦里,嘻嘻!"

"经典!这是我听过的最诗意的关于湘西的介绍!"

"呵呵,师傅过奖了!"

"你跟宋祖英一个姓,该不是宋祖英的亲戚吧?"

"宋祖英就是我表姐呢,嘻嘻。"

"真有那么巧?"

龙杰还真有点相信了,从湘西走出来的宋祖英是歌唱家,而林子不也是学音乐的吗?

"徒弟我从来不骗人。"

"我要是跟你去你们家玩,有机会见到你家表姐吗?"

"哈哈,真的是笨蛋一只,这么容易上当。不过我倒真希望有这么一个好姐姐的。"

龙杰觉得自己真的是傻到家了,随即发了个怒火中烧的表情过去:"你不是说从来不骗人吗?"

"哈哈,不骗人并不代表不骗小猫小狗小猪……"

"你……哼,看我怎么收拾你!"

"呵呵,师傅手下留情!"

"你简直气死俺了!"

"师傅息怒,师傅息怒!"

"不想跟你说话了，哼!"

"师傅不要这么小气嘛! 不是说大人有大量吗?"

"哼，看在你是我小徒弟的分上，就姑且原谅你这一次吧! 记住下不为例啊!"

"谢谢师傅! 保证下不为例!"

"要说到做到。"

"好，说到做到!"

"这才像话嘛!"

"嘿嘿，师傅，说说你国庆长假的安排好不好?"

"早就听说这里有个全国闻名的书市，国庆假期想去溜达溜达，买几本书看看，其他就没什么了。"

"那我再帮师傅安排点事做好不好?"

"好啊! 什么事?"

"10 月 7 日晚上南校区要搞迎新晚会你知道吧?"

"知道，好像每个班要报两个节目去参加筛选。"

"你报节目了吗?"

"没有。"

"为什么不报呢?"

"我不会唱歌，又不会跳舞……"

"赶快报一个吧，我是迎新晚会的节目主持人，也是节目筛选的学生负责人之一。"

"那太好了，可以跟小徒弟拉个关系不?"

"完全可以，哈哈哈哈!"

"哈哈，问题是，巧妇难为无米之炊，我没节目可报呀!"

"亮亮你的拳脚呗!"

"体育系藏龙卧虎，精彩的拳脚大家看多了。"

"不管怎样，你要报一个!"

"不会是军令吧!"

"就是军令！军令如山，师傅必须绝对服从！"

龙杰想了想，说："那……我表演一套剑术吧，节目名称就叫《剑气箫声》。你能帮我到你们音乐系找一个会吹箫的做搭档吗？"

"好主意！做搭档的任务就交给小徒弟我吧。我虽是学声乐的，但各种乐器也还来得两下子。我老爸是县文工团出身，吹拉弹唱样样在行。我从小耳濡目染，也学到了一点东西。在所有的乐器里面，我尤其对箫和笛感兴趣。"

"那太好了，正愁找不到一个吹箫的。"

"嗯，师傅，就这么说定了啊！我要下了。我们从明天开始排节目吧！"

"好的，我也要回寝室美美地睡一觉了。"

"嗯嗯，明天见。回去路上小心，晚安！"

"晚安！"龙杰发完这最后两个字，内心里跳跃着一种莫名的兴奋。

回去经过香桂园时，龙杰想起了那连续几晚如泣如诉的箫声。那吹箫的人儿，不会就是林子吧？

18

南校区实在太小了，往往转个身就会遇到。第二天一早，龙杰又在宿舍门口与林子不期而遇。林子把头发束了起来，那个漂亮的发夹，像一只蓝色的蝴蝶，翩然欲飞。

龙杰视力特好，老远就看见了林子，林子显然也看见了龙杰，微笑着停下来，静静地站在那里。

见龙杰走近了，林子柔声问道："师傅，昨晚忘了跟你约时间了。请问你的剑术编好了吗？"

"不用编，有现成的套路，我以前在中学表演过好多次的。我们只要找个时间配合一下就可以了。"

"那，今天下午我们抽空去排练一下吧！"

"好的，正好刚搞完军训，我也还没什么事。"

"嗯。就到我们音乐系的小排练厅吧。"

"好的，到时我怎么联系你？"

"就打我寝室电话。那次好像告诉过你号码，师傅还记得吧？"

"记得，记得。对了，你没有手机吗？"

"以前有，现在不用了。"

"为什么？你不觉得手机很方便吗！"

"我不喜欢用手机。"

"为什么？怕找你的人太多？"

"不是。"林子摇摇头，"反正，至少毕业之前我是不会再用手机了。"

龙杰笑了笑，说："那跟你联系多不方便啊！"

林子说："哪里会？师傅肯定会买手机，我可以联系师傅啊！再说，除了上课，我一般都宅在寝室。"

"做宅女？周末也不出去玩吗？"

"不出去，感觉没什么好玩的。"

见林子谈话的兴致突然低了下去，龙杰就没好再继续问了。他瞬间脑子卡壳，不知道下一句该说什么。

"师傅，我先回寝室了，我们下午再联系。"

"好的。"

"师傅再见！"林子朝龙杰挥了挥手。

"再见！"龙杰也挥了挥手，目送着林子发梢上那只蓝色的蝴蝶飞进女生宿舍的大门。

龙杰有点懊恼自己刚才的表现，一下就把天给聊死了。他想，下次去图书馆，一定要借几本演讲与口才方面的书出来看看。

等待的时光是最难熬的。龙杰恨不得马上就到下午两点半，可时间就像大地上的蚂蚁，不紧不慢地爬着，有时还停下来，这里闻一闻，那里碰一碰。

好不容易到了中午，龙杰吃了午饭，将那把三年前省吃俭用从河南嵩山一个武术器材厂邮购来的武术表演剑拿出来，擦得亮亮的，又重新用胶带绑了一下剑柄，然后，在寝室里把那套剑术简单地比画了几遍。

陈默说："龙杰啊，我怎么觉得你最近有点不太正常啊！"

"你才不正常呢！"龙杰怼了陈默一句，"陈默你最好给我走开点，好久都没摸过我的宝剑了，我舞几下找找感觉。"

龙杰连做了几个剪腕花后，突然来了个利索的刺剑动作，陈默吓得忙退到一边去。

两点半钟，龙杰准时打林子宿舍的电话，电话铃只响了一声林子就接了，她说她一直在寝室等着呢。

挂了电话，龙杰背着宝剑，快速地闪出了门。

陈默的目光尾随到门口，对寝室的其他人说："怪不得这人突然变得神秘兮兮的，原来是有情况啊！"

刘猛说："人家的桃花运来了，你管得着吗？"

陈默打开窗户，刚好看到龙杰与林子在树下接头的画面，故意大喊一声："龙杰，记得给兄弟们带喜糖回来！"

"哈哈哈哈……"小小的寝室顿时被一阵男子汉粗犷的笑声淹没。

龙杰假装没有听见。他跟着林子去了音乐系的小排练厅。这是音乐系舞蹈专业排练节目和上小课的地方，最多能容纳 20 个人上课。排练厅虽小，但各种设备都不错。一面大大的镜子，一溜光洁平坦的实木地板，一排整整齐齐的肋木，旁边还摆放着一架黑色的钢琴，让人一进来就能感受到一种强烈的艺术氛围。

林子手上的那支箫，显然有点旧了，散发出一种古色古香的味道。

她对着镜子试了一下音，是那种很悲的调子，只轻轻一吹，忧伤便流了出来。

"你刚才演奏的是什么曲子啊？感觉好熟悉的。"

"箫独奏名曲——《殇》，张维良先生的作品。你听过？"

"哦，好像在哪里听过似的，印象很深，但又记不起来是在哪里听过了。"龙杰略一沉思，记忆顿时复活，"对了，香桂园那里经常有人吹这个曲子，每次都吹得荡气回肠。"

龙杰又很想问，那个吹箫的是不是就是林子。

林子沉默了一下，眼睛望向别处："箫和笛虽然都是竹子做的，吹奏上也只有竖吹和横吹之别，但笛子更适合吹奏欢快的乐曲，而箫的声音相对低沉，更适合吹奏像张维良先生的《殇》这类荡气回肠的曲子。在这两种乐器中，小时候我更喜欢笛，现在则更喜欢箫。"

"我想，人对音乐的喜好也是与自己的阅历有着很大关系的。"

"嗯，应该是这样吧。"

说到这里，两个人都安静了下来。

龙杰又小心翼翼地揩拭了一下一向视为宝贝的剑，然后放下，做了几个热身的动作。接着又拿剑做了几个剪腕花和撩腕花。林子则继续试她的箫，声音依旧低沉悲凉。

龙杰听得有点难受，对林子说："小徒弟，这个曲子太悲凉了，听了心都要碎的。还是换一个曲子吧，最好是婉转而不悲戚的。"

林子笑了笑说："嗯。我刚才试的是《秋江夜泊》，那就再试一下《竹苑情歌》吧，也是名曲。师傅你仔细听一下，看配你的剑术合不合适。"

林子说完，深吸一口气，把箫含在嘴里，旁若无人地吹奏起来。吹到动情处，竟闭上眼睛，独自陶醉。那仿佛发自肺腑的声音，一下子把龙杰带到一片幽深的竹林，让他沉迷其中，体验一种缠绵的情愫，一种悠远的意境。

龙杰按捺不住，舞动起手中的剑来，剑，随着箫声飞舞，轻云柔抹，穿挑挂刺，如入无人之境。

林子吹奏完毕，龙杰刚好摆出最后一个造型。

"师傅，好剑法！"林子放下手中的箫，忘情地鼓起掌来。

龙杰从容收剑，笑道："我的剑法好，是因为你的箫吹得好啊！"

"哈哈，是否可以反过来说，我的箫吹得好，是因为你的剑法好！"

"哈哈，完全可以，所谓相得益彰也！"

"师傅，你觉得选《竹苑情歌》做配乐怎么样？"

"绝配！"

"那就这么定了？"

"好，就这么定了！"

清新的晨光里，林子高兴得像小鸟一般蹦跳起来。龙杰发现，20岁的林子，开心的时候仍然像个童心未泯的孩子。

　　国庆节到了，龙杰他们寝室的同学，有的迫不及待地回家，有的结伴去韶山旅游。留在学校的，就只剩龙杰一个孤家寡人。

　　其实龙杰也很想回去，虽然到校还没有一个月，但真的很想家了。他也很想和同学们一起去韶山。韶山是毛主席的家乡，这个地方，他听父亲讲到过，在历史课本里学到过，也在毛主席的诗词里读到过，因此，他一直对那里充满了向往。但他最终还是选择了留守寝室。一是因为囊中羞涩，二是因为跟林子有一个美丽的约定。

　　也许是国庆和中秋相隔才几天的缘故，湘楚市区显得特别热闹，节日的气氛非常浓。街道和广场上摆满了鲜花，各大商场、店铺门口，张灯结彩，好不喜庆。这些，在龙杰以前上高中的小镇上是见不到的，那里只有赶集和过年前最热闹，但那种热闹，更多的是喧嚣。

　　国庆节那天，龙杰跟林子约好，上午他陪林子逛一趟步行街，下午林子陪他去书市。

　　长这么大，龙杰还从来没有陪女生逛过街。因为当年跟陈乐乐在一起的时候，条件根本就不允许。梅岭中学坐落在梅岭镇上，这个小镇就一所中学，校长大人的女儿谁不认识，如果陪她逛街，那就等于是公开身份了，这样的爆炸性新闻，用不了一两天，就会传到校长的耳朵里去。龙杰才不想让自己死得那么惨呢。当然，即使龙杰不怕死，陈乐乐也是怕的。龙杰听人说过，陪女生逛街是一件非常痛苦的差使。到底痛苦到什么程度？龙杰倒很想亲身体验一回。没想到，来大学后的第一个节日，林子就给了他一个绝好的体验的机会。

因为是喜逢双节，坐公交车的人特别多。龙杰和林子只好打的去步行街。龙杰头一次去这么宽敞的步行街，真有种刘姥姥进了大观园的感觉。林子呢，则显得熟门熟路，一下车就往右边的店铺里钻。林子一家店子接着一家店子地走，每一家都舍不得放过。但她每一家都只是看一看，试一试，一连逛了七八家，她竟没有看中一样。有几件衣服，龙杰认为穿在林子身上再合适不过了，可林子对着镜子左看右看，就是不满意。好不容易找到了一件她看得上的，又因老板不肯少几块钱零头而谈崩。

要在平时，龙杰早就觉得烦透顶了。因为他买衣服，从来不会在任何一家店铺停留太久，也不喜欢讨价还价，碰上自己满意的，三下五除二就买了。不过这一次，他一点也不烦，反倒非常乐意，并暗暗希望这样的机会越多越好。

林子试穿衣服的时候，总喜欢龙杰给她提参考意见。可在龙杰眼中，身材超好的林子就像一个模特，只要码子合适，什么衣服穿到她身上都好看，所以龙杰基本上不是点头就是叫好。龙杰觉得，陪林子买衣服，真是一件既赏心又悦目的事情，何乐而不为呢？

时间过去了大约两个小时，步行街右边的女装店都逛完了，左边的也逛得差不多了，林子还一件衣服都没买。

龙杰说："小徒弟啊，步行街都快被你丈量完了呢，还没你看上的衣服吗？"

林子说："不急呢，师傅，你是不是逛累了啊？"

"没有没有。"龙杰连连说。他想，即使真的累了，也不能直接说出来啊。

于是继续逛街。

步行街左边的最后一家店子，是一家规模比较大的李宁专卖店。林子推门进去，一眼就看中了一套新上市的衣服，价格是六百多。她问龙杰好不好看，龙杰说挺有型的，你穿这个肯定好。她就抿着嘴笑了。龙杰仔细一看才看出来是套男装，就问她看男装干什么。她说我给我弟弟买，我弟弟跟你身材差不多，你帮我试一下吧。龙杰从来没穿过这么贵的李宁牌，进李宁的店子也总是专找打折的衣服挑。没想到，价格贵的衣服穿到身上感觉就不一样，龙杰看到镜子里的自己，精神得很，一下子帅气了许多。林子微笑着打量龙杰身上的衣服，说，你走几步看看。龙杰就潇潇洒洒地走了几步，林子满意地点了点头。

"这身衣服他穿上去真的很帅，美女，给他拿一套吧！"一直紧跟在林子身边的店员说。

林子未置可否，侧过身问龙杰："师傅，你觉得怎么样？"

龙杰说："我觉得挺好的啊，你弟弟穿上去肯定比我更帅！"

"那就买了。"林子对店员说，"请给我拿一套吧！"

老板问："拿中码的？"

林子说："对，拿中码的吧。"

逛完一条几百米的步行街，花了近三个小时，林子就给她弟弟买了身衣服，自己则一件都没买。龙杰在心里感叹，陪女生逛街真的是一件体力活。

出了李宁专卖店，龙杰说："你怎么一件都不买啊？白白浪费了三个小时呢！"

林子说："师傅啊，这个你就不懂了，女孩子逛街，并不一定要买东西的。"

龙杰笑道："真的是男女有别啊！"

从步行街出来，刚走几步，林子说有点饿了，两人便去附近的美食街吃了个十元钱的煲仔饭。离步行街不远，就是全国闻名的黑泥街图书市场。他们没有坐车，走了约莫十五分钟就到了。

龙杰进了书市，就一头扎入浩瀚的书海里去了。不过，逛了大半天，却空手而归，倒是陪龙杰逛书市的林子买了一本新出版的《哈利·波特与魔法石》。

林子说："你看了半天怎么就没看上一本呢?"

龙杰说："哈哈,跟你逛步行街买衣服是同一个道理。"

林子开玩笑说："我的师傅啊,你只看不买,真是要不得呢!"

"哼,你还不一样,五十步笑百步!"

"你还说以后要当作家呢,小心以后你出了书,别人也只看不买哦!"

"哈哈,只怕没机会出书呢,要是出了书,俺泱泱大国,人口众多,还用担心没人买吗?"

就这样说着,笑着,两人离开书市到了大街上。

"的士!"林子扬手拦了一辆的士。为了说话方便,龙杰和林子都坐在后排的位置上。

龙杰要帮林子拿她给弟弟买的衣服,林子不让,放在身上抱着。好在的士里空调的效果比较好,凉飕飕的,一点也不热。

车里的广播正报道关于少林方丈的一个新闻,林子突然好奇地问道:"师傅,你去过少林寺吗?"

"当然去过啊!"

"真的呀?"

"当然是真的呀!"龙杰随口编起故事来,"那是小学三年级的时候,我在家里偷了点钱,准备去少林寺当和尚。几经周折,好不容易来到嵩山少林寺,师傅问我是来干什么的,我说是来学武功的。师傅见我聪明伶俐,基本功也不错,当即决定收我为徒。"

"后来呢?"林子的思绪显然被带入故事里了。

"后来……在那里待了几天,我就想妈妈了。我哭着对师傅说,师傅,我想妈妈了,我要回家。师傅无奈,只好放我回家了。我一直都后悔自己没有坚持下来。不过,现在倒是庆幸自己和尚没当成。"龙杰编得一本正经的。

"哈哈,真有趣!"林子听得很入迷,一双美丽的大眼睛,眨巴眨巴的,"师傅啊,我都为你感到遗憾,可你为什么庆幸自己没当成和尚呢?"

"傻徒弟,当了和尚我就不能来大学读书,不能来大学读书,我就不能遇到小徒弟了，那才真叫遗憾呢！"

"嘿嘿，那确实！"林子抿嘴笑了。

两个人在车上说说笑笑，不多时便回到了学校。下车后，林子把那套李宁牌往龙杰手上一塞："师傅，这个，你拿着！"

龙杰有点不知所措："不是说给你弟弟买的吗?"

"嘻嘻，我也想有个弟弟呢！而且，我爸爸妈妈都是少数民族，可以生两个孩子，可他们硬要积极响应国家的计划生育政策，我也没办法啊！"

龙杰觉得很不好意思，忙说："那，我给你钱！"说着就要掏钱。

"师傅，可以不这样见外吗?"林子的笑容凝固在脸上。

"这……"

"收下吧，算是小徒弟送给师傅的一份拜师礼！"

龙杰不好再拒绝，说："无功不受禄啊，我一招都还没教你呢！"

林子说："有机会再教嘛！来日方长啊！"

龙杰兴高采烈地回到寝室，把衣服取出来看了又看。还不过瘾，又穿到身上试了试。在家里常听妈妈说："钱是人的胆"，看来真是这样的。穿上这么贵的新衣服，龙杰感到对自己更有信心了，怪不得成功人士都喜欢穿名牌，好衣服的确是人的信心。他穿着新衣服对着镜子做了几个武术动作，自己觉得无论是样子还是精气神都不输给偶像李小龙和李连杰。

寝室里就龙杰一个人。逛了大半天的，回到寝室还真觉得有点累了，龙杰便脱了鞋子，把自己轻松地放倒在床上。本想好好休息一下，可脑海里的兴奋依然在猛烈地冲击着他，又只好下床，拿出一本书来看。还是太兴奋，只看了几页，便无法继续下去。再无事可做的他，忍不住给林子的寝室拨了个电话。

接电话的是林子："喂，你好！请问你找谁？"

"我不找谁，找你。"

"哈哈，师傅，是你啊！找小徒弟有事啊？"

其实龙杰也不知道要找林子做什么，两个人刚刚才分别的。他一下子定住了，竟不知道如何作答。

"喂，师傅你听得到吗？"

龙杰抓耳挠腮，终于想出一件事来："一个人在寝室里很无聊，想去买一部手机，请你陪我去买可以吗？"

"师傅你大可不必那么客气，我马上就下来啊！"

不到两分钟，林子就一路疾走出来了。她换了一件紫色的T恤。头发也盘起来了，应该是刚洗了澡，看上去更加清纯可人。一股洗发水的香味扑鼻而来，龙杰深深地吸了一口气，细细品味着那醉人的芬芳。

国庆期间，学校虽然放假了，但毕竟不是寒暑假，节日的校园里还是分外热闹。中国移动在南校区开展的一个买手机送话费的促销活动，吸引了好些像龙杰一样刚进大学还没有手机的新生。

在林子的热心参谋下，龙杰买了一款六百多的诺基亚手机。林子说，买手机就像找女朋友，就看你喜欢好看的，还是内秀的。诺基亚虽款式一般，但是所有手机里最耐用的。龙杰说我就喜欢耐用的。林子说，那你就买诺基亚吧，保证你摔都摔不坏。

买了手机，选了号码，又到了吃饭的时候。两人都还不是很饿，就在学校门口随便吃了点东西。然后，相约晚上去楚江边赏月。

波澜壮阔的楚江，是湘楚市的一大风景，湘楚大学旁边的沿江风光带，绿树成荫，甚是迷人。龙杰他们搞军训时就曾去江边拉练过。

回寝室洗了澡，龙杰特意换了新买的衣服，躺在床上等林子的电话。

龙杰买了手机，但号码还没有告诉林子以外的任何人。他这是第一次用手机，所以很看重用这手机打的和接的第一个电话。龙杰希望第一个电话打给父母，而接的第一个电话，则希望是林子打来的。

不一会儿，手机铃声响了。

他兴奋地按下接听键，耳畔立刻响起林子好听的声音："师傅，你准备好了吗?"

"准备好了。"

"好，我就下来，待会见!"

"待会见!"

林子下来时，又换了一条粉红色的吊带裙，像在龙杰面前进行时装表演似的。在龙杰的眼里，她穿什么都是那么得体，那么有气质。

林子手里提了一盒月饼，还把箫也带上了。

龙杰不解地问："你带一盒月饼干吗呀，过几天才是中秋节呢!"

林子笑着说："今天是国庆节，国庆节吃月饼，祝愿我们伟大的祖国国泰民安，万家团圆啊!"

龙杰轻轻拍了拍林子的肩："不错不错，真是个爱国的好孩子!"说完，主动把林子手上的东西接了过来。

与林子肩并肩走着，龙杰觉得自己和她像极了一对恋人。而"恋人"这个词语一在脑子里闪现，他蓦地产生一个疑问，不，这个疑问，其实在龙杰的心里盘旋已久：林子她有男朋友吗？但龙杰又不方便直接问她，或者说没有勇气问，因为他无端地害怕着某个答案。于是，龙杰就一路走，一路在心里揣测着。他想她八九成是没有男朋友的。或许跟他一样，曾经有过，后来又没有了。抑或者，她已经有男朋友了，但男朋友要么在部队当兵，要么在遥远的远方。只有在部队或遥远的远方，这么美好的节日，才仍然不能相聚，不能依偎，只能是让刻骨的相思，随风传递。

"喂，师傅，你怎么不说话了呀？"林子不习惯长时间的沉默。

"我……好像有点想家。"龙杰极力掩饰道。

"嗯，我也有点想家了。今夜，我们都是想家的孩子。"

"嘿嘿，我说小徒弟，你怎么就不怀疑我是在想女朋友呢？"龙杰突然俏皮地说。

"对了，是啊！"林子微微一笑，"师傅，你真的给没给我找一个师母啊？"

龙杰叹口气道："没有呢。"

"是一直没有，还是现在没有呀？"

"现在没有。"

林子不作声了，也许是觉得自己问得不对，也许还有别的更深层次的原因。

龙杰对抿嘴沉思的林子说："想不想听听师傅的爱情故事？"

晚风送来林子轻柔的回答："想啊！"

"走，我们去那边。"龙杰指着江边一片空地。

两人慢慢地向那边走去，轻轻轻轻的脚步声，踏响一路的美丽宁静。

月已升空，江风徐徐，他们倚栏而立，成为江边夜色下一道青春的风景。

"师傅，开始你的故事吧！"

龙杰酝酿了一下情绪后，怀着深情，把自己和陈乐乐的故事给林子原原本本地讲了一遍。但他并不清楚自己为什么要讲，而且讲得那么动情，甚至把自己都感动了。他的眼里闪着泪光。

"好浪漫的爱情故事啊！"林子的眼睛也湿润了，"师傅，看得出来，你是真心喜欢她的。可是我不明白，你为什么就不愿意接受她再回到你的身边来呢？"

"时间无法回到过去，我的心也是。"

林子没有再问。静默片刻，她竟兀自吹起箫来。吹的还是那首《殇》。对月伤怀，龙杰觉得古人这四个字组合得特别好。人，一旦置身于宁静的月光下，就很容易想起一些不愉快的人和事，于是悲从中来，不可自持。龙杰想，林子肯定是有一些痛苦的记忆和刻骨的忧伤的，不然，她的箫不会吹得这么荡气回肠。

龙杰没有去打扰林子，他把身子斜斜地靠在栏杆上，抬头望着洒满月光的天空。此刻，月亮升得更高了。这枚圆圆的邮戳，在遥远的天边一盖，便邮来了一个明朗的夜晚。涛声隐隐，银色的月光下，龙杰的脑子懒得去生发有创意的想象，古人的诗句与月亮一起，高高地挂在江边的树梢，一会儿是王维千年不朽的咏叹："独在异乡为异客，每逢佳节倍思亲"，一会儿是东坡穿越时空的天问："明月几时有，把酒问青天"，一会儿又是醉翁堪称经典的描述："月上柳梢头，人约黄昏后"……

不知什么时候，箫声住了。

林子亦抬头凝望，读着月光的清朗，读着夜的静谧。

良久，林子用手理了理江风吹乱的长发，说："师傅，我们先排练一下节目，待会再赏月好啵？"

龙杰点头说："好。"

于是，在流水般的箫音里，剑，挥舞出一片银光。

几天后，龙杰和林子一身古装上台，以月光下的竹林为舞台背景，完成了一次堪称完美的表演。剑气箫声，如诗如梦，成为湘楚大学南校区这一届迎新晚会上最出色的亮点……

迎新晚会结束后，学校新闻中心召集所有学生记者召开了新学期的第一次会议。在会上，龙杰认识了学校楚魂文学社社长胡浩然，他是新闻中心学生记者组组长。龙杰看了胡浩然主编的散发着油墨芳香的《楚魂文学》，立刻萌生了在体育系办一份报纸的想法。要办报纸，首先最好成立一个文学社。

开完会，情绪尚处在极度兴奋中的龙杰跟林子提议步行回南校区，林子自然积极响应。路上，龙杰迫不及待地把自己的想法告诉了林子。

林子不无惊喜地说："师傅，这个想法真的不错。成立文学社，办报纸，在体育系无疑是个空前的创举啊！"

得到了林子的大力支持，龙杰的信心更足了："长期以来，社会上对我们搞体育的都有一种偏见，就连学校其他专业的学生，都瞧不起我们体育生，认为我们头脑简单四肢发达，我要把体育系的文学社和报纸办出水平和影响来，让他们刮目相看！"

"哈哈，师傅，真的是非常非常惭愧啊，我在认识你以前也是这么认为的。据我所知，就连学校有的负责学生工作的领导和老师都认为体育生没文化，素质差，甚至只要是体育生跟其他系的学生打架，他们首先都会主观地认为肯定是体育生的错。"

听了林子的一番掏心窝的话，龙杰更感肩上的责任重大："我觉得我必须尽快把这个平台搭建起来。其实体育生都很聪明，只要一有条件和机会，他们在其他领域照样能够出类拔萃，你看体操王子李宁，现在成了商界巨子。"

林子肯定地说："是的，乒乓球奥运冠军邓亚萍也是一个很好的例子。据说，她退役后刚进清华读书的时候，26个英文字母都写不全，现在都可以说一口流利的英语和用英语写作了。对了，还有我师傅，武术练得那么好，写诗作文也绝不比学中文的差！"

"哈哈，你再给我灌米汤，我的尾巴会翘到天上去的。"龙杰说，"提到学中文的，我就想起刚才开会的时候……唉，还是不讲了吧，没意思。"

林子很想刨根究底："师傅，讲啰，让徒弟知道有什么要紧的呢？"

龙杰说："刚才我不是坐在胡浩然的旁边吗？我看他是文学社社长，就想跟他交流一下，他开始还很热情，并且主动送了我一份报纸，后来一听说我是体育系的，我明显感到他的态度马上就变了，很不愿搭理似的。"

林子气愤地说："怎么，楚魂文学社社长胡浩然竟是这样的人？简直是有眼不识泰山！"

龙杰说："哈哈，我也不是什么泰山，顶多算得上是泰山上的一块小石头吧。不过我今天还得好好感谢他，不是他激发了我的灵感，我还不会想到办报纸呢！"

林子问："师傅，文学社和报纸的名称都想好了吗？"

龙杰说："想了几个，正准备征求你的意见呢！"

林子有点迫不及待："师傅你快说说看！"

龙杰问："文学社的名字叫体育人文学社，报纸的名字就叫《体育人文学》，你觉得怎么样？"

林子想了想说："感觉……不是很好。"

龙杰又问："五环文学社呢？"

林子歪着脑袋想了很久，最后还是否定了："好是好一点，但我觉得还不是很理想。师傅，还有没有更好的啊？"

"起跑线文学社。可以吗？"龙杰从脑海里掏出自己精心准备的最后一个名字，期待得到林子的充分肯定。

"起跑线"，林子细细品味着这三个字，终于笑着点了点头，"嗯，不错！这三个字既与体育有关，又含有一点深刻的人生哲理在里边，真的不错！"

"嘿嘿，搞定！"龙杰打了一个响指，开心地笑了。

接着，龙杰又向林子请教了一下大学生社团的申办程序，林子把自己知道的都一一跟他说了。从北校区到南校区，有好几公里路，他们不知不觉就用脚丈量完了，留下一路的兴奋和激动。

回到寝室，龙杰顾不上吃饭，就趴在床上起草关于创办起跑线文学社的申请书和文学社章程。申请书很快就写好了，而文学社章程却把龙杰给难倒了。因为他从来没有写过，也没有见过，根本不知章程的规范如何。只得打电话向林子求助。神通广大的林子很快就帮他在别的社团找到了"模板"。龙杰根据模板依样画葫芦，忙乎了个把小时，终于大功告成。

陈默来到龙杰的床边，轻轻拍着床沿："龙大侠，今天又完成了一篇伟大的杰作吧！"

龙杰把目光从稿纸上移开，摇摇头说："没有没有，不是写文章呢。"

"龙大侠该不会是在写情书吧！"刘猛接过话茬。

一说到情书二字，大伙儿就来劲了，寝室里顿时热闹起来。

陈默好像恍然大悟似的："哎呀，我怎么就没想到呢，难怪龙大侠一回来就爬到床上写东西去了。"

迟早也说："肯定是写情书，写文章用得着爬到床上去躲着写吗？"

龙杰大脑里的某些神经还处在兴奋状态，他对大伙热情的议论听在耳里，却没有作出任何回应，只是一个劲地捧着那刚写的东西，边看边微微地笑。

这一笑，让他们似乎找到了可靠的证据。陈默说："来来来，你们看，龙大侠笑着默认了呢！"

这时，张翔猛捶了一下桌子："兄弟们，安静一下，安静一下，你们想知道龙大侠是给哪位美女写的吗？是不是有必要请他给大家公布一下？"

"好！好！"一向少言寡语的肖来福扯开嗓门凑热闹了。

陈默大声说："好个毛！这还用公布吗，肯定是外语系的那个什么乐乐了。你们不记得了啊，那天龙大侠在北校区玩到那么晚才回来。"

李斌和肖来福都表示赞同。江河湖海却说："我觉得不是，应该是给音乐系的那个美眉。"

"胡说八道，音乐系那么近，直接约会不就得了，用得着写情书吗？"陈默立刻提出反驳。

"那北校区也不远啊！"江河湖海说。

龙杰则在床上一直笑而不语，这种笑而不语最让人难以捉摸。此时，心情不错的他，听室友们纵情地谈论自己不能说不是一种享受。

"这么热闹，你们在议论什么啊？"刘猛短裤也没穿，光着个身子从水房回来了。他刚洗完澡，身上还湿淋淋的。

陈默说："我们在研究龙大侠喜欢的美女到底是谁呢！"

刘猛顿时来了兴趣："谁？"

陈默说："你到底是真不知道还是假不知道，就是外语系的那个啊！"

"此言差矣！"刘猛把提着的空桶子放下，顾不上用干毛巾擦一下身子，一本正经地说，"我告诉你们，他喜欢的是音乐系的那个妹子！"

江河湖海迅速接过话茬："你看，我就说肯定是她吧！"

陈默将信将疑："你们说是迎新晚会上跟龙大侠一起表演节目的那个？"

"对啊！不信你问龙大侠！"

陈默说："不蛮相信。我知道我们龙大侠魅力大，但还不至于这么快就能钓到音乐系的美女吧，音乐系的美女胃口都比较大的呢！"

"不管你信不信，下午我亲眼见到他们从北校区压马路回来的。"刘猛把头转向正在床上笑得意味深长的龙杰，"龙大侠，我应该没有看错吧，嘿嘿！"

龙杰笑得更厉害了，边笑边从床上爬下来，大大方方把刚写的"情书"丢到桌子上："咳，到底是谁，你们看看不就知道了吗？"

大伙儿赶紧凑过去，陈默手脚最快，最先把龙杰的"情书"抢到手。

他看完后就仰头大笑起来，把大伙儿都弄得莫名其妙的。笑毕，在龙杰的肩膀上拍了一板："鬼脑壳，这么伟大的计划都不跟我们透露一下呢！"

"什么伟大的计划？"江河湖海问。

"我的文盲哥哥，你自己晓得看啵？"

江河湖海接过陈默递过来的稿本，高声念道："关于成立起跑线文学社的申请报告……"

听江河湖海念完申请书，张翔说："龙大侠，文学社什么时候成立？我第一个报名参加，没有别的奢望，只想跟着你把头脑也变得发达一点！"

"我也报名！"

"龙大侠，记得千万不能落下我啊！"

"哈哈哈哈……"开怀的笑声差点把寝室给抬起来。

"没问题，到时我们寝室的全体兄弟就是起跑线文学社的第一批社员，大家都可以在文学社的报纸上发表文章呢！"龙杰笑着答应着。

"那太好了，不过，写文章怕是一担假，文章写我还差不多！"刘猛笑道。

"那也未必，慢慢学嘛！走，兄弟们，我们喝啤酒去，提前庆祝一下！"陈默把手一挥。

"走走走，我宣布，今天龙大侠请客！"刘猛豪情万丈。

"请客就请客，怕个鬼！"龙杰翻身下床。

说干就干，风风火火，坚决果断，是体育人一贯的行事风格。寝室里八个人一阵风似的冲出门，往南校区门口的夜宵摊席卷而去。这时候，龙杰听到自己的肚子"咕隆隆"叫了几声，他才想起自己还没吃晚饭，饥饿感顿时向他发起了猛烈的袭击，他不自觉地加快了脚步。

吃完夜宵回来，没过多久就到了学校统一熄灯的时间。八个人喝了两箱啤酒，龙杰喝得多一点，差不多喝了三四瓶，因为每一个未来的文学社社员都向他敬了一杯酒。他觉得肚子都胀得不行了，去了几趟厕所，肚子还是鼓鼓的；头也晕乎乎的，进出寝室都是高一脚低一脚，有种飘然欲仙的感觉。

室友们借着酒兴，回来后又扯谈扯得海阔天空。自然，离龙杰创办文学社的话题已经很远了，回到了寝室卧谈会的永恒主题——关于女生。此刻，他们正在为大学女生中到底还有多少处女进行热烈讨论，争执不休。

龙杰兴奋得睡不着觉，但对这个无聊透顶的话题很不感兴趣，就想出去走走，披一袭夜色，继续驰骋思想的野马。龙杰感到非常想不通的是，这种话题在他看来是多么低级庸俗，而他们却为什么总是津津乐道呢？难道是因为自己故作清高的缘故吗？

天气不冷的时候，体育系的寝室晚上都是不关门的，反正除了内贼，绝对没有外面的小偷敢来光顾，因为小偷一旦被体育系的人抓住，不死也被剥层皮。龙杰从床上爬下来，自敞开的大门逃也似的闪了出去，结果出门就是一个趔趄，险些与过道对面的墙壁来个亲吻。

经过香桂园时，龙杰感到尿意来了。他后悔自己出来时没上一趟厕所，但又不想折回去。前后左右看了看都没人，他便东倒西歪地走近一颗桂花树。借着还算明亮的月光，他发现树上竟有个拳头大的洞，心中窃喜，索性把那家伙掏出来塞进去方便了。方便完毕，他猛地想起了什么，竟自个儿嘿嘿地笑了。

龙杰忽然感到自己的确有点故作清高，刚才还在认为别人讨论那个话题低级庸俗，现在自己的所作所为所想就不低级庸俗么？他不得不坦然承认，自己也只是凡人一个，并不是不食人间烟火的神仙。

走出香桂园的时候，龙杰觉得这园子也太过安静了，安静得真有点不习惯，遂想起，没有听到那如泣如诉的箫声已经好多天了，心中不觉滑过一丝怅然……

龙杰慢悠悠地在月光下的校园里晃荡，似漫无目的，却又若有所思。他晃荡到了田径场。他的肚子没那么胀了，酒也基本上醒了，只剩不多的一点醉意，他的情绪依然亢奋着。走进田径场，一踏上百米跑道上白色的起跑线，他的脚像踩到弹簧似的，弹得身子像箭矢一般射了出去。加速！加速！再加速！全力冲刺！鼓点般的脚步，飞一般的感觉！跑完一百米，他又重新回到起跑线，让青春的激情，在跑道上恣意地释放。他喜欢奔跑，从小学到中学，再到大学，几乎每天，都可以看到他奔跑的身影，不是在跑道上，就是在公路上，在田野里，在一切能够尽情奔跑的地方。一刹那，写作的灵感突然小鹿一般闯进他大脑的广阔原野，他决定写一首诗歌，题目叫《奔跑者》。怕灵感的小鹿在不经意间没了踪影，他必须尽快捉住它。他一路小跑回到寝室，趴在床上，打着电筒写了起来。几乎没做任何的停顿，一首长达40行的诗歌一挥而就——

奔跑者

我是一个奔跑者
我喜欢奔跑
从很小很小的时候起
我就光着一双小脚丫
在田野里奔跑
在山坡上奔跑
沐着金灿灿的阳光奔跑
披着明晃晃的月光奔跑
我，常常一边奔跑一边与同伴们嬉笑打闹
跑着跑着我就远离了童年迈进了少年

我是一个奔跑者
我喜欢奔跑
从爱上体育的那一刻起
我就穿着一双运动鞋
在跑道上奔跑
在马路上奔跑
迎着呼啸的大风奔跑
冒着漫天的雨雪奔跑

我，常常一边奔跑一边想象远方的模样
跑着跑着我就一步步靠近了梦中的远方

我是一个奔跑者
我喜欢奔跑
从成为体育生的那一天起
我就常常以运动员的身份
在赛场上奔跑
在掌声中奔跑
在教练期盼的目光中奔跑
在队友真诚的鼓励中奔跑
我，收获过荣膺桂冠的辉煌
也拥有过折戟沉沙的失落

我是一个奔跑者
我喜欢奔跑
用一团奔腾的烈焰
点燃奋力向前的欲望和激情
如果有一天，我老了
健硕的双腿变得无力而松弛
我将用心奔跑
最后，我的心也将老去
与躯体一起腐烂在坟墓里面
我将用灵魂奔跑，永不停歇，永不止息……

　　写完最后一个字，龙杰拿出手机看时间，已经是深夜两点。他又把大
作在被窝里默默地吟诵了三遍，又修改了个别的字句，遂怀着一种难以言
说的喜悦心情沉沉睡去。

　　一周后，龙杰的诗歌《奔跑者》在校报文艺副刊发表了，编辑还在文后特别注明：作者系体育系 2004 级武术班学生。报纸发到宿舍后，2 栋 110 热闹得像在水缸里放鞭炮。林子也在同一时间收到了校报编辑部发下来的报纸。

　　几分钟后，龙杰便接到了林子的电话："喂，奔跑者，恭喜大作发表啊！"

　　"谢谢！献丑了，献丑了！"龙杰谦虚地说。其实，虽然不是第一次发表文章，而且只是发表在并不对外发行的校报上，但龙杰还是有点激动，因为这是自己上大学以来第一次在校报上发表文章。收到报纸后，龙杰逐字逐句看了不下五遍，用自我欣赏自我陶醉来形容一点也不过分。

　　"师傅，别谦虚了，很好，真的很好！我从字里行间感受到了一种势不可挡的生命状态，感受到了你传递的奔跑的激情和力量！"

　　"哈哈，你又来给师傅灌米汤了！"

　　"师傅，不是灌米汤呢，好就是好，尤其是文章的结尾那段，深深地震撼了我！"林子在电话里用标准的普通话朗诵起来，"我是一个奔跑者/我喜欢奔跑/用一团奔腾的烈焰/点燃奋力向前的欲望和激情/如果有一天，我老了/健硕的双腿变得无力而松弛/我将用心奔跑/最后，我的心也将老去/与躯体一起腐烂在坟墓里面/我将用灵魂奔跑，永不停歇，永不止息……要我评价的话就两个字——震撼！"

"谈不上震撼吧，但确实是我的真情实感。"

"师傅啊，不知怎的，奔跑这个词给我的感觉特别好，特别有力度，真的很喜欢。我建议把文学社的名字改一下，叫作奔跑者文学社，你觉得怎么样？"

"奔跑者文学社？"龙杰略略思索了一下，激动地说，"好！非常好！因为我们都是奔跑者！"

"是的，我们都是奔跑者！"

文学社的名字终于确定下来。龙杰把申请书和章程在打印店各打印了一份，又复印了几份。他迫不及待给李莉老师送去一份。李老师事先已经听龙杰口头汇报过，她也认为这是一件大好事，表示要尽全力支持。

看了龙杰交上来的申请书和章程后，李老师笑着拍了拍龙杰的肩："嗯，写得很好！文学社的成立，对于繁荣体育系的校园文化，提升体育生的人文素质都会大有裨益，我想校团委一定会通过的。这个放到我这里，我去找团委审批吧！"

龙杰满怀感激地说："好的，麻烦老师了。"

"不麻烦呀，不麻烦！成立一个文学社，体育系就会多几个读书的写文章的，少几个打架的捣蛋的，我这个辅导员也轻松不少啊！所以说，我这是在帮你，也是在帮我自己啊！"

说到这里，李老师笑得更加灿烂。

龙杰也忍不住笑了。他想到了那次跟教官打架的事。对于一个体育生来说，多读书与少打架没有必然的联系，哈哈。

不过李老师的力挺，给了龙杰更多的信心。

果然，申请很快就获审批通过。龙杰兴奋不已，立即电话告知林子，请她跟自己一起商讨文学社招收社员和社报《奔跑者》征稿事宜。他们约好午休时间在田径场的跑道上见面。奔跑者文学社挂靠体育系团总支，面向体育系全体学生，因此，音乐系的林子即使为文学社做再多的事情也完全只是个局外人，根本不可能在文学社混得一官半职，可她一提到奔跑者文学社就来劲儿，以为奔跑者文学社出谋划策贡献力量为一大乐事。林子有一个观点就是，人要做有意义的事情，在她看来，龙杰创办文学社就是非常有意义的事情。他感到龙杰与这个年代的大学里尤其是体育系许多别的男生不一样，龙杰是个才华横溢而又不乏精神追求的有为青年，与龙杰在一起，她觉得自己总能看到生活的希望，感受到奋发向上的激情和磅礴的生命力量。只有她自己知道，她在看不到希望，缺乏激情和力量的生活里已经浸泡得太久，挣扎得太久了！

龙杰先一步到田径场，就站在百米跑道起跑线的位置等待林子的到来。八条平行的跑道，从他脚下笔直地向前延伸，延伸，直到对面的终点。他突然悟到，人生不就是一场紧张的百米赛跑吗？只要起跑的枪声或口令一响，就必须敏捷地冲出去，朝终点奋力地飞奔，不能犹豫，不能徘徊，更不能松懈，直到最后的冲刺。人生，也像百米赛跑一样短暂，它的全部意义，不在终点的胜利或者失败，而蕴藏在竭尽全力的奔跑的过程之中。

正思索着，林子背着个小书包一路雀跃着走过来，吊在书包上的小黑熊也一跳一跳的，似乎比林子还兴奋。

"师傅，来，庆祝一下！"林子笑着举起双手，做出一个击掌的姿势。

龙杰也举起手来，停在空中，等待着下一秒的迎击。

随着啪的一声脆响，林子欢呼："耶！"

击掌庆祝完毕，龙杰看着林子，傻傻地笑。

"师傅，你这样看着我干嘛？人家会脸红的呢！"

"就要让你脸红！"

"再看，再看，我就把你吃了！"

"哈哈，刚才还以为你会跟我来个拥抱呢！"

"真的吗？"林子立即张开双臂，作出要拥抱的样子，"来吧，师傅！"

这下轮到龙杰脸红了，连忙摆摆手，"哈哈，开玩笑的，开玩笑的。"

"怎么，大侠也会害羞啊？"

"师傅不能趁机占小徒弟的便宜啊！"

"哈哈哈哈……"师徒两人一阵开怀大笑。

笑毕，他们正式开始讨论文学社的事情。龙杰征询林子的意见："我们是站着说，还是坐到看台上去呢？"

"就到跑道上边走边说吧。"

"好吧，我也觉得到跑道上说有感觉些。"

"师傅，我建议今天就把文学社招收社员的启事和报纸的征稿启事写好，到广告店打印出来，我们明天一早就张贴出去。"

"好，做事就是要趁热打铁。不过我觉得报纸的征稿启事可以先不写，因为报纸不一定出得来，怕到时反而让同学们扫兴。"

"嗯，师傅说的有道理。反正稿子的话，让他们报名的时候每个人交两篇就可以了。"

"是的。不过我还有一个担心呢，就是不知道我们体育系有几个真正会写文章的。"

"师傅，这个你不用担心，你就是要通过成立文学社，把他们读书写作的兴趣激发起来。你不是说体育生都很聪明吗？只要他们对文学这个东西感兴趣了，我相信写的人会很多的，到时就怕你的报纸版面太少登不下呢！"

"先看看吧。我是怕他们一时半会写不出来。"

"师傅，我看可以这样，就是让他们先报名，然后在两周之内把文章交过来，这样就有充分的时间给他们去写了。另外，还可以向湘楚文学社约一下稿。"

"好的，这个办法很不错！"

"师傅，我还有个建议，就是请几个名家担任文学社顾问，湘楚文学社就有好几个作家担任顾问。"

"我知道几个比较有名的作家，但都没联系过，不知道他们愿不愿意担任顾问呢。"

"你知道我们学校的汪海洋副校长吗？"

"知道，开学典礼上汪校长给我们做过励志报告，报告很精彩，非常受欢迎！"

"汪校长也是个作家，而且是省作家协会副主席。他人很好，我曾经以广播站记者的身份采访过他，后来一直有联系，要不我们周末去找找他吧。"

"你认识汪校长？如果文学社能够得到他的支持，那就太好了！"

"师傅，事在人为哦，Anything is possible！"

"是的，一切皆有可能！"龙杰忍不住看了一眼胸前的李宁牌标志，"一切皆有可能"，是李宁公司的一句很励志的广告词。

"我待会就给汪校长打个电话，看他周末什么时候有时间。"

"好。"

这时候，龙杰和林子已经走到了百米跑道的终点。

林子说："师傅，到终点了呢。一百米真的很短啊！"

龙杰想起了刚才自己的感悟："是啊，就跟我们的人生一样。人的一生，就是一场紧张的百米赛跑，尽管短暂，但只要我们竭尽全力去奔跑，就能用健硕的双脚在广阔的大地上写出无限的精彩！"

林子忍不住鼓掌赞道："师傅说得好有哲理，好有诗意！"

龙杰腼腆地笑了一下，说："我们往回走吧，走到起跑线那里去。"

"嗯。"林子点点头，突然兴奋地说，"师傅，要不我们搞个比赛，你让我 50 米，看你能跑赢我不？"

"100 米让你 50 米？哈哈，那我肯定跑不过你！"

"你是搞体育的啊，不是说中学的时候还破过 100 米短跑的县记录吗？连这点自信都没有啊？"

"让你 30 米怎么样？"

"不，就要你让我 50 米，让我 50 米你跑赢了就算你厉害！"

"好吧，让就让，东风吹，战鼓擂，田径场上谁怕谁啊！"

"这才像我师傅嘛！师傅，你跑赢了我请客，没跑赢的话对不起，我给你一次请我吃大餐的机会！"

"没问题！"

"师傅，谁发令啊？"

"你发吧，再让你占点便宜！"

"怎么喊的啊，是不是'预备——跑'？"

"前面还要加个'各就位'。快过去，我给你示范一下。"

龙杰带着林子来到起跑处，做了一次蹲踞式起跑的完整示范。然后龙杰发令，让林子自己做了一次。林子接受能力非常强，只学了一遍，就做得像模像样的。

龙杰问："要不要再练习一遍？"

林子自信满满地说："不用了，开始吧！"说完迅速走到100米的中点位置去了。

"各就位——预备——跑！"随着林子的一声令下，一场特殊的百米赛跑拉开了序幕。结果是林子以微弱优势赢下了比赛。龙杰本来在最后10米的时候有机会超越，不过他还是故意放慢了脚步。他要珍惜林子给他的宝贵的机会——请她吃大餐，呵呵。

第二天上午，奔跑者文学社招收社员的海报就张贴出来了。出乎龙杰的意料，第一天报名的就有四五十个，完全可以用火爆来形容，虽然有好几个并不知道文学社到底是干什么的。龙杰的室友真的全部报名了，尤其让他感到惊喜的是，陈默还交了好几篇文章呢。原来陈默一直都有写日记的习惯，偶尔也写点生活感悟类的散文随笔。但他的写作都是悄悄地进行，从不想让别人发现他的这一爱好。他认为自己写得并不好，所以从未投过稿，更是从未尝过发表文章的滋味儿。龙杰看了一下他交来的稿子，其实写得都还不错。尤其是上大学后写的那几篇文章，文笔流畅，有些观点也很独到。还有一个大二健美操班的女生，给龙杰送来一个精美的笔记本，里面写满了诗歌，估计在100首以上，尽管她的诗写得有点过于浅显直白，但很有真情实感，让龙杰想起这么一句话："少女情怀总是诗。"看来体育系的学生并不是个个头脑简单四肢发达呢！

　　俗话说，万事开头难，好的开头是成功的一半。同学们报名这么踊跃，龙杰对文学社以后各项活动的开展就更加心中有数了。接下来马上要办的事，是登门拜访汪海洋副校长。林子说，她已经跟汪校长联系好了，汪校长很高兴地答应他们去他家里做客，时间约在周末晚上7点。

　　报名的人数还在不断增加，周末那天居然超过了一百人，这不能不说是个奇迹。体育系总共才几百人，武术协会、足球俱乐部等其他社团人数都只有二三十人。交稿的人也越来越多，尽管总体质量平平，甚至还有错别字连篇和句子都写不通顺的，但仍然让龙杰感到欣慰，因为他觉得，体育系并不是文学的荒漠。

　　周末在龙杰的盼望中如期而至。他跟林子早早地就吃了晚饭出发了，赶到北校区时才下午五点钟。大学的副校长在龙杰心中算是个大人物了，况且汪校长还是个著名的作家，即将去拜访汪校长的龙杰感到既兴奋又紧张。

　　龙杰问林子："你觉得我们要不要给汪校长买点礼物？"

　　林子说："千万不要买，买了他会骂人的。第一次我们去拜访他，给他买了几十块钱的水果，他硬是让我们给提回来了，还把我们狠狠地训了一顿，说我们都还是家里的寄生虫，都还在用父母的血汗钱，来玩就来玩嘛，买什么东西呢！"

龙杰又问："我们怎么称呼他啊？是叫汪校长，还是汪主席？"

林子说："既不要叫汪校长，也不要叫汪主席。他喜欢同学们叫他汪老师。"

龙杰说："汪校长真是没有架子啊！"

林子说："是啊，他可平易近人了，而且特别讲礼节，对学生也一样。我们每次去他家拜访，他都要送到楼梯口，为我们深深地鞠一躬，然后目送我们下楼。"

龙杰突然很感动，他的脑海里不断闪现那个汪校长为学生鞠躬的细节，感叹道："现在这样的校领导和大学教授已经不多了。"

林子说："是啊，我们每次都很感动的——对了，师傅，我们去了不要打扰太久，汪校长身体不是太好，而且特别忙。"

龙杰点头说："好，我们最多在那里呆半个小时吧。"

他们在校园里边走边聊，差不多北校区的各个院系都走遍了。走到外语系的时候，龙杰想，千万不要遇见陈乐乐啊。可这个念头刚一闪过，陈乐乐就神奇地出现在他面前。不过陈乐乐跟他打声招呼就急匆匆地走了，留给他一个无比忧郁的眼神。龙杰没有用目光去追踪她离去的背影，心中像打翻了五味瓶，各种味儿都有。

"师傅，刚才跟你打招呼的那个女孩是乐乐吧？"林子问。

"你怎么知道的？"

"你的神态和她的表情泄露了你们的秘密。"

"呵呵，你真是太厉害了，以后完全可以去做职业侦探。"

"嘿嘿，有机会的话，是可以考虑考虑。"

龙杰突然想到一个脑筋急转弯题目，就问林子："你说世界上跑得最快的是谁？"

"曹操啊！说曹操，曹操就到。"

"哈哈，你居然知道。"龙杰接着说，"刚才我还在想，千万不要碰到陈乐乐，不到一分钟就碰到了，你说巧不巧？"

"这就是缘分啊！"林子说，"乐乐很不错的嘛，师傅，小徒弟支持你把她追回来！"

龙杰摇摇头："不可能了，曾经，是永远的过去啊。"

林子突然安静下来，什么也不说了，只顾低着头走路。走了一段路后，她抬腕看了看表。

龙杰也掏出手机来看时间。

林子说："六点半了。我们慢慢往汪校长那里走吧。"

"好。"龙杰问，"这里离汪校长家还有多远？"

林子说："很近的，走得快的话 5 分钟就到了。"

走路也是一门学问啊，要把 5 分钟的路走成 30 分钟也是不容易的。虽然他们尽量放慢了脚步，还是提前了 10 分钟抵达了汪校长的家门口。他们决定在门口等 10 分钟再敲门。

正在这时，门开了。汪校长穿着普通的家居服一脸慈祥地出现在门口。

"汪老师！"龙杰和林子几乎异口同声地叫道。

"小宋，小龙，你们来了啊，赶快进屋吧！"汪校长伸出手来，做了一个恭请的姿势，"我就知道你们会提前一点来，怕你们到了这里又不敢敲门，所以特地到门口来看看。"

林子说："谢谢汪老师，我们刚到的。"

进门时，龙杰以为要换鞋，稍微犹豫了一下。

林子小声说："不要换鞋的。"

汪校长说："小龙，不要换鞋，不要换鞋，到我家里来随便点，千万不要拘谨。"

龙杰就穿着鞋进去了。进去后才发现，汪校长的家真是太普通了，地面没有铺瓷砖，更不用说木地板了。家里没有高档的家具，也没有时髦的电器。唯一值钱点的，可能就是几副名家字画了。有启功的书法，有黄永玉的画，给这套普通得不能再普通的居室增添了不少的文化气息。而更能证明居室主人的读书人身份的，是随意地堆放在沙发和茶几上的书刊、笔和稿纸。

一个五十多岁的妇人正在客厅里收拾东西，林子迎上前去，甜甜地叫了一声"师母"。龙杰也站起来恭恭敬敬地叫了一声。

师母示意他们坐下来,温和地说:"你们先坐一会啊,汪老师给你们泡茶去了。"

一会儿,汪校长就把两杯热腾腾的茶端来了,笑着说:"小宋,这是你们家乡的茶叶呢,我上次去湘西采风带回来的。你很久没回去,一定想家了吧,今天正好到我这里品尝一下家乡的味道!"

林子说:"谢谢您!谢谢您!"

"你看你看,小宋你又跟我讲客气了。"汪校长说着,把头转向龙杰,"小龙,听小宋说你文武双全,很有才气,不错,不错!"

林子插话说:"汪老师,这期校报上发表了他的一首诗。"

汪校长说:"哦,有印象,有印象,如果我没记错的话,诗的题目就叫《奔跑者》,写得很有气势。"

"谢谢汪老师鼓励!"被汪校长一表扬,龙杰突然有点不自在了。

林子说:"汪老师记忆力惊人啊!"

汪校长说:"体育系的学生能写出这么好的诗歌,我当然印象深刻啊!"

龙杰谦虚道:"汪老师,您过奖了。"

汪校长说:"其实我也是个体育爱好者,现在还每天坚持跑步、练太极拳。我觉得体育的作用不光是锻炼身体,还能培养一个人的意志品质和进取精神。"

这时,师母从厨房出来,笑盈盈地把一盘水果端到茶几上:"来,两位同学吃点水果吧!"

"谢谢师母!"龙杰和林子又几乎是异口同声。

"吃吧,别客气!"汪校长也热情地说。

"好,好。"两人各抓了一颗葡萄在手里。

"小龙啊,听小宋说你要在体育系成立一个文学社,这是好事,我很支持。"汪校长依旧带着一脸慈祥的微笑,"在体育系办文学社,这是一个空前的创举,对丰富体育生的精神文化生活,增强体育生的人文素质是很有作用的。文学社目前有什么困难，经费的问题系里能解决吗？你们需要我做什么，尽管跟我说吧！"

龙杰说："谢谢汪老师，现在文学社已经获得校团委审批，目前一切进展都非常顺利，系里也很支持，准备在下个月正式召开成立大会。"

林子补充道："汪老师，龙杰同学想请您担任文学社顾问，另外还想请您抽空为文学社题词，不知您是否方便？"

汪校长爽快地答应了："这有什么不方便的！就怕我太忙，顾而不问啊！"

"谢谢汪老师！能够得到您的支持，是我们莫大的荣幸！"龙杰站起身，把早已准备好的文学社题词本翻开，毕恭毕敬地铺开在汪校长面前，"请您留下宝贵的墨宝！"

"哈哈，谈不上墨宝，我的字写得丑。"汪校长沉思片刻，即挥笔写下："文学是净化灵魂的清洁剂，是烧制人格的窑。——题赠奔跑者文学社"。写完，又把本子双手递给龙杰。

龙杰也双手接过本子，感激地说："谢谢汪老师！"

林子也说："真的太感谢汪老师了！"

汪校长和蔼地说："孩子们，不要客气。我也是个文学爱好者，所以特别喜欢热爱文学的青年。就像我刚才在本子上写的，文学确实是净化灵魂的清洁剂，是烧制人格的窑。文学，让我们向上、向善、向美。文学，教会我们真诚，尊重，关爱。我希望在你们的努力下，体育系热爱文学的青年人越来越多，让体育系的学生都成为能文能武的高素质复合型人才。"

龙杰点点头，认真地说："决不辜负您的厚望！"

聊起文学这个话题，汪校长的兴致特浓。他跟林子和龙杰讲自己从事业余文学创作的经历，讲他目前正在写作的书，甚至还谈到他退休后的计划——对了，再过一年，他就到退休的年龄了。

林子和龙杰听得入了神，竟忘了注意时间。这时，对面墙上的挂钟响了，晚上九点到了。林子觉得太晚了，不能再占用汪校长的休息时间了，便插了个空说："汪老师，都九点了，今天打扰您太久了，我们以后有机会再来拜访和请教您吧！"

"好的好的，你们也回去早点休息吧！"汪校长又补充道，"孩子，千万不要说打扰，我是非常喜欢跟你们年轻人交流呐，跟年轻人交流，我自己也变得年轻起来！"

林子笑着说："我们以后会经常来打扰您的。"

"哈哈，欢迎打扰，欢迎打扰！"

林子又喊了声师母，跟师母道别。

师母立刻迎了过来："两位不再坐一会啊？"

林子说："今天时间不早了，我们下次再来拜访两位老师！"

"那好，以后要常来啊！"师母把果盘里的水果用一个塑料袋装好，放在林子手里，"来，孩子，这些水果带着在路上吃吧。"

林子忙说："师母，谢谢谢谢！不用不用！"

师母却执意要他们带上。汪校长也说："孩子，带上吧，我和师母都有糖尿病，这水果留在这里我们也不能吃。"

林子和龙杰只得领了师母的一片盛情，并连声道谢。

告别时，汪校长照例坚持送到门外的楼梯口，朝他们深深地鞠了一躬，并殷切地嘱咐道："孩子们，慢走啊！"作为回敬，龙杰和林子也向尊敬的汪校长鞠了一躬。这是龙杰平生第一次鞠躬，但他却一点也不觉得做作。在他看来，汪校长的鞠躬，并不是一个简单的弯腰的姿势，这是美德划出的一道弧线，让他看到了什么是真正的长者风范！

他们走下楼后，汪校长还微笑着站在那里。龙杰鼻子一酸，有一种感动得要流泪的冲动。

到了校园外的马路上，林子问："师傅，我们走路还是坐车？"

龙杰想了想说："你决定吧！"

林子说："那我们今天跑步回去怎么样？我们都是奔跑者啊！"

龙杰肯定地说："好！"

林子眼睛睁得大大的，直视着龙杰："师傅，要是我跑到半路上跑不动了，你会不会背我啊？"

龙杰斩钉截铁地回答："背！"

说话间，他们肩并肩慢慢地跑了起来。跑了一段，龙杰的右手几次碰到林子的左手。不知是有意还是无意，他顺势轻轻一牵就牵上了。林子也没拒绝，很自然地让他牵着。脚步声轻轻，路灯的光，静静地，把两个奔跑者的身影拉得很长很长。

自从筹办文学社以来，龙杰和林子的交往越来越密切了。尽管两人都在同一个校区，每天都有见面的机会，但他们每晚还要在电话中交谈很久，总有说不完的话题。

星期四晚上，林子在电话里跟龙杰说："师傅，这个周末要不要小徒弟带你去一个地方玩？"

"荣幸荣幸！"龙杰问，"想带师傅去哪里潇洒呢？"

"保证是你很想很想去的一个地方。"林子故意卖起了关子。

"哪里？你快告诉我呀！"龙杰已然迫不及待了。

"暂时不告诉你，嘻嘻！"

"小心我揍扁你！"

"你敢！"

"不敢不敢！快告诉我吧，亲爱的小徒弟！"

"哼，这还差不多！告诉你算了吧，是我们湘西的一座古城哦。"

"凤凰古城？"

"聪明！"

"那是沈从文先生的故乡啊，新西兰作家路易·艾黎眼中的'中国最美的小城'。"果然是龙杰久已心驰神往的一个地方，他激动的语气里，饱含着对沈从文先生的故乡的热烈向往，"不知道那里还有没有吊脚楼？

我好想去看看那里的吊脚楼!"

"还有呀,沱江边有一长排,凤凰古城最美的风景就在那儿了!"

"吊脚楼是怎么建的?跟沈从文先生的书里写的是一个样子的吗?"龙杰刨根究底地问。

林子心想,我又不是建吊脚楼的,嘴上说:"呵呵,到了那里你不就知道了。"

"我就知道你想要吊足我的胃口,不过没关系,我先锻炼一下自己的想象力也无妨。"

"哼,就是要吊你胃口!"

"我告诉你啊,你可别得罪你师傅,到时候路上有人欺负你别怪师傅袖手旁观啊!"

"哈哈,湘西是我的地盘,我的地盘我做主,有人欺负你还差不多。"

"好啊!算你狠!"

"凤凰不光吊脚楼美,沱江边长大的苗家阿妹也很美,都跟翠翠一样水灵灵的,师傅你可以用你的情诗骗一个回来做女朋友,哈哈哈哈……"

"小徒弟啊,拜托你莫撩我了,我的心都已经扑通扑通跳到凤凰去了!"

"哈哈,看来师傅是真的想去啦!"

"原来你是骗我的啊,真要不得,无情地伤害我幼小的心灵!"

"唉,本来是逗你玩的,不过,要是你真想去的话,那就去吧。我暑假没回家,正好也顺便把自己送回去给我老爸老妈看看。"

……

接下来,两人又围绕着凤凰古城聊了个把小时,最后约定了第二天出发的时间。

他们坐的是晚上九点半的火车。上了火车才知道,林子要先在古丈下车,回一趟家,然后再去凤凰。

因为是周末,去湘西旅游的人特别多,过道里都挤满了人。幸好他们买到了座位票,否则,几个小时真够他们站的了。在龙杰的心中,湘西是神秘的,它不但风景秀美,民风淳朴,而且文化底蕴深厚,巴掌大一个小城，光是近现代就出过好几个名人政要，如民国第一任总理熊希龄，现代著名作家沈从文、著名画家黄永玉等。早在读《从文自传》的时候，他就萌生了一个小小愿望，就是大学期间一定要去凤凰小城走一走，看一看。没想到这么快，这个美好的愿望就变成了美丽的现实，而且，还是跟自己喜欢的女孩儿一块去。一上车，龙杰就感到特兴奋。对于龙杰来说，这简直是一次梦一般的旅行。

林子买了很多零食，瓜子、话梅什么的，在车厢的桌面上摆了一大堆。龙杰对这些零食可是一点也不感兴趣，他发现，跟林子聊天比吃零食有味多了。

他们聊得最多的，仍然是凤凰古城的人和事。

列车一头扎进深夜，向着梦中的地方前进。聊着聊着，刚才还很兴奋的林子一不留神就来了睡意。

当龙杰从书本上抬起头来的时候，发现刚才还在跟自己神侃凤凰的林子已经趴在座位上睡着了。

龙杰仍然没有睡意，就从包里拿了一本随身携带的《沈从文传》出来看。这本书是一个研究沈从文的大学教授写的，尽管是一本学术专著，但以散文的笔调写就，可读性很强。龙杰很快就钻进书本里去了。

午夜时分，列车在一个小站停下来，林子被上车下车的嘈杂声吵醒了。

"哎哟哟，我的手好麻！"林子直起腰，用力地甩着手臂，眼睛似闭非闭的。

龙杰放下手中的书，说："要不要我帮你按摩一下？"

"不用，我再甩几下就好了。"林子边说边继续用力地甩着手臂。

龙杰也有点累了，他双手半握拳，大拇指按在太阳穴上，用食指的第二指节刮着眼圈。虽然还没有明显的睡意，但看书太久，眼睛有点受不了。刮了几圈，便把手放下来，交叉在胸前。

这时，林子的意识完全清醒了，轻轻拍了拍龙杰的肩："师傅，现在到哪了？"

龙杰侧过脸去，笑了笑："我也不知道。"

"哦,你刚才一直在看书?"

"对啊。"

"你不困?"

"不困不困。"龙杰玩笑道,"困也不能睡呢,我要当好护花使者啊!"

"哈哈,我师傅真好!"林子喝了口水,说,"有这么一位文武全才做护花使者,真是荣幸之至呀!可惜一朵花,如果自己要枯萎要凋谢,我看再厉害的护花使者也没办法吧!"

"可你不是一朵自己要枯萎要凋谢的花啊!"

"你不知道,有的花,表面上开得鲜艳夺目,内心却已枯萎凋谢。"

"你乱讲,自己掌嘴十下!"

林子把手伸到嘴边,龙杰以为她真的要掌嘴了,正准备偷着乐,没想到她却用手捂着嘴巴打了个长长的哈欠。

"对不起师傅,我还是有点困。"林子想继续趴着睡一觉,又觉得那样睡不舒服,便对旁边的龙杰说,"师傅,借一下你的肩膀可以吗?"

龙杰正求之不得呢,忙点头同意:"可以可以,全程免费!"

林子很快在列车有节奏的晃动下安然睡去。她的头紧贴着龙杰的肩,身子软软地靠过来,让龙杰感到莫名的激动。他承受的重量并不轻,但却一点也不觉得难受。某一瞬间,龙杰甚至突然产生一种大胆的想法,想把熟睡的林子一把揽在怀里。当然,这仅仅是某一瞬间的念头,它很快就被深深隐藏在龙杰身体里的胆怯驱赶得远远的。

龙杰就这么一直保持着正襟危坐的姿势,偶尔闭目养神。但一路上脑细胞都像打了兴奋剂一样,活跃得很。不活跃才不正常呢。有一阵子,他很想上厕所了,但他硬是强迫自己憋着。怕把林子弄醒,他甚至轻轻动一下都非常小心。他希望夜再长一点火车再慢一点。他希望林子就这么紧紧靠着他的肩膀,直到未知的远方。

不知又过了多久,列车再次停了下来。一路上兀自胡思乱想的龙杰竟毫无察觉。林子睡得正香,一定是进入美丽的梦乡了吧。"同志,你的水还要吗?"当一个捡瓶子的老太婆行动迅速地出现在他眼前时,他才发现所有的人都已经起身站在过道里。

"不要了的，您拿去吧。"龙杰顺便问了句，"阿姨，请问这是到哪里了？"

"终点站，吉首，你们赶快下车吧。"老太婆说完就到旁边的座位上捡东西去了。

"啊？就到吉首了？"龙杰把嘴张成大大的半圆形，连忙把身边的林子叫醒。

林子还在半梦半醒之间，揉着惺忪的睡眼问："快到古丈了吗？"

"早就过了，现在都到终点站了。"龙杰笑着回答。

"妈呀，我们坐过站了？不可能吧！"林子亮出一副不相信的神态。而实际上，她也已经看到旁边的座位都空了。

"还不可能，你看，大家都下车了呢。"龙杰指着过道里缓缓移动的人流，对林子说。

"那算了吧，我们先去凤凰，游完凤凰再回家，反正也没给家里打电话的。"林子边说边把头发简单弄了一下，又对着随身携带的小镜子用湿巾纸擦脸。弄完，她递给正欲站起来拿包的龙杰一张湿巾，"先别急，等他们下完。你也擦把脸吧。"

"谢谢！"龙杰礼貌地接过，胡乱地擦了几下。平时他可很少用这玩意。

下车时，龙杰提醒林子："我们的票是买到古丈的，怎么办？"

"放心吧，这里出站一般不查票。"

果然，出站口的工作人员站在那里，却没有查票。龙杰跟着林子大摇大摆地出去了。

此时的湘西，天还没有亮，黎明正在酝酿之中。跟别的车站不一样的是，这里的黎明并不是静悄悄的。车站广场灯火辉煌，热闹非凡。出口处，一排身着少数民族服装的姑娘正在一边跳舞一边打鼓。那场面，那气势，一下子把第一次来湘西的龙杰给深深地吸引住了。

"这是打苗鼓，苗族的一种鼓舞，也是一种迎客的独特方式。"林子介绍道。

"打得好整齐，好有气势！到湘西，感觉就是不一样！"龙杰忍不住赞道。他傻傻地站在那里，看得很痴。反正天还没亮，林子也没有催着他走。

当鼓声消歇的时候，随车而来的旅客也都快走光了。有人在龙杰面前一个劲地喊："凤凰的，凤凰的，去凤凰吗？马上就走……"龙杰竟一点反应也没有，显然，他的思绪还沉浸在刚才那热烈奔放的鼓舞中。直到那人再凑近了问一句"同学，你们去凤凰吗？马上就走"，他才猛然回过神来。

"不好意思，我们就到吉首的。"林子代替龙杰回答了那个拉客的人。

龙杰傻眼愣住了："我们就到吉首，不去凤凰了？"

"傻瓜，等天亮吧，天亮了我们到汽车南站去坐车，便宜些。现在叫客的都是私家车，去凤凰少说也要一百块。"林子不愧是个本地通。

"哦，明白了，明白了。"龙杰指着火车站广场的中央说，"我想去那边活动活动。"

"嗯，好。"

到了广场中央，龙杰开始活动脖子、手腕、脚踝，又压了压腿，做了一下扩胸运动。他已经养成了早起运动的习惯。

"师傅，你是不是准备卖艺了啊！要不要小徒弟帮你收钱呀？"林子打趣道。

龙杰果真亮出了几个自己的招牌动作，然后拱手抱拳："各位湘西的父老乡亲，大家好，鄙人出身贫寒，命运坎坷，今日不幸流落至此。现给大家表演一套武术，请有钱的捧个钱场，没钱的捧个人场！"

龙杰的神态、动作和语言，都像极了一个走南闯北的江湖艺人，把林子逗得捧腹大笑。更加神奇的是，龙杰话音未落，果然有几位旅客走了过来，有一位还往龙杰脚下的地上放了十块钱便头也不回地走了，等龙杰抓起钱追过去的时候，他已经上了的士。

不知不觉，天就大亮了。颇具民族风情的吉首火车站，露出了她美丽清晰的轮廓。车站的顶部，一幅大型广告深深地打动了龙杰，广告图片主体是河边一排古老的吊脚楼，上面写着："为了你，这座古城已等了千年！"不用说，这座等了千年的古城，就是凤凰。这则诗意的广告语，让龙杰恍然大悟，此番出行凤凰，并不是去旅游，去看风景，而是去奔赴一个千年的约会！

25

　　上午九点，龙杰终于如愿走进了历史深处曲曲折折的小巷，踏上了凤凰古城被岁月镀亮的石板路。石板路的两边，是琳琅满目的店铺。银饰叮当。城楼肃穆。断墙残壁，写满一个民族血泪抗争的历史。门口静坐如禅的老人，仿佛永远看不见光阴来去。而那古老的印染与蜡画，正在努力定格着即将消逝的风景。原本亢奋不已的龙杰，懂得了有一种感觉叫平静。在前边带路的林子，也没有说话。这里，实在不应该是一个喧嚷的所在。

　　就这样安静地走着，一不小心就到了沈从文先生故居的门前。从沈先生的文字可以读出，他是不喜欢热闹的。然而，先生的故居，游人可真不少，他们熙熙攘攘，进进出出，不知道是否打扰到先生已然回归故里的灵魂。不过，对于参观者出于虔敬的造访，想必先生是会理解的。

　　林子买了门票，对正在出神地端详着古色古香的"沈从文故居"牌匾的龙杰说："师傅站好，给你照张相，让你沾一点沈先生的灵气。"

　　龙杰摆摆手说："我先帮你照吧。"

　　林子说："不不不，你快站好，我已经选好角度。"

　　龙杰索性把手抄在身后，挺胸抬头，剑眉微蹙，双目圆睁，直视前方。不知从何时起，只要照相，他就喜欢摆出这个姿势，一副泰山般巍然屹立的模样。这是林子第一次给龙杰照相，也是第一次看见他摆这个姿势。她从内心里欣赏这个样子的龙杰。是的，他的站姿，挺拔如一颗大树，一座巍峨的山峰，他的眼里，闪耀着穿透一切的光芒。

拍完照，林子说："师傅，突然发现，你跟沈先生很像，只是，你的外表更显刚强。"

"沈先生是外表柔弱，内心刚强的那种。他决定做的事情，执着得九头牛也拉不回，比如他对北大才女张兆和的爱恋与追求。他不愿意做的事情，谁也强迫不了，他后来决然放弃了文学创作就是最好的证明。"

龙杰的一番话，让林子打心眼里佩服："师傅你太了解沈先生了。"

"《沈从文传》我整整读了三遍，越读越喜欢他这个人。"

"回学校后你把这本书借我也看看吧。"

"我带着的，你想看，随时都可以。"

"好，走，我们先进去参观吧。"

"还没给你照相呢！"

"不急，我待会出来再照。"

说完，他们便从从容容地走进了沈从文故居，走进了沈从文曲折坎坷却伟大光明的一生。

从沈从文故居出来，林子让龙杰给他照了几张相。照完相，林子问："师傅，你最欣赏沈先生哪一点？"

龙杰想了想说："沈先生值得我欣赏的地方太多了，当然，最最欣赏的是先生对爱情的真诚与执着。"

"我也有同感。现在，这样的爱情真的很难得了。张兆和真幸福。"

"不过，他们还真应该感谢胡适呢。"

"为什么要感谢胡适？"

"那时，年轻的沈先生在北大任教，胡适是校长。据说当时张兆和被沈先生一天一封情书折磨得不行，就气鼓鼓地告到胡校长那里去，哪知胡适非但没有责备沈先生，还笑着对张兆和说，'沈老师追求你，有什么不妥？我知道沈从文顽固地爱着你'，虽然张兆和失望地回敬了一句'可我顽固地不爱他'，但她接下来对沈先生的追求明显没那么抵触了。后来，他们终于相爱相知，携手走进了婚姻的殿堂。"

"啧啧，这爱情，简直比童话更美呀！"

"羡慕了吧。"

"羡慕死了。嘻嘻！"

"不用羡慕，小徒弟，你将来一定会比北大才女张兆和更有福分。"

"我啊，不敢做梦。"林子迅速换了个话题，"师傅，我们到沈从文墓地去看看怎么样？那里不是规定的旅游景点，但来凤凰，不去沈从文墓地是个遗憾。"

于是，怀着对沈从文先生最虔诚的敬仰，他们来到了位于沱江边听涛山下的先生墓地。因为不是规定的景点，来这里的人果然不多，相对于故居的热闹，这里似乎显得过于冷清了。不过这样也好，没有不相干的人的打扰，先生正可以真正远离尘世的喧嚣，日日夜夜枕着沱江的涛声，平静安然地享受那只属于自己的时光。

墓地简简单单，只有一块大石头，上书"沈从文先生之墓"，石头背面，刻有"不折不从，亦慈亦让；星斗其文，赤子其人"几行题字。墓前摆放着拜谒者赠送的鲜花。

林子说："你看墓碑后的那几行字，末尾四个字连起来就是'从文让人'，是先生生前为人的生动写照啊！"

"嗯，个中有深意啊。你是怎么看出来的？"

"我爸爸带我来过，他跟我讲的，说这是沈先生的姨妹张充和女士撰写的。"

"沈先生真是个伟大的人，因为他有一颗伟大的心灵，他完全当得起这个评价！"龙杰显然有些激动。

"是啊，我们给这个伟大的人鞠个躬吧！"林子提议。

两人默默鞠了三躬，便从墓地的另一边往回走。在路旁的一块大石头上，刻着沈从文夫人张兆和的一篇短文。那是一篇感人肺腑的回忆文字。龙杰一字一句地读着，忍不住泪流满面。

龙杰抹了一把眼泪，说："太感人了。"

林子点点头，眼里也是泪光莹莹的。

下山了，林子说先去吃饭，然后去沱江坐船。

古城有个"凤凰潘长江餐馆"，因老板与著名小品演员潘长江长得酷似而得名。林子说，凤凰潘长江与真正的潘长江同在中央电视台做过一期节目，凤凰潘长江餐馆的牌子还是潘长江亲笔题写的呢。龙杰觉得有点意思，非常赞成去"潘长江"那里吃饭。一进门就看到了那老板，与电视上的潘长江同志长得一模一样。龙杰笑着跟林子耳语："天啦，真的好像，简直一个模子印出来的。"

托了潘大明星的福，餐馆的生意出奇的好。河边的位置都被人占了，他们只好随便选了一张靠墙的桌子。

龙杰说："我要跟哪位明星长得这么像就好了，那我在学校旁边开家餐馆，保证生意红火。"

林子笑："我建议你去韩国做一下整形手术，想像谁就可以像谁。"

龙杰说："可惜我现在没有那个经济实力啊！"

林子问："如果可以的话，你愿意像谁呢？"

龙杰说："说实话，我更愿意做最好的自己！"

林子马上鼓掌："师傅说得好，我们都要做最好的自己！"

这家餐馆客人虽然不少，上菜的速度却并不慢。茶水上来之后，只聊了几句，菜就来了。

穿着民族服装的服务员问他们喝不喝酒，林子说："谢谢，不喝酒。请给我们打饭来吧。"

林子把碗筷用茶水一一烫了一下，问龙杰："师傅你平时喝酒吗？"

龙杰说："很少，不过要喝也能喝。"

"啤酒还是白酒？"

"都行。"

"李白斗酒诗百篇，你应该多喝酒嘛。"

"可惜我不是李白啊，就怕喝酒不但产生不了写诗的灵感，反而把自己喝傻了。"

"哈哈，师傅你真搞笑！"林子指指窗户外面，说："要不晚上我们到河边的酒吧去喝几杯?"

"你能喝酒?"

"能啊，你难道表示怀疑?"

龙杰忙说: "不怀疑不怀疑，晚上我可以陪你喝个尽兴。就怕酒吧太贵了消费不起。"

"不用担心，我请师傅。"

龙杰是个穷光蛋，他从来没有进过酒吧。林子的话消除了钱囊羞涩的他对去酒吧喝酒的顾虑。

一边吃饭一边聊天，时间就像长了翅膀一样。一不小心就在餐馆里坐了一个多小时。吃完饭，龙杰准备买单，又被林子抢了先。一路上，龙杰还没有花一分钱。他自己都感到很不好意思了。

从餐馆出来，就到了北门码头，那里是游船下水的地方。

他们没有急于上船，而是站在码头边欣赏风景。这里原本用于通行的跳岩是凤凰著名的景点，很多人站在跳岩上照相留念。江中流水，清澈见底。林子索性脱掉鞋子，在码头边玩起水来。龙杰端起相机，一口气给她抢拍了好几张。

码头对面，多是酒吧和客栈。有个酒吧叫"在水一方"，另一个叫"临江仙"，都是浪漫而颇具文化气息的名字，让人不禁心生喜欢。

林子说: "晚上我们就去在水一方，怎么样?"

"好!"龙杰突然想起一首诗，对着滔滔沱江水忘情地吟诵起来，"蒹葭苍苍，白露为霜。所谓伊人，在水一方。溯洄从之，道阻且长。溯游从之，宛在水中央。蒹葭萋萋，白露未晞。所谓伊人，在水之湄。溯洄从之，道阻且跻。溯游从之，宛在水中坻。蒹葭采采，白露未已。所谓伊人，在水之涘。溯洄从之，道阻且右。溯游从之，宛在水中沚。"

林子静静地听他吟诵完毕，笑着说: "师傅，先别急着想你的伊人哦，我们得去找个地方住下来，再迟点就只能到沱江边上坐到天亮了。"

"对啊，得赶紧找个住宿的地方!"说话间，龙杰看到一个客栈的招牌，顿时眼前一亮，"小徒弟，你看，一枕涛声客栈，多富有诗意的名字，我们就去那里吧！"

"一枕涛声，嗯，这名字很不错，我们先过去开好房间，把行李放在那里吧。"林子说，"放好行李我们再过来坐船。"

"好，走吧。"

"师傅，请你扶我一下，我穿一下鞋子。"龙杰正要迈步，林子不由分说，抓住了他的手臂。

龙杰立刻站定了，心里又小小地激动了一下。江风温柔地吹过面颊，他再次领略到了一种不可名状的惬意。

相距五十米左右，与跳岩并排有一座仅容一人行走的木桥，与跳岩共同构成一道颇具艺术特色的景观。林子和龙杰，还是选择了走前边的跳岩，说过来的时候再走木桥。走跳岩的时候，龙杰想去牵林子，但不知林子是不是没有看到，他的手在后面伸了半天也没见林子来抓。江风继续吹着，把刚才在码头边被林子扶着的惬意吹得荡然无存，取而代之的是一丝淡淡的怅惘。

26

到"一枕涛声"一问，只剩一间客房了，而且是单人间。林子和龙杰犹豫片刻，还是决定先住下来再说。龙杰说，晚上我打地铺吧。林子抢着付了押金，领了房间的钥匙。

房间位于三楼，窗外就是沱江。沱江虽名为江，其实是一条不宽也不深的小河。从给沱江取名足可看出，凤凰人的野心和浪漫主义情怀。在一枕涛声客栈，白天可以尽情领略江边的风景，夜晚则可枕着沱江的涛声入眠，一枕涛声这个名字是取得十分贴切的。

龙杰望着窗外，对林子说："这边风景独好，你看，对面那一字排开的吊脚楼，多美啊！"

林子也走到窗边，说："凤凰的美跟别的地方的美是不一样的，它美得精致而富有韵味。"

龙杰补充道："因为这座古城拥有深厚的文化底蕴。我终于明白了，小小的凤凰，为什么能出那么多大人物，将军、总理、文学大师、艺术大师。"

林子的目光从吊脚楼上挪开，又被一只只顺流而下的木船所吸引。船上的游客，兴奋地划着桨，唱着歌，有的还互相泼着水，泼出满船的笑声，好不快活！

林子打断了龙杰的抒情，说："师傅，别只顾在这里发表感叹了哦，我们也赶快坐船去。"

龙杰转身说："走吧，我的心已经在那船上坐着了。"

很快就到了河边，林子和龙杰两个人租了一条小船，因为是顺流而下，再加上船尾有一位艄公帮忙，划起来根本不用费太多的力气，也不用担心会被激流把船打翻。

刚划出不远，他们就遇上了一艘逆流而上的船，那船上的游客都是二十岁上下的姑娘小伙子，估计也是哪个学校的相约出来游玩的学生吧。两船快要交汇的时候，对面船上的男生突然嘻嘻哈哈地唱起了歌："对面的女孩看过来，看过来……"，歌没唱完，便有一个男生高喊一声"噢嗬嗬——"，带头挥桨往这边泼起水来。

林子早有准备，忙高喊着"噢嗬嗬"奋起反抗。龙杰反应敏捷，拿起船里舀水的盆子装了水就往那边泼，他的速度之快令对方难以招架，只得全体出动。于是，笑声，喊声，泼水声立刻响成一片。很快，龙杰和林子，还有对面船上的所有人，全都变得成了落汤鸡。龙杰见自己衣服已经湿了，干脆扑通一声跳到水中，冲到对方的船边，继续用盆子倾倒。对方只得纷纷举桨投降，落荒而逃。

龙杰气喘吁吁回到船上，歇斯底里地呐喊："胜利喽！胜利喽！"

林子也打出一个胜利的手势高喊："耶，我们胜利了！我们胜利了！"

船过了虹桥，又下一个滩，行至水流平缓处，艄公就准备撑篙掉头了。龙杰和林子都觉得距离太短，船速太快。不过，返程是逆水行舟，应该会慢很多，要不这几百米的距离，实在难以尽兴。还好，刚才那激烈的一仗，没有把他放在船头的包里的相机打湿。两人在船上摆着各种各样的姿势拍照。林子的衣服完全湿透了，把已经充分发育的身体包裹得紧紧的，显得愈发的丰满而富有女人味。借着给她拍照的机会，龙杰偷偷地盯着她隆起的胸部看了好几秒钟，直看到自己的心激动得要跳出胸膛。林子假装没有注意到，故意把身子又挺直了一些。而双颊悄悄泛起的红晕，一不小心暴露了她内心的秘密。

船继续逆流而上。照完相，林子又饶有兴致地划起了桨。她边划边出神地看着划桨划出的一个又一个漩涡，对龙杰说："师傅，我也想写诗，你教我写诗吧！"

龙杰也在看那一圈一圈的漩涡，就说："写诗，最重要的是发挥自己的想象力。没有想象就没有诗歌。比如有一位著名诗人写漩涡——漩涡，水的戒指，你看，这想象多奇特啊！"

"没有想象就没有诗歌，嗯，我懂了。"林子若有所思地眨巴着眼睛，说，"师傅，我也想写一首漩涡的诗，请你指点指点啊！"

"好啊好啊，你这么冰雪聪明，说不定真能出口成章呢！"

"师傅，我写出来了。"林子果然脱口而出，"桨在水上写诗/每写一句/漩涡，便打上一个美丽的句号。"

"写得太好了！我小徒弟真是一个写诗的天才啊！"

"真的好？我以前从没写过诗歌呢。"

"真的好！太好了！"

"那我以后不但要跟师傅学武功，还要跟师傅学写诗，好不好？"

"嗯，好！"

"我也会写诗了，嘻嘻！"林子的兴奋写在脸上，也像一首诗，一首楚楚动人的诗。

船到终点，他们回到客栈换了衣服，又去河边的店铺闲逛。林子买了一个扎染的披肩，还有一个葫芦丝。卖葫芦丝的是一个七十多岁的老人，号称"葫芦丝大王"，他穿着湘西的民族服装，抱着一个大大的特制的葫芦丝，在店子里摇头晃脑，边吹边跳，那副快乐老顽童的样子，简直可爱极了。林子说，老人是她的老乡，原来是一位中学音乐教师，退休后不甘寂寞，就在凤凰开了个卖葫芦丝的店子。他开店子不为挣多少钱，只为充实自己，以另一种形式继续自己的音乐人生。林子很欣赏老人对生活的态度，每次来凤凰都会去他的店里坐坐。这次，林子说要买一个葫芦丝，老人硬是不肯收钱。在林子的坚持下，老人最后象征性的收了十元。老人的店子里，除了葫芦丝外，还有埙、箫和笛子。林子问老人："您也会吹箫吧？"老人回答说："会一点，其实音乐都是相通的。"说着，老人拿了一支箫，闭上眼睛，倾情吹奏起来。老人的激情也感染了林子。待老人吹完一曲，她说："爷爷，您吹得真好！让我也试试吧，请您给我指点指点。"林子吹奏的还是那首叫《殇》的曲子，她全神贯注地吹着，在古城小巷，缓缓地洒落一地沉重的忧伤。老人认真地说："姑娘，你吹得很专业。只是，这么伤感的曲子不应该属于年轻人啊！记得以后多吹欢快的曲子，人生，再苦的日子也要笑着过，你们说对吗？""嗯"，林子抿着嘴，使劲地点点头，眼眸里的云翳却久久萦绕不散。

天色渐渐暗了下来，时间不早了，林子和龙杰起身告辞。老人硬要留他们吃饭，盛情难却，两人只得留了下来。老人喝了一点酒，话就更多了，餐桌上一直讲个不停，讲他的过去，讲他学习音乐的经历，讲他年轻时的浪漫爱情故事。谈到爱情，老人非常激动。他说："伟大的诗人艾青同志说过——这个世界什么都古老，唯有爱情永远年轻。多美的诗句啊！姑娘，你跟这位帅小伙真般配，好好珍惜你们的幸福吧！"林子说："爷爷，他是我师傅。"老人笑了："哈哈，我都快八十了，年轻人的事，我都知道，什么都瞒不过我的眼睛啦！""爷爷，他真的是我师傅，教我武功，对了，还教我写诗！"林子努力解释道。老人笑眯眯地说："很好！很好！"林子摇摇头笑了。龙杰也笑了，很开心地笑。

告别"葫芦丝大王"，古城已是灯火辉煌。沱江边的所有建筑都装上了彩灯，将夜晚的凤凰装扮得如梦似幻。灯光倒映在水里，岸上一个凤凰，水里一个凤凰，仿佛置身于人间天堂。码头边有不少人在卖河灯。用涂了蜡的红纸，编织成莲花的形状，花心上摆上蜡烛，一盏河灯就做成了。河灯的样式都差不多，但含义却各不相同。比如，一朵花一支蜡烛，代表一帆风顺；两朵花两支蜡烛，代表比翼双飞；三朵花三支蜡烛，代表我爱你；四朵花四支蜡烛，代表四季发财，等等。卖河灯的人说，买个河灯，把蜡烛点燃，然后闭上眼睛许个愿，然后，将河灯放入水中随水漂走，你的愿望就会实现。

龙杰说："小徒弟，我们也去放河灯吧！"

林子说好，随即选了几个，一朵花一支蜡烛的那种。龙杰本想选一个三朵花三支蜡烛的，犹豫了一下，还是选了跟林子一样的。卖河灯的人送给他们一盒火柴。买了河灯，他们径直朝跳岩那边走去。那里是放河灯的好地方，很多人已经聚集在那里了，河灯飘摇而下，河面上烛光闪闪，煞是美丽动人。

两个人蹲在跳岩上，俯下身子，开始轮流放河灯。各放完一盏后，林子问龙杰："你刚才许的什么愿？"

龙杰说："愿世界和平。你呢？"

林子说："愿世界充满爱。"

两个人孩子似的，接着又放。放完一盏，林子又问："这次许的什么愿？"

龙杰说："愿父母健康长寿。你呢？"

林子说："呵呵，我也是。我们都是好孩子！"

放最后一个的时候，龙杰显得格外的小心翼翼。但也许是太小心的缘故，反而出了问题，蜡烛一下水就被风吹灭。龙杰想捞起来再点，却已经够不着了。更要命的是，河灯摇摇晃晃地漂了几米远，就被一个小小的波浪打翻，沉了下去。龙杰的心，也跟着往下沉，往下沉……

林子的最后一个河灯也没放好，还没点燃蜡烛就掉到水里去了。

这一次，他们都没有问对方许的是什么愿，只是默默地站着，向着河灯消失的方向。

过了好几分钟，林子说："师傅，我们回客栈吧。"于是一前一后回了在水一方。

在水一方是个颇具现代情调的酒吧，与古典的凤凰相映成趣。门外的墙上，挂了数百个空啤酒瓶。酒吧里，灯光忽明忽暗，乐队在疯狂地演奏着他们自己创作的歌曲。

林子和龙杰找了个靠窗的位置坐下，要了一打啤酒和一个水果拼盘。酒和拼盘都是林子点的。

龙杰疑惑："我们两个，能喝那么多酒吗？我最多就喝过三瓶。"

林子笑笑："别管那么多，到酒吧就是来喝酒的。那你就喝三瓶，其余都算我的！"

龙杰还是担心："你能喝九瓶？打死我也不相信！"

林子说："不就是几瓶啤酒吗？来，先把第一杯干了！祝师傅第一次凤凰之行玩得开心！"

"谢谢，祝小徒弟天天开心，干杯！"

林子率先一饮而尽。喝完，把杯子倒过来亮了亮，表示喝完了。龙杰也仰头一口干了。也许是酒喝急了，他感到喉咙有点呛，轻轻地咳了两声。

酒吧里的音乐，换了一曲又一曲。龙杰和林子，一直在开怀畅饮，酒杯空了又满，满了又空。酒喝多了，话也多了。尤其是龙杰，几杯啤酒下肚，话便有如黄河之水滔滔不绝。他讲他的家乡，讲他的童年，讲他小时候练武术的故事，讲他的文学之路，讲他在复读班的酸甜苦辣，最后，当然避免不了讲到他的初恋。龙杰讲故事的时候，林子就静静地听。他讲到有趣的地方，她跟着哈哈大笑，讲到动情之处，她也跟着眼眶湿润。

龙杰的坦诚再一次深深打动了林子。她也给龙杰讲她的故事，快乐的童年，音乐的梦想，少女时代的秘密，唯独没有谈及爱情。而龙杰此刻最想知道的，不是别的，是她与爱情有关的一切。

几次话到喉咙又咽下，龙杰最后终于鼓起了男子汉的勇气："小徒弟，我想听听你的浪漫爱情故事，可以吗？"

"我？"林子沉默了一下，摇摇头没说话。

"害羞了？不好意思说？"龙杰的问话带着十分肯定的意思。

林子没有正面回答，却反问了一句："爱情是什么？"

龙杰说："我们刚刚发下来的伦理学教材上说了，爱情，就是男女之间因相互倾慕而产生的一种渴望对方成为自己终身伴侣的真挚、专一的感情，我都背下来了，保证一字不漏！"

林子微微地笑了，只有她自己知道，这淡淡的笑里包含着多少浓浓的苦涩。

灯光忽然暗了下来，龙杰完全看不清她的表情。他们的对话在黑暗中继续。

"小徒弟，我想跟你说句话。"

"什么话？"

"一句很重要很重要的话。"凭借着酒的力量和黑暗的掩护，龙杰大胆地说出了自己的心声："今夜，有一个人，愿意成为你爱情故事的男主角！"

根据龙杰的判断，他跟林子的爱情，应该已经是水到渠成的事了。没想到林子却沉默半天，才轻声说："师傅，真的对不起，我现在还不想恋爱，也不想去考虑这些太复杂的事情。"

"为什么？"龙杰不敢相信自己的耳朵。

"生活中有很多的事情都是没有理由的。"林子幽幽地说，"师傅，你很优秀，我也很喜欢你，喜欢跟你在一起，但喜欢不是爱，我希望永远永远做你可爱的小徒弟，可以吗？"

龙杰没有回答，他的头已经有点发晕了。他自己给自己倒了满满的一杯酒，咕咚一声就喝了下去。喝完又倒一杯。

林子的醉意更明显，毕竟她是个不胜酒力的女孩子。她感到头好重，太阳穴像针扎一样的痛。她知道自己快喝醉了，但仍在不停地自斟自饮。

终于，林子无力地趴下了，酒杯碰倒在桌面上，剩下的啤酒泼了一地。

该回去了，龙杰东倒西歪地去吧台买单。钱不够，又回来在林子的包里找。林子已经醉得不成样子，一直在闭着眼睛说："我要睡觉……我要睡觉……"

龙杰好不容易才把林子扶到客栈。刚把林子搬上床，自己也不行了，一团烂泥般趴倒在茶几上。他平时最多喝三瓶啤酒，今天却至少翻了一倍。他喝那么多的目的，就是想尽量让林子少喝点。

林子在床上动来动去，嘴里还在不停地喊："我要睡觉……我要睡觉……"

龙杰艰难地爬起来，默默地坐在林子旁边，把手搭在她的额头上。

林子忽然坐起身，难受地说："师傅，我……我想吐……"

龙杰连忙摇摇晃晃地扶着她去卫生间。刚进去，林子就"哇"的一声吐了。小小的卫生间里顿时弥漫着啤酒的气味儿。龙杰把林子呕吐的赃物放水冲洗干净后，便搓了毛巾给她擦脸。

林子无力地耷拉着头，大口大口地喘着气。龙杰正准备扶她出去，却听林子在无力地说："师傅，我……我要上厕所……"

上厕所？这可让龙杰感到左右为难了。要不要扶着她上厕所呢？扶吧，那该有多尴尬啊；不扶，她现在站都站不稳。

"师傅，我……我憋不住了……"林子说着，身子猛地往下一沉。

此情此景，容不得龙杰再有一丝一毫的犹豫。他鼓起勇气帮林子脱下裤子，扶着她蹲着。好在是小便，否则会更加尴尬与难堪。

一切处理完毕，龙杰又把林子搬到床上，自己也脱了鞋子，浑身软软地摊倒在旁边。林子很快就睡得不省人事。龙杰醉了，又好像没醉，头脑昏昏沉沉的，却又亢奋得很。他很想把林子搂在怀里，意识却不断地提醒他不要这样做。头脑经过一番激战，最后疲惫至极，终于迷迷糊糊睡着了。然而，才睡了不到半个小时，他又醒了过来，又想去搂去抱。很快，本能的冲动战胜了酒醉后本来就不够强大的理性。

林子睡得很熟，软软地躺在龙杰的怀中。"软玉温香抱在怀，露滴牡丹开，"龙杰朦胧中突然想起这句绝妙的古诗，不由自主地把林子愈抱愈紧愈抱愈紧……"啊！不要！不要！"不知过了多久，意识突然清醒的林子用力地把龙杰推开，滚到一边，用力拍打着床沿，然后小声地啜泣起来。

龙杰就像犯了罪似的，心里顿时充满深深的自责。他恨不得狠狠地扇自己一记耳光。窗外，沱江的涛声清晰可闻，难熬的夜，还很长很长……

27

去了一趟凤凰古城，龙杰和林子的感情非但没有进一步加深，反而突然就变得疏远了。回学校几天了，林子还一直没来找龙杰，龙杰也没去找林子。两个人的心里，都横着一块去不掉的疙瘩。

每次当龙杰想去找林子的时候，他又想起在凤凰的那个晚上，他真为自己的所作所为感到羞耻。而林子呢，并不是没有原谅他，也并不是不理解他，而是觉得自己有必要与龙杰保持必要的距离。既然龙杰所要的爱情，她无法给予，那么，与他走得太近对他就是一种无情的伤害。

本来，经过一个多月的适应，龙杰已经渐渐喜欢上了这所校园环境并不太好的大学。特别是跟林子交往以后，他的大学生活开始变得有滋有味起来。对于龙杰来说，读大学就像嚼槟榔一样，起初很不习惯，嚼的次数多了，就慢慢习惯了，喜欢了，上瘾了。而现在，他又对所谓的美好的大学生活产生了一种莫名的抵触。原来，有的时候，个人的喜好也是由自己的心境所决定的。

大一的课并不多。除了上课，龙杰的业余时间除了用于专业训练，就是看书，写稿——主要是给南校区广播站写稿。几乎每天下午，龙杰都能从广播里听到自己写的文章。龙杰最喜欢的节目，是林子担任主播的《文学芳草地》。林子的声音，温柔，甜美，深情，蕴涵着一股穿透心灵的力量。在校园广播节目日益受到冷淡的今天，《文学芳草地》却依然颇受同学们的关注，龙杰认为，这基本上是因为林子的个人魅力。如果换一个人做主播，也许会是另外一番景象。

周一下午，又到了《文学芳草地》节目播出的时间。吃罢晚饭，龙杰一边在香桂园的一棵大树上压腿，一边静静地期待着一个声音的出现。从凤凰回来后，他就只有通过广播跟林子"见面"了。

"文学是花，淡淡的花香，带给我们诗意的享受；文学是草，浓浓的绿意，传递给我们青春的力量。让我们一起走进——文学芳草地。"熟悉的声音，熟悉的旋律，熟悉的栏目主题词，每次带给龙杰的，却是不一样的感觉。

"大家好！我是主持人林子。今天的文学芳草地栏目，我将为大家介绍的是一位我们身边的诗人，他就是体育系 2004 级武术班的龙杰。首先请欣赏龙杰同学的诗歌——《你的声音》。"

舒缓的音乐响起，林子声情并茂地朗诵道——

我常常在想
你的声音是什么变成的呢
是春天的阳光，还是夏天的雨滴
让我的情感迅速发芽
在这散发着独特芬芳的土地

我常常在想
你的声音到底来自哪里
来自远处的大海，还是林中的小溪
让我的心
永远像洗过一样纯净透明

你的声音
是一种美丽的召唤，一种神性的诱惑

让我，总想为你
在白天种植太阳温暖的祝福
在夜晚种植月亮温柔的思念

朗诵结束，音乐却没有立刻停止。龙杰闭上眼睛，沉醉在音乐的旋律和诗的意境里。听众里，也许只有龙杰知道，"你的声音"，其实就是林子的声音。

"你的声音，是一种美丽的召唤，一种神性的诱惑。相信我们每一个人的内心里，都有着这样的一种声音。下面，请继续欣赏龙杰同学的散文诗《疲惫的跋涉》——

哪一天开始，笔下有了一个常写不烦的名字？
哪一天开始，梦中有了一帧百读不厌的倩影？
花开的季节，脸红心跳只因你的存在！
你走，我也走。你清晰又模糊的背影告诉我，你和我的距离。
为何不是更近也不是更远呢？
如果紧走几步便可拉到你的手，我就不会如此心力交瘁；
如果远得看不到影子，我就不会那么固执地坚持。
在小路又一次拐弯的地方，你突然立住，像是休息又像是等我。
可我来不及准确判断，你又匆匆迈步。
真的好累了。雾，笼罩着你的芳颜，我解不透那一份朦胧。
让我暂时闭上双眸，挡住你挡住热烈的诱惑吧，但愿，闭上双眸的瞬间，世界会有所改变……

"龙杰同学是一位体育生，但他的文字，生动细腻、深情款款、令人感动。我们一起来继续欣赏他的散文诗《甜蜜与苦涩》——

自从遇上了你，我的心，便再也享受不到片刻安宁。

我趴在窗口，偷偷地读你，读你羞红的脸，如刚刚盛开的玫瑰。

我握着笔，在静静的灯下，在深深的夜里，在黎明的窗前，反反复复练习失眠。

我笑着，牵你的手，从梦里走进诗里；我流着泪，大声呼唤着你的名字，从诗里又回到梦里……

自从爱上你的那一天起，我终于明白了，什么是甜蜜的苦涩，什么是苦涩的甜蜜。

也只有在深深地爱过之后，才发现——

爱情，不是幸福的代名词，也不是痛苦的化身。爱情，是一种幸福的痛苦和痛苦的幸福！"

林子的朗诵，饱含感情，直击人心，龙杰也再一次被自己的文字打动。

"亲爱的听众朋友们，不知不觉，又到了跟大家说再见的时候。本期我们为大家播出校园诗人龙杰同学的作品，主题都是爱情。爱情也是青春永恒的主题。在这里，林子衷心地祝愿大家爱情甜蜜，心想事成。每天，为心中的爱人，'在白天种植太阳温暖的祝福，在夜晚种植月亮温柔的思念'！朋友们，我们下期节目再见！"

节目播完了，音乐停止了，龙杰的思绪也凝固了。秋日煦暖的夕阳，寂静地涂了一地。

龙杰的手机突然震动，来短信了。每次听节目的时候，他都会自觉地把手机调成震动。短信是林子发来的："师傅，如果我没猜错的话，你一定在校区的某个无人的角落收听广播站的节目。忍不住借同学的手机给你发条短信，谢谢你写得这么美的诗歌！此刻，我还在播音室里静静流泪。"

龙杰一激动，马上回复："是的，我在听，每天都在听。不瞒你说，听你主持的节目，已成为我大学生活必不可少的一部分……对了，不管你能不能原谅我，关于那天晚上的事，请允许我向你真诚地说声对不起！"

短信发出去了，手机却许久都没有动静。龙杰又后悔死了，后悔不该提起那个难堪的夜晚。

他又赶紧发了一条短信："你知道我的诗是为谁写的?"

"嗯。遗憾的是,她永远配不上你这么纯美的诗句!"

"为什么?"

"没有为什么。今生今世,她注定要与所有的美丽擦肩而过!"

"难道你信命?"

"命,不由你信不信。有人说,如果你相信命运,所有的偶然都是注定的,如果你不信,所有的注定都是偶然的。所以,在我看来,所有的偶然都是注定的。"

"与你相反,我认为所有的注定都是偶然的。就像我们偶然的相遇。感谢上帝把一个美丽高雅的你送到我的面前,除了珍惜,我别无选择。"

"她不值得你珍惜,真的。但你永远是她的好朋友,好师傅!"

"不! 只要还有机会,我就愿意等待!"

最后一条消息发出后,手机又半天没有动静。龙杰忍不住拨通了她发短信的手机,可她一直没接。继续拨,还是没接。

龙杰的内心突然狂躁不安起来。

什么时候,夕阳已经消失得没了踪影。校园里灯火阑珊,暮色苍茫。

终于,手机又开始震动了。又是一条让龙杰心碎的短信:"也许,我该选择沉默,从你的世界里消失……我把手机给同学了,不用回短信了。"

龙杰还是回了一条:"别消失好吗?如果我真让你觉得为难,我愿意把你当作一朵开在悬崖上的花,虽然不能把你采摘,但谁能说远远地欣赏不是一种美丽?"

手机再也没有动静。它的沉默,在龙杰的心上撕开一道滴血的口子。

　　拒绝，并不是因为不爱。这段时间，林子的心，处在极度的矛盾之中。通过义演，她跟龙杰有了更多更深的接触，她觉得龙杰就是她真正心仪的人。她想，如果这辈子能够跟龙杰这样既有才华又有侠骨柔情的人生活在一起，一定会非常非常幸福的。有时候，她真希望龙杰再次向她表白，可遗憾的是，龙杰却再也没有跟她有任何爱的表示。她因此深深地埋怨自己先前对龙杰的无情拒绝。但有时候，她又希望就这样以朋友的身份跟龙杰交往下去，直到永远。她感到自己的心里横着一道坎，她总也跨不过。

　　白天的林子，常常面带微笑，一脸的阳光灿烂。而当她置身于深夜无边的寂静里，她才会呈现出一个最真实的自己，一个伤痕累累的自己。记忆的手，总是不自觉地滑向夜的深处，时间的深处，触摸那撕心裂肺的疼痛……

　　三年前的九月，林子从美丽的湘西来到湘楚大学，可是，上大学的新鲜感很快就消失殆尽，取而代之的是无边无际的空虚与寂寞。大一的课程安排得很松，有时候甚至一整天都没课，无事可做的林子和她的同学们，"没意思"三个字常常挂在嘴上，刻在心里。但慢慢的，同学们又似乎都有事可做了，一上完课就都跑得没了踪影。只有林子和她同寝室一个叫杨思思的同学，仍然在寝室里闲得无聊。平时还好，两人相伴去琴房练练琴，去图书馆看看书，在寝室里聊聊天，去学校附近逛逛街，一天的业余时间也并不太难打发。而一到双休日，时间就变得特别的漫长难熬了。

一个周末，她和杨思思手牵手在校园里漫步，宣传栏上像膏药一样的小广告吸引了她们的目光。林子和杨思思同时注意到了一则高薪招聘家教的广告。招聘家教者自称在某房地产公司工作，姓何，对音乐很感兴趣，但基础太差，想找一个音乐系的学生业余辅导，课时费面议。

杨思思说："林子，平时闲着也是闲着，我们去应聘一下好吗？如果运气好应聘上了，还能赚点买化妆品的钱呢！"

"好啊！"林子刚好也有这个想法，就说，"就怕人家看不上我们大一的小丫头片子呢。"

杨思思诡秘地一笑，说："说不定小一点，人家才更喜欢呢，哈哈！"

林子在杨思思的屁股上打了一下，骂道："打死你这个不要脸的死丫头，你以为人家是找小情人啊！"

"哈哈，人家开个玩笑嘛！"杨思思说，"林子，你的记性好，把电话号码记一下，我们明天去应聘吧。"

林子是个急性子，她说："还等到明天啊，也许明天早就没我们的份了。"

杨思思说："那我们现在就回寝室打电话。"

林子说："走吧！"

两个人便屁颠屁颠地朝寝室跑去。林子把电话号码拨了，却硬要把话筒递给杨思思，杨思思嘿嘿地笑着，就是不接。无奈，紧张的林子只好把电话挂了。

还没一分钟，电话就响了，林子紧张兮兮地说："不会是那个何先生打过来了吧？"

"怎么可能，人家才不会主动打电话过来呢！"杨思思其实也猜想是他打的，但怕林子要自己去接，就故意这样说。

"喂，你好！"林子果然不慌不忙把电话接了，一听是个陌生的男中音，就问，"请问您要找谁呀？"

"美女你好！请问刚才是你给我打电话了吗？"

"哦，不是不是，请稍等一下啊。"林子大概知道电话那头是谁了，急中生智，小声地朝杨思思喊了句，"嗨，思思，你的电话。"

杨思思一听电话才知道上当了，但后悔已经来不及，只得硬着头皮往下说。她边说边狠狠地白了林子一眼。林子则在一旁得意地笑。

何先生简单地询问了杨思思一些情况后，就说他在离南校区不远的金色年华喝茶，马上开车过来面谈。杨思思悄悄征求了一下林子的意见，便答应了，与何先生相约15分钟后在南校区门口见面。

"我们就这么去呀？未免太随便了吧！"素面朝天的林子对同样还没有学会化妆的杨思思说。

杨思思明白林子的意思，撇嘴说道："有什么关系，人家是找家教老师，又不是……"

"那好吧！"林子在镜子里左打量右打量，觉得自己虽然一副村姑模样，却也还蛮耐看的。

"小美女，不用看了，蛮漂亮的呢！"杨思思说着，自己也忍不住朝镜子里看了几眼。

林子"咯咯"地笑了："鬼婆子，我是怕对不起观众呢！"

两个人说说笑笑出了门，表面上很轻松，心里却都有点紧张。她们刚走到南校区门口，一辆黑色的奔驰车无声地在她俩的脚边停下。开车的是个微胖的中年男人，他把窗玻璃摇下来，朝她们友好地笑了笑。估计这人就是何先生了——比她们想象的要年轻帅气许多。他颇有风度的笑容，立刻缓解了她们心里的紧张。只是林子觉得很奇怪，何先生并没有见过她们，杨思思也没在电话里描绘自己的样子，怎么一眼就把她们认出来了呢？心想，他不可能有特异功能吧。

"两位美女，上车吧，一起到金色年华去坐坐。"何先生像早就认识他们似的，边说边热情地打开了自动车门。

"哦，好的，好的。"林子和杨思思稍微犹豫了一下，便蹑手蹑脚地上了车——头一次坐这么豪华的车，他们内心的紧张感直接体现在行动上。上车之后，两个人都有点后悔，真不该这么轻率。万一这何先生是个坏人怎么办？林子在杨思思的大腿上掐了一把，杨思思心领神会地笑了笑。

"两位小美女老家是哪里的啊？"何先生随和地问话，打破了车里短暂的沉默。

"我是湖北仙桃的。"杨思思说。

"我是湘西的。"林子说。

"哟，都是好地方啊。湖北仙桃是著名的体操之乡，湘西也是一片神奇的土地，令人神往啊！"

"请问您是哪里人？"杨思思问。

"我就是湘楚本地人，不过从小在深圳长大。"

奔驰车几分钟就把她们带到了金色年华。金色年华茶楼并不是很豪华，但对于从未进过茶楼的林子和杨思思来说，就显得十分阔气了。包厢的灯光有点暗，坐在柔软的沙发上，刚刚卸掉的紧张感又重新跃上了心头。

"两位小美女，请问喝什么茶？"何先生问。

"我们，随便，随便。"林子和杨思思几乎异口同声。

何先生看出了她们心里的紧张，就说："小美女随便点，喜欢喝什么就点什么吧，千万不要见外啊，大家一回生，二回熟，三回就是好朋友了。"

"我……要杯菊花茶吧。"杨思思说。

"你呢小美女？"何先生问林子。

"我啊，我……来杯茉莉花。"

热腾腾地茶端上来了，包厢里顿时茶香弥漫。他们的谈话，渐渐地进入了正题。

"我想问一下，你们两位小美女，哪位愿意当我的小老师呢？"何先生抿了一口茶，笑着打量着自己对面的两位小美女。

杨思思和林子只是笑，不说话。

何先生继续说，以商量的语气："要不这样吧，你们两个一起？"

林子忙说"好啊好啊"，杨思思也笑着表示同意。在他们看来，这才是一个非常完美的方案，因为不论是林子还是杨思思，都不希望另外一个挂单。再说，两个人一起，彼此也有个照应，因为一个涉世不深的女孩与一个陌生的中年男人单独相处毕竟有点危险，尽管何先生看起来很面善，一点也不像个坏人。

"请问您想学点什么具体的内容呢？"林子问。

"内容你们随便给我安排就可以了。我是没有一点音乐基础的，从零开始吧，哈哈。"

"那就先学识简谱和五线谱。"杨思思说。

"对，对，建议您明天去书店买两本关于怎样识简谱和五线谱的书。"林子说。

"好的，学生一切听老师的。"何先生笑着说。

"您不要叫老师，我们会不好意思的。"林子的脸真的不好意思地红了，就像抹了一层淡淡的胭脂。

"老师就是老师，尊师重教是应该的嘛！"何先生举起茶杯，"来，我以茶代酒，敬两位小老师一杯，以后还望多多指教！"

何先生的话，使包厢里的气氛由微微的紧张变得轻松活跃起来。

"何先生，你看起来好年轻哦！"林子渐渐赶走了先前的拘谨。

"本来就年轻嘛，俗话说，男人四十一枝花，三十几岁，还是含苞欲放的年龄呢！"何先生幽默地说。

"哈哈，你说话真有趣。"林子笑得就像个孩子。

何先生又跟林子和杨思思聊了一下自己的经历，着重谈到做公益的一些感受和体会。

"原来您还是个热心公益事业的爱心人士，怪不得看起来那么面善。"林子说。

何先生说："我不是有点胖吗，所以有人说我长得像个菩萨。你们说像不像？"

"……"林子和杨思思相视而笑。

就这样说说笑笑，他们在金色年华坐了一个多小时。最后何先生主动谈到上课时间和报酬的事情。上课时间定在每周六、周日的下午，报酬是每人每上一次课 200 元。走出茶楼，何先生开车把她俩送到南校区门口，又给了一张自己的名片。接过那张高档名片一看，两个人都吓了一跳。没想到这个随和得如同兄长的何先生，竟是湘楚市金易居房地产公司的营销总监。

回到寝室，林子和杨思思兴奋得有说不完的话。不仅仅是为一个月有了 1600 元的报酬，更为了可以从此告别那无边无际的寂寞，无边无际的空虚与无聊。尤其让她们感到高兴的是，年轻有为的何总，看起来一点也不坏，不但不坏，而且是个有着菩萨心肠的爱心人士呢。

接下来是确定具体的授课方案。何先生的要求比较笼统，这给林子和杨思思确定授课方案增加了一定的难度。思来想去，她俩决定做一个分工，杨思思讲《怎样识简谱》，林子讲《音乐修养》。杨思思的教材有现成的，林子的教材，准备以《轻松步入音乐的圣殿》这本书来代替。

第一次给何总上课，比想象的还要轻松，就跟聊天差不多。只是他觉得简谱很难学，听说五线谱更难，所以，就临时决定不学这些了，他认为自己最迫切的是补充一点音乐艺术修养。林子问他为什么突然想到要加强自己的音乐艺术修养，他说，他们公司的董事长是个音乐迷，经常带他去参加高雅的音乐会，可自己是个乐盲，每次看完音乐会的时候，老总跟他谈感受，他都不知道说什么好，觉得非常的难堪，于是就产生了充充电的想法。有一次他到湘楚大学南校区来拜访客户，偶然间在南校区的宣传墙上看到贴得密密麻麻的各种启事，突然间获得灵感的他回去立即起草了一个招聘家教的启事。他说，真没想到，这么快就找到了两位优秀的小老师。林子和杨思思听到何总夸奖自己优秀，心里就像喝了蜜一样的甜。接下来，林子跟何总讲了音乐的起源，音乐与哲学，音乐与科学，音乐与社会，以及怎样欣赏音乐。何总听得很认真，还不时地问些问题，两个小时很快就过去了。上完课后，心情愉快的何总请她们在一家颇上档次的餐馆吃了个大餐。吃完饭，何总又驱车将他们送回学校。

回到宿舍，林子开心得不得了，杨思思也一样，两个人你一句我一句地议论着何总如何如何好，心中的担忧是彻底的没有了。林子在当天的日记里写道："今天，我跟思思一起去给何总上课了。尽管我们是第一次做家教，而且授课对象也很特殊，但我对我们的表现是很满意的。何总真是个有趣的人，在公司里，他是威严的老总，但在我们面前，他又像极了一个听话的小学生。他听课真的好认真，偶尔也跟我们开开玩笑，调节一下气氛。上完课后，何总又请我们吃大餐。看得出来，何总对我们的表现也是非常满意的。我现在感到，大学生活其实并不无聊，只是我们没有去发现它的精彩罢了。我一定要珍惜这次锻炼自己的机会，好好干，做个好'老师'。我也一定要更好地发展自己，打造人生的精彩。"

第二个周末又到了，杨思思的爸爸给她打来电话，说她奶奶病危，杨思思接到电话后就急匆匆赶回家了，给何总上课的任务，落到了林子一个人身上。不过，林子觉得自己已经了解了何总的为人，内心里那种本能的恐惧和担忧早就消失得无影无踪。刚到吃中饭的时间，何总就开车过来接她了，说先一起吃饭。林子坚持要在学校吃饭，何总就笑着说，那就你请我吃饭吧，好久没吃过大学的食堂了，让我也重温一下大学的"味道"。林子被何总亲切的谈笑逗乐了，她感到何总就像一位亲切和蔼的大叔，不，更像是一个可爱的大哥哥。他们在食堂吃了饭，何总并没有急着驱车赶往自己的住处。他对坐在副驾驶位置的林子说："小老师，刚吃饭，我先带你溜达溜达吧！"林子兴奋地说："何总，您别叫我老师呀，我会不好意思的！"何总笑道："你本来就是我老师嘛！"又说："那我叫你什么？""嘻嘻，我也不知道。反正，反正叫老师不好，总感觉怪怪的。""哈哈，那就叫你林妹妹吧，怎么样？"随口唱了起来，"天上掉下个林妹妹……"林子忍不住捂着嘴笑了，笑得很开心的。何总说："我也对你提个要求可以吗？以后别老叫我何总了，叫我何大哥吧！"林子快言快语："好啊，何大哥！""林妹妹你看，叫大哥就亲切多了！"见林子在笑，何总接着说，"别只顾笑哦，你还没回答我问题呢！"林子故意问："什么问题？我都忘了。"何一本正经地说："我的问题是——我们现在去哪里玩？"林子说："随便啊！"何总问："那我们去爬山吧，今天天气好，最适合爬山了。"林子答应得爽快："好啊！"

车子很快就到了楚山公园门口。何总把车停了，又风风火火地跑去买了门票。进门后不远，有两条上山的路，一条大路，一条小路。何总征求林子的意见，林子选择了走小路。何总乐呵呵地赞扬道："林妹妹，我觉得你是个真正懂得领略风景的人。"林子不好意思地说："不敢当，何大哥，你过奖了！"

来湘楚大学读书已有好长一段时间了，林子对面前的楚山早已不陌生，她已经跟同学爬过好几次了。但这一次，风景还是原来的风景，感觉却是完全不同的。因为自己的旁边，走着的是一位刚刚认识的优秀的成功男士。她感到有一点点兴奋，又有一点点紧张。因为感觉的不同，熟悉的风景又变得新鲜了。走着走着，林子不小心踩到一层干枯的树叶上，一个趔趄差点摔倒，始终与林子礼貌地保持着"安全"距离的何总，闪电般跨过来将她扶住，在被扶住站稳的瞬间，林子真切地感受到了一双大手的力量。她红着脸说了声"谢谢"。"林妹妹，千万别在何大哥面前讲客气！"何总笑笑，接着说了句富有哲理的话，"在人生的道路上，在欣赏美丽风景的同时，一定要注意留心脚下的路，否则，就很可能会摔跤，轻则崴到脚、闪到腰，重则头破血流。""何大哥，你的话说得好有哲理呀！"林子不得不进一步对何总刮目相看了。何总说："这句话不是我说的，这是一位作家说的。""我要把这句话记下来。"林子久久品味着这句话，越来越觉得身边的何总很有深度，透着一种成熟男人的魅力。她甚至傻乎乎地想：假如……当然她没有继续假如下去，因为这个假如永远都只会是假如，绝对不可能成为现实。

"嗨，林妹妹，你别沉默啊，给大哥唱一支歌好吗？"何总提议。

林子眨巴眨巴眼睛，询问地说："好啊，何大哥，请问你想听什么歌呢？"

何总说："哈哈，我可不能对老师提要求，老师现在想唱什么就唱什么哦。"

林子假装生气道："你看你，又说老师！"

"对不起，我错了，我错了！"何总连连认错。

"不许再犯！"

"绝对保证！"何总说得斩钉截铁。

林子笑了，她想了那么几秒钟，偏过头看着何总："何大哥，我给你唱《山路十八弯》，好不好？"

"很好！掌声有请湘楚大学著名新锐歌手——林子！"

何总轻轻地鼓掌，并特别突出了"新锐歌手"几个字。虽然他是有意开玩笑的，但林子还是听着特别舒服。

林子嗓子一亮，地道的李琼的风格。

何总一边听一边鼓掌打着节拍，仿佛彻底沉浸在林子高亢激昂的歌声中。

歌唱完了，何总的鼓掌还在继续："唱得太好了，我的林妹妹，你的唱功完全不输李琼啊！"

"谢谢何大哥鼓励！"林子激动地说。

"真的唱得太好了，听你唱歌又勾起了我内心深处的一个梦想。"何总认真地说。

林子问："什么梦想，可以告诉我吗？"

"那是一个秘密，一个与爱情有关的秘密。"何总用一种特殊的语气着重强调了"爱情"两个字。

听到"爱情"两个字，林子的脸红了，心也突突地跳起来。她微微地笑了一下，说："既然是秘密，那我就不应该打破砂锅问到底了，小女子我尊重何大哥的隐私权。"

听了林子的话，何总哈哈大笑起来："也没什么大不了的，有的秘密也是可以小范围公开的啊！"

"公开了就不是秘密啦！"林子说。

"当然还是秘密啊——公开的秘密。"何总笑着解释。

"那何大哥的意思是，我可以荣幸地知道你的秘密啰？"

"当然可以啊！不过，你可要替我保密哦！"

"好，绝对保密！"

"哈哈，真说起来又有点不好意思了。"何总顿了顿，说，"我需要勇气，林妹妹，快给我一点勇气吧！"

何总认真而又天真的神态，把林子给逗乐了。她说："好，我为你鼓掌！"说着真的鼓起掌来。

"这个秘密就是……"何总欲语还休，"我说出来，你可不能笑话何大哥哟！"

"何大哥，你就别吊人家胃口了嘛！"林子急切地说，"你把你的秘密告诉我是对我的信任，我怎么会笑话你呢！"

"哈哈，我说，我就说。"何总清了一下喉咙，"这个秘密嘛，就是——我好想要上帝赐给我一个像林妹妹一样既漂亮又会唱歌的妻子。"

"……"林子的眼睛睁得大大的。

"我说的是真的，绝对发自内心。林妹妹不会生气了吧？"

"没生气呀……"林子顿了顿，不解地问道，"何大哥还没结婚吗？"

"我是真正的剩男一个，简直对不起天，对不起地，对不起老祖宗啊！"

林子笑了笑，一时不知说什么好。很明显，她还并不是非常习惯跟社会上的人打交道。

何总又把刚才那句话重复了一遍："真的，好希望上帝赐给我一个像你一样既漂亮又会唱歌的妻子啊！"

林子低着头说："我可没什么好的，很傻，什么都不懂。"

"我觉得你好啊！"

"怎么个好法？你又不了解我。"

"一个字，好，两个字，很好，三个字，非常好！如果我再年轻十岁，我一定会拼命来追你了……"何总的口才可不是一般的好。

"嘿嘿，你看你，把自己说得有多老一样，大哥看起来也就二十多岁的样子啦。"林子顿了顿说，"不过，我可配不上这么优秀的你。"

"哈哈，我都三十几岁啦，奔四了，老啦！"说自己"老了"的何总，脸上却分明看不出时光刻下的无奈，只有掩饰不住的自信。

"何大哥，我可以问你一个问题吗？"林子的脑海里，其实何止一个问题呢。太多太多的问题翻滚着兴奋，也翻滚着犹豫和害怕。

"可以啊，你尽管问，我能回答的一定如实回答。"何总的话语非常坦诚，像对待老朋友一样的坦诚。

"你这么优秀，追你的女孩肯定好多的，你难道就没有一个看得上的吗？"

"怎么说呢，当然看上过，也谈过好几个，最长的一次恋爱长达三年，但最后都是无疾而终。"

"唉，好可惜啊，你们为什么都不珍惜呢？"林子呆呆地摇头叹息着。

"感情上的事情，说不准的，都是缘分。记得有位名人说过，什么都可以通过努力得到，唯有妻子是上帝的恩赐。也许是因为我什么时候无意间得罪了上帝大人，上帝他老人家要惩罚我，就让我们分开了。"

何总平静的语气里，流露着一种淡淡的忧伤。这忧伤也感染了正处在多愁善感的年龄阶段的林子。她把目光从棱角分明的何总的脸上移开，抬头去看被高高的树枝分割的天空。有风吹过，一片叶子缓缓飘落下来，不偏不倚停留在她的肩头。她把树叶拿下来，爱怜地捧在手心。

"好了，曾经是永远的过去，不说这些了，我们继续爬山吧。"何总的话打断了林子不知已飘向何处的悠悠思绪。

山路依旧欢快地向山顶蜿蜒地伸展，林子却再也无法一心一意地爬山，再也不能心无旁骛地欣赏山路两边的美丽风景了。

爬一趟山下来，已是黄昏时分。上课已经是没时间了，林子想跟何总主动提出来晚上给他上两个小时的课，但又犹豫着没有说。何总带他在楚山公园门口的一家餐馆吃了个煲仔饭，就把她送回了学校。

要下车时，林子提醒说："何大哥，今天课还没上呢，怎么办呢？"

"没关系，下午不是跟你聆听了大自然的音乐吗？那是人间最美的音乐啊！"接着又开玩笑道，"想是想让你晚上给我补呢，又怕你一个女孩子，晚上跟一个刚认识不久的大男人在一起没安全感，哈哈……"

"我觉得跟何大哥在一起十二分的安全呀！"

林子"嘿嘿"一笑，跟何总道了别，愉快地回到寝室，觉得这个下午过得既充实而又美好。都说女人的心里是藏不住秘密的，确实一点也不假。现在，林子见了谁都是乐呵呵的，笑容比哪一天都灿烂。

刚洗了澡，林子准备爬到床上在日记本上记下今天的好心情，寝室的电话铃响了。

寝室里，别的同学一到周末就神秘失踪，杨思思也回家去了，林子觉得这个电话应该是自己的。她迅速下床，接了电话，果然是找她的。令她感到特别欣喜的是，电话那头不是别人，正是何总。何总在电话里告诉他，刚刚别人给了她两张名人大歌厅的赠票，问她要不要一起去。名人大歌厅是湘楚市出了名的贵族歌厅，老板小冰曾经是湘楚卫视著名的娱乐节目主持人，退出卫视后利用自己独有的明星资源优势，办起了这个歌厅。歌厅开张后，一直非常红火。据说去那里光临的都是有权有势有钱有名的官员、大老板或社会名流。门票倒是并不贵，但消费相当了得，光是一杯茗茶就上百元，一瓶洋酒则上千元。一个晚上在里面花掉几千甚至上万元人民币是很正常的事情。大学一开学，林子就听寝室同学很详细地介绍过这个地方，所以她一直对那里充满了一种神秘的向往。对于何总的邀约，她很爽快地答应了。何总说马上过来接她，叫她在南校区门口稍等。

林子在南校区门口兴奋又焦急地站了几分钟，何总的车就到了。路不算近，加上有点堵车，大约二十分钟后，他们才赶到歌厅。晚会已经开始几分钟了。歌厅比林子想象的还要大，还要豪华。看表演的人特别多，几乎每个男人的怀里都抱着一个女人，林子的心不由得咯噔了一下。晚会由小冰亲自主持，小冰不小，他的超级肥胖的体型和超级搞笑的主持风格，似乎是一种天然的吻合。林子觉得，其实小冰先生的身材就是一则最好的幽默，他到台上一亮相，根本不用说话，就会赢得笑声一片。几个熟悉的本土明星相继登台表演，气氛瞬间达到高潮，表演者和观众都被同一种疯狂主宰。整个歌厅，也许只有林子一个人是清醒的。她突然感到很失望，对这些明星，对这些观众。她想不到，那些平时在电视台放肆标榜高雅的明星们，在这里却是如此粗俗不堪。他们的节目，根本没有什么艺术价值可言，从语言到动作都一黄到底。她更纳闷的是，底下这些衣冠楚楚的观众，对这些明星艺术家如此低水准的表演，竟报以热烈的掌声和欢呼声。林子实在弄不明白，到底是他们病了，还是自己病了，或许，是整个社会都病了。她不想再欣赏下去，又不方便贸然离座，只得坐在那里茫然地发呆。何总敏锐地注意到了林子的不正常，附在她耳边轻声说："是不是有点接受不了？我也是第一次来，早知道就不带你来了。躲避崇高，回到世俗，你就权当一次放松吧。"林子忙违心地说："没事没事，很好看的呀。"

节目表演到一半的时候，按惯例进行中场休息。漂亮的服务小姐递给每一位观众一张服务菜单，问他们需要什么酒水饮料，或者其他东西。何总问林子是不是喝点红酒，林子说自己从来没喝过酒。何总就说，红酒不醉人的，女孩子常喝红酒，还可以保健和美容呢。林子说，那就喝一点试试。林子果然不胜酒力，只一小半杯下去就晕乎乎轻飘飘头重脚轻了。但她发现，酒真是个好东西，有一点醉意的感觉真好。当何总继续邀请她碰杯的时候，林子居然把剩下的半杯酒一饮而尽。何总一个劲地夸赞她有潜力。林子越被夸，越感到飘飘然起来，加上他们喝的是进口红酒，口感相当不错，下口并不难喝，林子很快又喝完了一杯。不知喝到第几杯的时候，她感到自己的情绪有点不太能受大脑控制了。她笑着说何总我不行了，就一头栽倒在何总宽阔的肩膀上。晚会结束后，何总把还在熟睡中的林子带到了自己租住的公寓，一套两室一厅的房间。

何总帮林子洗了脸，把她送到床上。林子闭着眼说了句"何大哥，我要回去……"软成了一团泥。于是，就在这个貌似美妙实际上无聊透顶的夜晚，林子在半梦半醒中匆匆告别了自己的处女生涯。醒来后，她痛痛快快地哭了一场。面对泪流不止的林子，何总懊悔地揪着自己的头发，连续说了无数个对不起。哭了好久好久，林子不想再哭了。她突然转身，失神地望着紧紧抱着自己的何总说："哥，从今天起，我就是你的人了，你要对我负责啊！"何总连连点头："我是因为爱你才这样做的，我一定会对你负责的！我会一辈子对你好！""真的吗？哥，你不能骗我！"林子说着，又号啕大哭起来。而这时候，她汹涌而下的泪水，则混合着苦涩和甜蜜，交织着痛苦和幸福。

人生的很多事情，往往就是这样出乎意料而又不讲道理的。在林子还根本就没有丝毫准备的时候，命运把她的人生突然快速推进了一个全新的阶段。抗拒是没有用的，除了无奈地接受，难道还有更好的办法吗？一段复杂难捱的过渡期之后，林子平静地认同了自己突然改变的命运。加上何总本身的优秀，使她的心里在平静之外又渐渐多了一份悄然的欣喜。爱情与婚姻，是每个女孩必走的一条路，不过是早走几步或晚走几步的问题。自己先走了一步，未必就是人生的不幸啊。林子常常这样安慰自己，然后，她的脸上又渐渐浮起从前的那种灿烂和光亮。

自从林子与何总的关系在一夜之间发生改变之后，何总的小轿车就经常在南校区的校园里出没。未婚同居，婚前性行为，这些以前看起来要多扎眼有多扎眼的词语，在林子这里也慢慢地得到理解和认同。穿着打扮的时髦化，情感和性爱的热情滋润，甚至使这位美丽的湘西少女更加充满青春的独特魅力。在她19岁生日那一天，林子得到了平生第一份最贵重的礼物———款价值四千多元的手机。而这时候，校园里用得起手机的学生实在不多。幸福的光芒如夜晚的星星闪烁，林子抚摩着手机痴痴地想，也许，这就是一份错出来的美丽吧。

然而，美丽的梦总是容易醒。生日过后没多久，就有一个自称是何总的妻子的女人给她打电话，警告她不要再跟何总在一起。她不相信，不相信如此善良的何大哥会欺骗她。当她气鼓鼓地跑去质问她充分信任的何总时，何总的沉默却给了她一个冷彻骨髓的答案。

"你为什么要欺骗我呀？为什么？"她歇斯底里地哭喊。

"因为爱。"他说出这三个字，语气出奇的平静。

"你是有老婆孩子的人你知道吗！你知道吗！"林子猛烈地摇撼着他强壮如牛的身体，继续怒气冲冲地发问。

"当然知道。"依然是那么平静的声音。

"你知道为什么还要来害我？为什么？为什么？"

"不是害你，是爱你。每个人都有爱和被爱的权利。"

"你告诉我，我该怎么办？我该怎么办？"林子泪水滂沱，满脸的茫然和无措。

"你别哭好吗？我会对你负责的！"

林子只是哭，只是哭，脑海里一片空白的她，不再想说任何的话，只有流不尽的泪水，流不尽的委屈，流不尽的悔恨与迷茫……

林子一路疯狂地跑回学校，把手机关了，蒙头大睡。她最亲近的朋友杨思思问她发生了什么事，她什么也不说，代替她发言的，唯有晶莹的泪珠。她一个星期没去上课，也基本上没吃什么东西。幸好有杨思思在身旁悉心地照顾她，用温暖的话语关切她，安慰她，她的精神才没有彻底崩溃。

奇怪的是，何总一直都没来找她，只给她寝室打过一次电话。杨思思生气地告诉他林子没事，好好的，他就挂了，然后就再也没有打过来。

周末，林子的精神稍有好转，她把手机拿出来，屏幕上立刻跳出一条短信："林妹妹，对不起，我是真的爱你的。骗你有错，爱你无罪！"

林子想了很久，还是给何总拨了个电话，但手机提示她无法接通。隔一段时间又拨，依然无法接通。她觉得很奇怪，满腔愤怒地打了个车去他的租房，眼前的一切让她惊呆了：租房里的东西已席卷一空。物业公司的人告诉她，何总已经搬走了，但具体搬到哪里，她也不知道。她马上打电话给他所在的房地产公司，接电话的说，何总几天前已经辞职回深圳了。她突然感到心被掏空了，五脏六腑被一片片撕扯，绞碎。她已经哭得没有眼泪，她的红肿的双眼里，充斥着暗淡的空茫和绝望。

林子拖着无力的双腿，独自来到黄昏的楚江大桥上。看着滔滔流淌的江水，她很想眼睛一闭跳下去，在流水中化为乌有，化为永恒。但就在这一瞬间，她想起了自己的父母，想起了自己沉甸甸的责任。是啊，自己可以跳下去无牵无挂地死去，可是，对于活着的父母和家人，这未免太残忍了！这不叫勇敢，这叫自私啊！自己纵身一跳，什么都不管了，固然是一种解脱，却留给生养自己的父母无边无际的痛苦，无边无际的悲伤，这不叫自私叫什么！想到这里，她退却了。她在大桥上定定地站了很久、很久，最后，掏出那款漂亮的曾经带给她无限幸福与荣耀的手机，用力扔了下去。手机在空中划出一道长长的抛物线，沉入水中，看不见一丝水花，也听不见一丝声响。它代替过去的林子，永远永远地沉入了江中，沉入了时间的深处……

　　从此，南校区校园里，有风或无风的夜，总有一种幽怨的箫声，孤独地响起。那声音忽高忽低，如泣如诉，轻轻一碰就能落下泪来。

31

龙杰的心情又一次坏到了极点。看了几次手机，仍然没有林子的片言只语。此刻，手机在龙杰的眼前，仿如一张漠然的脸。他狠狠心，关掉了手机，漫无目的地走出校门。到底走了几站路，他不知道。经过一个十字路口时，一辆摩托车擦肩呼啸而过，惊出龙杰一身的冷汗。

他又低头默默地走了一段路后，眼前突然明亮起来，霓虹闪烁，热闹非凡。音乐声、嘈杂声不绝于耳。对于这条街，龙杰似乎有点印象。站定了仔细一看，原来到了堕落巷。既然无意间走到了这里，龙杰也很想"堕落"一回。他还真想体验一下堕落巷到底有多堕落呢。

经过几家夜宵店和服装店、音像店，是一家叫"网乐大本营"的大型网吧，门口的牌子上写着："上网每小时 2 元，通宵 10 元。"

龙杰稍做迟疑，便快步走了进去。

"老板，还有机子吗?"

"对不起，暂时没有了。"老板满面春风地答道。

"要等多久才有?"

"这个我也不知道，有人下了才有。你坐着等一下吧。"老板依旧是满面春风。

龙杰没有坐。他傻傻地站在那里，像一块木头。一股呛人的气味扑鼻而来，龙杰感到像梦里被人掐住了脖子一般憋闷。其实网吧真不是人待的地方，待久了不折寿才怪呢。媒体也经常报道网吧里死人的事件。可它就像一个妖艳的妓女，男人们明明知道妓女是什么货色，却总是挡不住红色帘子背后的诱惑，乐此不疲地往那石榴裙下钻。世界就这么奇怪，人就这么奇怪。

站了好一会儿，终于有人过来结账。

老板指着角落里的一个位置，对龙杰说："这个帅哥，你去那一台机子吧。"

龙杰迅速交了押金，在电脑前坐下。不知是龙杰运气不好还是怎么回事，那电脑一开机就死机，反复弄了几次都是如此。他只得跑去跟老板说机子不行。

老板的满面春风这回变成了满面秋风："怎么搞的，刚才不是好好的吗？不会搞就不要来上网！"

龙杰气不打一处来，真想狠狠地骂她几句。当然聪明的龙杰还是很快就克制住了自己的坏脾气，因为理智告诉他，这里是谁的地盘。

"老板，话可不能这么说，机子绝对不是我弄坏的。"龙杰好声好气地说。

老板不耐烦极了："好吧，算了算了！你换到楼上去吧，6号包厢。"

"包厢？一个小时多少钱？"穷人首先关心的当然是价格问题。

"3块。你上不上通宵？通宵15块。"

"那就通宵吧。"龙杰彻底豁出去了。

"你再补交5块钱。"

龙杰补交了钱，三步并做两步迈向二楼。这个网吧装修得很不错，二楼更是豪华。看来老板在这里的穷学生身上确实捞了不少银子。

包厢是一间一间的小屋子，装有半透明的玻璃门。龙杰找到6号包厢，听到里面有键盘的敲击声。轻轻地推门进去，只见一个留着一头金黄头发的女孩，正在一边在电脑上打麻将一边聊QQ。这是一个双人包厢，里面只有两台电脑，一张沙发，龙杰推开玻璃门进去，女孩连看都没看他一眼，只自顾自继续忙她的活儿。

龙杰启动电脑，却不知该干什么好。打开了 QQ，又没有熟悉的网友在上面。跟一个不认识的人聊了几句，但话不投机半句多，觉得挺没意思的，便打开一个文学网站来看。那时候网上正流行卫慧、安妮宝贝等人的东西。龙杰找了一篇安妮宝贝的小说来读。

"嗨，你也喜欢安妮宝贝？"旁边黄发女孩的声音，很柔。

"随便看看。谈不上喜欢，也谈不上不喜欢。"

"你怎样评价安妮宝贝的写作风格？为什么像她这样意志消沉使人颓废的作品，在网络上却如此受到年轻人的热捧？"

"现在很多年轻人都有点颓废，她的作品正好迎合了他们的这种心理，所以能够引起大家的共鸣。我想应该是这样的吧。"

女孩沉默了一下，从电脑桌上的烟盒抽出一支烟来："帅哥，我抽支烟，不介意吧？"

龙杰笑笑，算是同意。其实龙杰心里还是很介意的。网吧里空气本来就不好，抽烟会使里面的空气更加污浊不堪。但龙杰面对的是一个女孩，也就不好意思说反对。男人嘛，在女孩面前总得表现出一点风度吧。

龙杰不喜欢抽烟，更不理解女孩子抽烟。他在心里说，漂漂亮亮一个女孩子，干嘛如此糟蹋自己呢？

女孩熟练地把烟点燃，含在明显涂过口红的嘴里。她抽烟的样子很潇洒，估计烟龄已经不短了。

"你也来一支吗？"她把桌上的烟盒甩了过来。

龙杰忙把烟盒推回去："谢谢，我不抽烟。"

"绝种好男人！"女孩轻轻吐了一口烟雾，斜眼盯着龙杰，一脸的坏笑，"不过，男人不坏，女人不爱啊！小心找不到女朋友哦！"

龙杰眼睛盯着电脑，没有说话。

旁边，黄发女孩的 QQ 一直在响。但她只顾抽烟和说话，没有搭理。

一支烟很快烧完了，女孩说："帅哥，加个你的 QQ 可以吗？"

"可以啊。"龙杰把号码给了她。

女孩马上加了他。女孩的网名叫"堕落天使"。个性签名是"愈堕落，愈快乐"。龙杰心想，堕落天使的签名也真够堕落的。

终于有个朋友上线了，龙杰索性忙了起来。可是龙杰打了半天的字，那边都没反应。最后龙杰火了，骂了句："TMD，你是不是还活着！"

头像终于动了一下，回过来一句："不是本人，在替她挂QQ。"气得龙杰半天说不出话来。龙杰真不知这个无聊的夜晚该怎么打发。

正在这时，"堕落天使"找他说话了。

"嗨，节日快乐！你忙吗？我们这里聊。"后面跟着一个调皮的笑脸。

"不忙啊，无聊得很。对了，今天什么节日？"

"笨蛋，光棍节啊！"

"哈哈，节日快乐！"

"来，给你看个东西，快乐快乐。"

"好的！谢谢！"

"堕落天使"嗒嗒嗒嗒就把网址敲过来了。

龙杰点击进去，屏幕上立刻出现一些不堪入目的色情画面。原来是个色情网站。这些乱七八糟的恶心的东西看了真让人不舒服。龙杰立即关掉了打开的页面。

龙杰给"堕落天使"敲了一句话过去："你怎么看这些恶心的东西啊？"

"堕落天使"发来一个惊讶的表情："恶心吗？我觉得没什么呀！古人云：食色，性也！"

龙杰无言以对。

"靠，刺激！""堕落天使"忽然怪叫一声。

龙杰侧过脸去，只见堕落天使正盯着电脑屏幕上的色男色女，两眼放光。

"一起看吧，真的超刺激！"她再一次怂恿龙杰。

"坚决不看！"龙杰嘴巴上拒绝得很果断，心里却有点不由自主起来，身体的某个敏感部位迅速有了反应。

"哇，一个大男人，别假装正经了！"她的语气里颇有点儿不屑。

"哈哈哈哈……"龙杰被她说得大笑了起来，但依然正襟危坐，目不斜视。

然而，来自"堕落天使"那边的声音越来越煽情，画面尺度也越来越大，龙杰渐渐地有些坐不住了。据说每个人的心里都有一个天使和一个魔鬼。此刻，龙杰心中的魔鬼开始兴风作乱，一种叫作欲望的东西，在龙杰年轻的体内急剧膨胀。

正在龙杰不由得想入非非的时候，"堕落天使"突然一把拉住龙杰的手："哥，过来嘛，一起看嘛！"她的眼里，放射出一种迷乱的灼人的光芒。

龙杰无力挣脱或者已根本不想挣脱，半推半就地与她抱在一起了。龙杰一边在心里骂自己真不是东西，一边自甘堕落地享受着这突如其来的诱惑。

电脑屏幕上的色男色女，用上帝赐给他们的狂欢的工具，以各种各样的姿势制造着醉生梦死的快感。"堕落天使"把龙杰抱得越来越紧越来越紧。龙杰感到自己的心跳在加速，血液在沸腾。但龙杰还能努力克制住自己本能的冲动。

堕落天使温润细腻的手指，在龙杰的身上轻轻地摩挲着、摩挲着。龙杰感到自己体内的欲望的火苗，正在越蹿越高，越蹿越高。很快，喉咙里也开始冒火了。

堕落天使闭着双眼，喃喃低语着。她一只手用力箍着龙杰的脖子，一只手迫不及待地向下摸索，三下两下就把龙杰的皮带解开了。

龙杰慌忙阻止："不行！"

这个时候，龙杰的理性还能起到一点作用。龙杰是个保守的农民的儿子，虽然中学时代就谈过女朋友，可龙杰的性观念却远没有开放到这个程度。龙杰跟陈乐乐在一起的时候，独处的机会其实很多，但洁身自好的龙杰从来也没有提出过什么无理要求。在龙杰的潜意识里，他的第一次是一定要献给自己的妻子的，如果跟女朋友没有好到谈婚论嫁的地步，他是不会要求她跟自己做那种事情的。跟自己的女朋友都不可以，更不用说跟一个陌生的女子了。虽然网络时代到来之后，社会上流行玩一夜情，但龙杰想，这种荒唐的事情断然不会发生在自己的身上。

"哥，来嘛!" "堕落天使"边说边狂吻着龙杰。

"不可以!"

"可以的，哥，我说可以就可以!"

在"堕落天使"的强势进攻之下，龙杰感到自己的最后一道防线就要崩溃了。一种突如其来的深深的犯罪感，迫使龙杰用力把"堕落天使"推开。

"堕落天使"不解地望着龙杰。她的一双大眼睛眨巴眨巴了几下，说："哥，我问你啊，你还真的是处男?"

龙杰故作轻松地笑笑说："嗯，正宗处男。"

"真是绝种好男人!"

接下来，"堕落天使"又跟龙杰聊了好一会儿。她的表情是那么自然，就像刚才什么也没有发生过一样。她告诉龙杰，她是隔壁一所艺术学院的学生，不久前被男朋友给甩了，又面临毕业，很痛苦，也很茫然，于是选择了以堕落的方式寻找刺激和快乐。她认为，人生其实就是一种态度，如果以原来的人生态度看待现在的生活，那肯定是无限悲哀的。而换一种人生态度，不必在乎那么多，现在的生活就未必有多么悲哀。她说："愈堕落愈快乐，我很享受现在的生活。我现在理解了，为什么有的人一辈子都喜欢玩世不恭地活着。"

龙杰说："十分理解你的心情，但十二分不赞成你消极的人生态度。再怎么样，玩世不恭地活着都是不对的。"

聊着聊着，困意说来就来了，龙杰眼睛一闭沉沉睡去。当他一觉醒来时，天已大亮，"堕落天使"已经不知去向。她在 QQ 上给他留了一段话："天快亮了，我先走了。删了我的 QQ，也删去这个也许你觉得荒唐可笑的夜晚吧，祝你永远快乐!"

是的，生活有时候真是荒唐可笑的。一个生命与另一个生命，莫名其妙地相遇，又莫名其妙地分别，甚至不知道彼此的名字。龙杰觉得，这是一个让人越来越读不懂想不透的时代。

　　龙杰从沙发上爬起来，头还是昏昏沉沉的，感觉身体是自己的，脑袋却是别人的一样。龙杰去厕所方便了一下，用冷水胡乱地洗了把脸，便东倒西歪地走出了网吧。告别"堕落巷"，龙杰不由自主地回过头去，但见"湘楚大学精神文明巷"几个镀金大字直入眼帘，像极了一则黑色的幽默。不知为什么，龙杰忍不住笑了起来。好在大街上没有镜子，龙杰不能看到自己的脸，否则，这个肯定非常可怖的笑容，一定会把自己吓着的。

　　就在龙杰正准备收回目光继续赶路的时候，他看到了一个熟悉的身影。披头散发的陈乐乐，与一位腆着一个大大的啤酒肚的中年男人肩并肩从堕落巷入口处的酒吧里出来。龙杰停住脚步，心莫名地痛了一下。此刻，前边不远的站牌下，一辆早班车正徐徐地靠过来，龙杰不顾微微发软的双腿是否能够胜任，逃也似的朝它飞奔而去。

龙杰紧赶慢赶回到宿舍，离上课时间仅有五分钟。

他简单地洗漱了一下，以最快的速度换了一身衣服，然后，带上体操鞋，以百米冲刺的速度奔向体操房。可他还是迟到了三分钟。

"报告！"龙杰像个犯人一样老老实实站在体操房门口，听候"老猪"的发落。

体操老师姓诸，诸葛亮的诸。据龙杰考证，他就是传说中那个骂女生骂出了大名的诸老师。诸老师个子很矮，肚子肥肥的，已经五十大几了，头发秃得厉害。他说话从来不笑，上课时更是一脸凶相，喜欢不择手段整学生，大家都不喜欢他，当着他的面叫他"诸老"，背地里则一律叫他"老猪"。

彼时，同学们正在体育委员的带领下做着准备活动，"老猪"则坐在地毯旁的体操凳上，在花名册上做着记号。不知是太认真了呢，还是极不情愿搭理迟到的龙杰，他竟一点反应都没有。

龙杰又大声地喊了一声："报告！"

"老猪"这才缓缓地抬起头来，像打量一个陌生人一样打量了龙杰十几秒钟，继而勃然大怒如狮子吼："你怎么搞的？迟到那么久！你还想不想上体操课？"

龙杰没有作声，但他的眼睛，并没有避开"老猪"咄咄逼人的目光。

"给我倒立五分钟再进来！""老猪"声色俱厉地命令道。

依龙杰的性格，他是要违抗到底的，但他想到他的所谓违抗，对"老猪"并不会造成什么损失，对自己却有百害而无一利，就勉强服从了。因为万一"老猪"一怒之下让他挂科，他就倒霉了。

龙杰靠着墙，俯下身去，双手扶地，把身体慢慢地举了起来。但由于晚上没休息好，又加上没吃一粒早饭，大约倒立了一分钟的样子，他就体力不支了。坚持到两分钟的时候，身体就像一棵被锯倒的大树，砰的一声倒了下来。

龙杰放松一下手臂，没等"老猪"开口训斥，便很自觉地再一次倒立上去。不过，这次坚持的时间更短，不够一分钟就下来了。如此反复了三四次，愈到最后愈是艰难，最后一次，两只手开始剧烈地颤抖，豆大的汗珠，雨点一般砸在地板上，不多时，地板就被汗水浸湿了一大片。

"进来！"终于听到了"老猪"的命令，龙杰手一松劲，重重地栽倒在地板上。

那边再次传来"老猪"扯破嗓子的怒喝："听到没有，快进来！"

龙杰擦了一把汗，小跑着站进了队伍中他自己的那个位置。陈默就站在他旁边，见他进来，偷偷地跟他笑着交换了一个脸色。

"昨晚一个晚上都没回来，是不是打炮去了？"

龙杰假装没听见。心里却想，你陈默真是个神仙。

"立正！向右看——齐！向前——看！稍息！"

"老猪"整好队，正式开始上课。

"好，同学们，在学习今天的新内容之前，我们先来复习一下上堂课教的双杠后摆下。下面，我找几个同学出来做一下，检查一下上堂课的教学效果。"

龙杰赶忙把目光移向别处，生怕"老猪"注意到他。因为他还没做任何准备活动，万一叫到他就惨了。

"李斌！"

听到李斌的名字，龙杰紧绷的神经暂时松弛了下来。

李斌快步向前，轻松地跃上双杠，前后摆动几次，又潇洒地把自己抛了下来，全套动作完成得相当干净利索，落地站稳之际，全班掌声雷动。

"好的，完成得很不错。我再叫一位同学。""老猪"的目光在队伍里搜寻，龙杰的神经再一次高度紧张起来。他感到"老猪"的目光停留在他的身上。

"陈默！"随着"老猪"的话音一落，全班的目光都汇聚在陈默身上。

谢天谢地，龙杰得意地想，"倒霉"的人又不是他。

陈默朝龙杰做了个鬼脸，笑着跑向静静等着他的双杠。他人很瘦，手臂力量弱，但这几个简单动作还是难不倒他的，最后，他总算是勉勉强强完成了任务，摇头晃脑，好不得意。

"好，做得还行，记住，前摆和后摆还要高一点。"

"老猪"的点评让陈默更加得意，朝龙杰一个劲地挤眉弄眼。

"老猪"每次喊同学上去，一般只喊三个，估计今天也不会例外。

果然，他开口了："下面，最后找一位同学出来做一下。"

他的目光再一次在队伍里搜寻，刚才叫了龙杰身边的陈默，按照常理，他应该会隔几个人叫的，于是，龙杰反倒不紧张了，还在心里悄悄地猜测着"老猪"的下一个目标。

"龙杰！"

"我？"龙杰以为自己听错了，或者是谁的恶作剧，便转头用询问的眼光盯着陈默，可是明明看到了陈默那张幸灾乐祸的脸。他知道自己这一次着了道了。

"还不快点，愣着干什么呢？"他的树懒般的慢动作引起了"老猪"的不满。

"诸老师，我……我没做准备活动。"龙杰低声说。

"嘀咕什么呀你？大声点！"

"我……我没做准备活动。"

"这么简单的动作还要做准备活动？找借口也找个好点的，快出列，不要耽误大家的时间！""老猪"厉声道。

龙杰极不情愿地走出队伍，站在双杠前。也许是愤怒出力量吧，龙杰的手一接触双杠，劲头就上来了。

潇洒地跃上去，轻松自如地前后摆动，龙杰感到自己摆得很高，很飘。不知是谁带头鼓起了掌，体操房内，掌声和叫好声一片，最后的下法动作，他想做得更高更飘更舒展一点，让"老猪"对自己刮目相看。他用力一摆，在一片热烈的掌声中，翩然而下。可是，他的脚刚一接触到体操垫，就感到一阵剧烈的疼痛，他大叫一声"哎哟"，沉沉地栽倒在地上。

"简直是胡来！""老猪"厉声责骂道。

龙杰听到"老猪"的声音就有点来火。明明是他自己违背了科学的运动原则，还反过来要责备学生，龙杰愤怒地想要割了他的猪头下火锅。但尖锐的疼痛很快就把他心中的怒火压了下去。

"老师，我送他去医务室吧。"张翔过来查看了一下龙杰的伤势，感到有点严重，便向老师提出请求。其实除了真心实意帮助龙杰之外，张翔还有个"自私"的目的，就是逃避上课。他跟龙杰一样，也很讨厌上"老猪"的课。

"不必去医务室，带他去水龙头下冲一下冷水吧！"

一般的关节扭伤，只需用冷水冲一下就不会肿了。但龙杰自己觉得，平时踝关节扭伤根本就没这么痛。

不许去医务室，张翔只好架着龙杰去冲冷水。可是冲了半天的冷水，龙杰还是痛得只想流泪，转眼间，脚背就肿得像一个大馒头了。

"不去医务室不行，我再去找一下'老猪'。"张翔把龙杰架到一旁坐下，又走进体操房找"老猪"去了。

不一会儿，张翔就出来了。

龙杰问："'老猪'同意了？"

"同意了。真是一个没人性的家伙！"

很快到了医务室，医生说："龙杰同学，你这个伤势比较严重，需要照个片。要是万一韧带断裂的话，需要立刻做手术。"

龙杰吓得脸都黑了。

照完片，张翔又去帮龙杰租了一副拐杖。挂着双拐的龙杰，就像一个从战场上死里逃生的伤兵。医务室出门的地方有一块大大的镜子，他看着镜子里的自己，傻乎乎地苦笑了一下。

片子要到下午才能出来，龙杰在张翔地陪同下，先回体操房去休息。两人经过宿舍门口的宣传栏时，碰到武术教研室的古老师在贴海报，凑近一看，只见海报上写着：

为了迎接第七届省大学生运动会的召开，兹决定组建湘楚大学体育系武术代表队，并定于本周六上午9点至12点在体育系武术馆面向全系学生（毕业班除外）选拔队员，欢迎全系武术专业学生及其他有一定基础的武术爱好者前来参加选拔，特此通知！

体育系武术教研室
2004 年 11 月 20 日

看完海报，龙杰恨自己真是倒霉到家了，省大运会四年才举行一次，能够碰上简直太不容易了，可自己偏偏在这时把脚弄伤了。他希望自己这次受伤不要太严重，通过一周的治疗和休整后能够顺利参加周末的选拔。

下午，照的片子出来了，还好，韧带没有断裂，医生给龙杰开了处方，并写了一张"建议见习两周"的字条。当心情糟透了的龙杰挂着拐杖经过香桂园的时候，他看到了那个熟悉得不能再熟悉的倩影。他的心又突突地狂跳起来。他很想挂着拐杖追上去，却又强迫自己停下来，直到那个极具魔力的倩影，慢慢消失在宿舍大楼的门洞里。

33

好好活着》》》

虽然有伤在身，龙杰还是毫不犹豫地到武术教研室报了名。接下来就是安心养伤，静候选拔。为了让脚伤好得快一点，除了上理论课，他基本上都在寝室里休养，就连一日三餐，也都是寝室的同学轮流给他带回来。龙杰天天服药，做理疗，扎针灸，拔火罐，但效果却并不明显。眼看周末就要到了，看到自己又红又肿的脚踝，他心急如焚。

星期六，龙杰早早地就醒来了。起床穿鞋子的时候，他试着不用拐杖站立了一下，奇迹出现了，脚踝居然不痛了。他高兴得大声向全寝室宣布："兄弟们，我的脚好了！我的脚好了！"

大伙儿纷纷与他击掌相庆，预祝他在武术队选拔中旗开得胜，马到成功。

为了检验自己的脚是不是真的好了，龙杰去水房洗漱，上厕所都没有用拐杖。除下蹲和踮脚尖时还有一丝轻微的痛感之外，基本上没什么问题了。他坚信自己能够顺利成为体育系武术队的一员。

吃了早餐，龙杰在全寝室同学的陪同下，早早地来到武术馆，做着选拔前的准备。8点30分，武术馆就开门了。负责选拔的老师还没到，但参加选拔的同学都早早地来了，他们穿着各式各样的武术服装，一个个神采飞扬，精神抖擞。龙杰大致数了一下，总共有三十几个，男生占了约三分之二。

老师没来，没有谁组织，大家却很有秩序地开始做准备活动。活动一下各个关节后，龙杰第一个慢跑起来，别的同学依次跟在后面，在不大的武术馆内形成一条游走的长龙。

跑了五圈，又分散压腿，踢腿，练组合，过难度。龙杰只随便压了压腿，练了几个简单的小组合。因为担心把脚再度扭伤，他不敢轻易做难度动作。但他的精神气质特别好，只轻轻地一甩头，一亮相，武术的独特神韵就被他表达得淋漓尽致、恰到好处。

8点50分，武术教研室的几位老师陆续到齐，在早已布置好的裁判桌前并排就座。在湘楚大学体育系，武术教研室的师资力量是最雄厚的，用"卧虎藏龙"四个字来形容一点也不为过。其中，有名震江南的"鹰拳王"刘彪教授，有陈氏太极拳高手陈太浩博士，有"醉拳小子"、国家武英级运动员古剑老师……其他几位，也都各自胸怀绝技，在圈内威名赫赫。今天，坐在正中的是长着一双锐利"鹰眼"的龙教授。他左手边坐着红光满面美髯飘飘的陈博士，右边坐着精瘦而有神的古剑老师。别的老师，龙杰都还不认识，只是面熟，因为只在全省体育高考武术专项的考场上见过一面，当时，他们几个担任主考老师。

就座后，几位裁判轻轻耳语了几句。

刘彪教授看看表，对古剑老师说："古老师，到时间了。"

古老师起身上前，先鸣掌示意，然后招呼大家："请参加武术队选拔的同学都过来集合！"

三十几号人马立刻快速汇聚过来。

"注意了，全体都有：成两列横队——集合！"

毕竟是体育专业的学生，队伍立刻站得整齐有序。

"同学们，选拔马上开始，下面我们有请刘教授为大家讲几句，大家欢迎！"说罢，古老师带头鼓起了掌。

刘教授健步上前，行了一个标准的抱拳礼，动作准确到位，潇洒利索，再次赢得掌声一片。

"同学们，我不耽误大家太多的时间，只简单讲几句。今天有这么多学生来参加武术队的选拔，我感到非常高兴，这说明我们的武术事业后继有人，前程无量。虽然我们武术队的名额有限，不能让大家都进来，但大家一定要以一颗平常心对待这次选拔，即使没有选上也不要灰心。没进武术队，照样可以练好武术嘛。奥林匹克运动有一句著名的格言，叫作'重在参与'。我希望大家能够深刻领会这四个字的精神内涵。好，下面选拔正式开始！"

刘教授讲完后，古老师又简明扼要地交代了一下选拔的内容和方法：首先是集体练基本功、基本动作，然后，每人完成一套自选套路，拳术或器械都可以。这对于五六岁就开始习武的龙杰来说，原本是小菜一碟。他怕就怕完成难度动作时，脚伤影响到自己的正常发挥。

顺利地做完了正踢、侧踢、里合、外摆和弹腿、蹬腿、侧踹等直摆性和屈伸性腿法，龙杰对自己的表现还是非常满意的。

"下一个动作，前扫腿。注意了，能扫360度的就扫360度，能扫540度、720度的就扫540度、720度，扫完后统一接坐盘。"古老师提示完毕，继续下达口令，"预备——做！"

前扫腿是比较容易失误的一个动作，前面几位同学，全部都只完成一半就一屁股坐到了地上。龙杰见状，稍微有些紧张。他做了个深呼吸，然后猛一深蹲，在腰部拧转之前的刹那，只听右脚踝关节"咔嚓"一响，一股剧烈的痛感直刺心窝。

"哎哟哟！"龙杰痛苦地跌坐在地，握紧拳头，使劲地捶打了一下地毯。

"怎么？受伤了？"古老师纵步上前，关切地问，"还能继续练吗？"

龙杰用牙齿紧紧地咬着下嘴唇，无奈地摇了摇头。

此时，在一旁静静"观战"的张翔、刘猛、迟早等同学，三步并作两步走过来，将受伤的龙杰架了下去。尽管他们的眼神里写满了惋惜，可嘴里却不停地安慰道："兄弟，没事，以后还有机会的！"

值得庆幸的是，龙杰的伤势并不是很严重，之所以出现这种状况，可能是由于上次的扭伤还没有痊愈，暂时经不起如此剧烈的折腾。虽然没有肿起来，但他不敢再上场了，只能坐在板凳上，做一个不是滋味的旁观者。

他忍痛看到选拔结束，才心不甘情不愿地默默离去。张翔去扶他的时候，他笑着摆摆手说不要紧自己能走，但张翔注意到，微笑着的龙杰，眼里噙着泪花。

龙杰只硬撑着走了几步，便痛苦地蹲了下去。最后还是在张翔等同学的帮助下，才回到寝室。一进寝室，他就对着窗外仰天长叹："呜呼！天要亡我，不得不亡！"

星期一上午，选拔结果公布了。尽管明明知道不可能有自己的名字，龙杰还是第一时间站到了宣传栏下。公布结果的红榜前围了不少学生，边看边议论着。有一个音乐系的女生，在红榜上瞄了半天，吃惊地说："咦？这就奇怪了，那个叫龙杰的武林高手怎么没被选上啊？"

旁边的同学问："龙杰是哪个啊，你认识？"

"你也认识啊！就是那个在迎新晚会上与我们系的林子一起表演节目的帅哥啊！林子配乐，他舞剑，那么精彩的节目，你居然忘了？"

"哦，对对对，想起来了想起来了，他确实蛮厉害的，我们寝室都说他是黄飞鸿！"

听到前面的议论，龙杰愈发为自己错过了这次机会而懊恼不已。他生怕别人注意到自己，便悄悄地退到旁边不远的香桂园里去了。

因为走得太快，他的脚又不小心扭了一下，刺骨的痛，从脚上传递到心深处。

34

好好活着》》》

　　林子从寝室下来，正欲去琴房上课，见宣传栏上张贴了新的红榜，便也好奇地挤过去看。"湘楚大学体育系武术队队员名单"猛地闪入她的眼帘，把她给牢牢地吸引住了。她在这份不长的榜单上不自觉地搜索着那个她熟悉得不能再熟悉的名字。

　　这么多天没跟龙杰在一起，林子竟莫名其妙地感到自己其实很想很想他，甚至产生出一种马上给他打电话或者去见他的冲动。然而，所有的名单都看完了，那个让她心跳加速让她激情燃烧的名字却始终没有出现。她不相信，怀疑自己一疏忽看漏了，又从头到尾认认真真地看了一遍，依然没有。再看，还是没有。她怅然若失地转身离开，眼前不断晃动着龙杰的影子。走了几步，她似乎觉得龙杰真的就在旁边。人的预感有时是非常神奇和准确的，她一抬头，果然就看到了香桂园里拄着双拐一脸颓唐的龙杰。"师傅，你的脚？"她几乎是飞奔到他的身边，一声惊呼把正在沉思默想的龙杰吓了一大跳。

　　"哦，没事，上体操课的时候不小心崴了一下。"龙杰定了定神，强装镇静地笑着说。

　　她的突然出现，让龙杰激动又欣喜。他深吸了一口气，尽量使自己保持平静。

　　"你呀，还说没事，都成这个样子了！"急得不行的林子差点要生气了，在她看来，一定是受伤很严重才会拄拐杖的，比如说骨折。

"没骗你啊，是踝关节扭伤，快好了。"

"哼，受伤了也不跟人家说一声！"林子心疼地说。

"是你一直躲着我啊。再说，一点轻伤，不想麻烦你这个大忙人啊，要是脚断了话，肯定会第一个通知你。"偶遇林子，龙杰的心情一下子晴朗了许多。

"哈哈，那你就不用借拐杖啦。"

"为什么不用借拐杖？"龙杰不解地问。

"师傅是个大笨蛋！"林子用手指轻轻点在龙杰的脑门上，"小徒弟就是你的拐杖呗！"

龙杰不好意思地笑了，一股感动的热潮，涌动在他的内心深处。

"师傅，我先上课去了，回头再来找你，手机不要关啊！"临走，林子又不放心地叮嘱了一句，"走路可千万要小心了！"

"好的，你快去上课吧，保证不会再受伤了。"龙杰孩子般地点头答应着。

读着林子美丽的背影，他的心中充满了复杂的情感，复杂得连他自己都无从理解，更无从表达。一片淡黄的叶子，旋转着落下，蝴蝶一样栖息在龙杰结实的肩膀上。他把落叶托在手心，欣赏了又欣赏，然后顺手装进了口袋。他要把这片偶然走进他生命的叶子，做成一枚书签。

实际上，上午第三、四节课，龙杰也是有课的，是张老师的篮球课，按院里的规定，他也得去课堂上见习。不过，张老师非常和蔼，很好说话，所以，他只托班长带了个请假条，就回寝室休息了。

寝室里就他一个人，自然有点寂寞和无聊。这样的时刻，龙杰常常用读书来打发时间。桌上就放着著名作家余华的长篇小说《活着》，他已经看了一大半。他把拐杖放在床边，又翻开《活着》看起来。余华以不动声色的笔触，把活着的悲苦写到令人窒息的程度，龙杰感到一阵阵心酸。其中有一个细节，让本就容易动情的龙杰泪流成河。

他用双手抹了抹眼泪，继续往下看。这时手机响了，有短信："师傅，我下课了，你在寝室等我一会儿，我就过来。借同学的手机发的短信，不用回。"

龙杰合上书本，取下晾在床头的毛巾擦了擦眼睛，又把书桌上的书简单整理了一下。

"师傅！"林子像一道闪电，很快就闪到了寝室门口，手里提着一个饭盒。

"哟，这么快啊！"

"肯定快啊，人家体育课跑 800 米打满分的呢！"林子显然是跑过来的，有点上气不接下气的。她边说边走进来，把饭盒摆在龙杰的书桌上，"师傅，趁热吃了，这是我给你打的午饭。"

龙杰一激动，那两个常用字就从嘴巴里很自然地蹦了出来："谢谢！"

"别跟我来这一套！你要是再说这两个字，我就不理你了！"林子嘟着嘴嗔怪道。

龙杰说："好了好了，我不说了。我把刚才那两个字收回来。"他又突然想起了什么，自语道，"对了，我得给陈默打个电话。"

"给他打电话干嘛？我刚刚下课的时候撞见他了。"

"这段时间一直是他们轮流给我打饭的，今天轮到陈默了，我叫他不要打饭了。"

"那你快打电话，等会就来不及了。"

龙杰迅速拨通了陈默的电话。

"大侠，请问有何吩咐？"

"岂敢岂敢！兄弟，你中午不用给我打饭了。"

"你不吃午饭？"

"林子给我送午饭过来了。"

"好的，那我先吃饭了，幸福的男人，再见！"

"再见！"

见龙杰挂了电话，林子迅速把饭盒从袋子里取出来，对他说："快吃吧，都快凉了。"

龙杰突然反应过来："你呢？就吃了？"

林子笑笑："我吃水果，减肥，嘿嘿。"

"你身材这么好，还减什么肥啊！"

"感觉又胖了。"

"没有啊！"

龙杰边说边开始吃饭。他揭开饭盒，见到自己最爱吃的辣椒炒肉和手撕包菜，立即胃口大开。他尝了一片油浸浸的红辣椒，咂着嘴说："嗯，好吃！真好吃！"

林子见龙杰高兴得像个孩子，禁不住笑了起来："我在外面的店子里炒的，肯定比食堂的好吃一点啰！"

"难怪啊，我还以为食堂负责人突然良心发现，从今天开始把伙食改善了呢！"

虽然是边吃边说话，但龙杰还是几口就把饭吃得一粒不剩。两个饭盒都空空如也，而饭菜的余香仍在嘴里回旋不散。

龙杰做出一副搞怪的表情，模仿电视里一位明星为某植物油做的广告语说："今天的饭菜怎么咯样香啰？"

"大美女送的饭菜，肯定香撒！"

门口传来陈默拿腔拿调应和的声音。龙杰循声一看，陈默和张翔他们都回来了。每一个都带着一脸的坏笑。

陈默话音刚落，张翔又贼笑着补充道："大美女啊，以后给我们龙大侠打饭的光荣任务，就交给你了！"

"好啊！"林子爽快地答应道，"能够为各位大侠效劳，是本小姐的荣幸！"

"停！"陈默做了个暂停的手势，"纠正一下，不是各位大侠，是龙大侠。"

"是啊，我们哪有这么好的口福啊！"张翔在一边附和着。

陈默得寸进尺地说："我们的龙大侠，真是艳福不浅啊！"

寝室里其他人也在"嘿嘿""哈哈"地闹着嚷着，弄得龙杰和林子都没有插嘴的机会。

"陈默你这个油嘴滑舌的家伙，看我怎么收拾你！"龙杰拿起一根拐杖，朝对面的陈默扬了扬，假装生气的样子可爱极了。

林子只是笑，浅浅的笑容开成一朵含苞欲放的花。常言道，微笑是最美的语言。此刻，笑意嫣然的林子，无声胜有声，直把"最美的语言"播撒到人的心窝里。

"别假正经了，龙杰啊，你心里有什么鬼胎，我们都是知道的！还是早点请我们吃喜糖吧！"表情丰富的陈默天生是块演小品的料。

"陈默你又胡言乱语！"

"我可没胡言乱语，嫂子你说对不对？"陈默直接把玩笑开大了，竟改口称林子为嫂子。

林子的脸，顿时红得像一枚秋天的枫叶。

"陈默，我警告你啊，请你快快闭嘴！再不闭嘴我要打人啦！"龙杰话虽说得吓人，荡漾在眼里的笑意却彻底背叛了他的内心。

"哈哈哈哈……"张翔差点笑破他海碗般的大嘴。

说着，笑着，闹着，时间一晃就过了半个来小时，校园广播站停止了播音，该午休了。

林子起身，对大家说："各位大侠，跟你们在一起真开心，只可惜时间不早，我得告辞了。"然后把头转向龙杰，"师傅我走了，你要好好休息，少活动。"

"嫂子，怎么现在就走啊！再聊一会啰！"陈默抢先说。

"我也不想走呢，但我不能老待在你们男寝啊！"林子回答，有意或是无意地忽略了陈默喊出的那声"嫂子"。

"怎么不可以，我代表我们寝室全体大侠邀请你做我们110的荣誉居民！"陈默时刻不忘发挥他的搞笑才能。

"好啊！哈哈哈哈……"林子眼泪都笑了出来。

龙杰对林子说："他就是个超级大活宝，你不要跟他胡闹了。"

林子仍止不住笑："好的，我走了，下午再帮你打饭来。"

"下午？你不是要主持播音吗？"

"下午的播音，是我的搭档肖静主持。我都快大四了，以后广播站的事情，就交给肖静主要负责了。"

"哦，那好，你快回寝室休息吧，'难挖恩'啊！"

"啊？你说什么？"

"'难挖恩'啊！哈哈！"

"'难挖恩'？什么意思？"林子还是不明就里。

"算了，今天不告诉你！"龙杰一脸的诡秘。

"不，我偏要你现在就告诉我！"林子不达目的不罢休。

"美女，我告诉你吧，"陈默忍不住插话道，"'难挖恩'，是他们梅山的方言，就是'谢谢你'的意思。"

"他说的是真的吗？"林子问龙杰。

龙杰笑着点头。

林子立马做生气状："师傅，我不是跟你说过，再说谢谢我就不理你了吗？"

龙杰狡黠地一笑："我说的是'难挖恩'。"

林子没有理由再生气，她把头转向陈默，生硬地模仿道："陈默同志，我也'难挖恩'啊！"

说得大家又是一阵大笑。

"好了，真的走了，不打扰了，拜拜！"

"别走啊，你不知道，我们都好喜欢林子美女来打扰呢！"张翔傻乎乎地说。

"呵呵，本小姐下午再来打扰！"林子一甩头发，从门框里轻盈地消失了。门外的过道里，高跟鞋轻击地面的优美的节奏，渐渐远了。

35

人在没灾没病的时候，总会感觉生活如诗，岁月静好。而一旦灾病降临，日子就变得难捱起来。脚伤自然也拖慢了时间的脚步。终于又过了半个月，对于龙杰来说，这半个月相当于半年，甚至更久。现在，他的脚伤终于基本康复，扔掉拐杖的他，又在校园里活跃起来。在南校区的角角落落里，也随时都可以见到他和林子并肩行走的身影。但他们之间依然是很纯正的"师徒"关系。从来也没有谁看到他们在校园里有过一星半点的亲昵的举动，就连走路都是保持一米左右的安全距离。不想再自寻烦恼的龙杰也渐渐习惯了这种关系，他对林子的那份至爱，由热烈奔放转而在心底安静地燃烧。他甚至想，真正的爱情本就不应该以占有为目的，那未免也太自私了。

周末下午，林子又主动打电话给龙杰："师傅，这个周末你打算怎么过？"

龙杰玩笑道："得过且过呗。"

林子说："师傅怎么也变得油嘴滑舌了。人家跟你说真的啦。"

龙杰说："人家跟你开个玩笑你就说是油嘴滑舌。"

林子严肃道："哼，再不说我挂电话了。"

龙杰缴械投降："好，我说，我说……白天我想去看看武术队训练，晚上的话就去网吧上网。你呢？"

林子在电话里笑道："我呀，没什么安排啊，要不就跟师傅混好了。"

龙杰当然求之不得："非常欢迎啊，要不现在你就过来陪我去看训练？"

"好啊，没问题！对了，现在你们武术队的教练是不是古剑老师？"

"是的，你也认识古老师？"龙杰觉得有点好奇。

"我们两年前就认识了啊，那时他刚从体院毕业来我们学校工作。刚好那年南校区的元旦晚会是我担任主持人，体育系一共推荐上来五个节目，其中最精彩的就是古老师和他的学生表演的《醉侠》，当时真是迷倒了一大片！我们寝室的几个孩子都是他忠实的 FANS，还把他的表演照放大了贴在床头呢！"

龙杰开玩笑说："原来古老师是你的梦中情人啊！"

"师傅讨厌死了！不跟你说了，你快出来，我在宣传栏下等你。"

两人很快在约定的宣传栏下见面了。龙杰永远都是一身简约的运动装，给人的感觉是很清爽很精神，今天也不例外。林子则经常花样翻新地变换着自己的衣着，总是给人一种赏心悦目的新鲜感。她今天穿了一条黑色阔腿裤，上身穿的是一件薄薄的红色衫子，外披一件白色羊皮短外套，显得相当的高雅脱俗，绝对是站到哪里都是一道亮丽的风景。

"小徒弟啊，你每天都把自己打扮得这么漂亮，让我一见到你就直想抒情！"龙杰有点激动地说。

"师傅，想抒情你就尽情地抒吧，谁叫你是我们的大诗人呢！"

"咳咳，我开始抒情了，你听着啊！"龙杰稍稍低头酝酿了一下情感，然后抬头张开双臂轻轻呼喊，"啊，羊卖必给亚嗯甲给，林子真是太漂亮了！"

"师傅，请问你说的神马鸟语啊！"林子生硬地模仿道，"'羊卖必给亚嗯甲给'是神马意思啰？"

"哈哈，这是我们的方言，本意是句骂人的话，用到这里却是赞美的意思。你不懂了吧！"

林子假装不高兴："哼，师傅就知道欺负小徒弟！"她的脸上，却始终洋溢着一种特殊的兴奋的光彩。

龙杰争辩道："我怎么会欺负你呢，这是用方言说出由衷的赞美。"

"好啦，大诗人，我说不过你。"林子习惯性地甩了甩她那头飘逸的长发，"你快告诉我，这句方言到底是什么意思嘛！"

"不知道怎么翻译成普通话啊。"龙杰一脸认真地说，"我们很多方言都在普通话里找不到能够准确对应的文字，所以，有的话用方言讲起来很有意思，翻译成普通话就像白开水一杯了。"

"嗯，有同感。我们那里的话也一样。"

"所以，你只要知道是这句话用在这里是赞美你就行了，对不对？"

"羊卖必给亚嗯甲给，师傅讲得太太太对了！"这一次，林子竟把那句话模仿得惟妙惟肖。

"哈哈哈哈……"龙杰瞬间差点笑翻。

林子也笑："师傅你说我模仿得好不好？"

"羊卖必给亚嗯甲给，太太太好了！"

两人又是一阵疯狂的大笑。

笑毕，林子调整了一下情绪，大大方方拽着龙杰的手臂说："不笑了，真的不笑了。走，师傅，我们快去武术馆吧。"

"别急，训练应该还没开始。"龙杰嘴上不急，脚下却已迈开大步。

两人越走越快，不到两分钟就到了位于篮球馆后边的武术馆门口。

此时，训练还没正式开始，十来个队员正在勒木上压腿。今天都没有穿表演服，穿的是深蓝色的年级服——也是李宁牌的。古老师也已经到武术馆了，此刻，正在一丝不苟地打扫地毯上因鞋底的剧烈摩擦而脱掉的一团团绒毛。

"古老师好！"林子的声音极其甜美轻柔，引来一众的亮晶晶的目光。

古老师直起身来，面露惊喜之色："是你啊，林子！好久不见了，今天什么风把你刮到这儿来了！"

林子指了指身边的龙杰说："陪他来拜见师傅的！"

龙杰忙礼貌地打了声招呼："古老师好！"

古老师细细打量了一下龙杰，觉得有几分眼熟，笑着朝他点点头："你好！"

"林子美女，真的是久违了，我还以为你做了隐居国的臣民呢！"龙杰没想到，古老师也是一位幽默高手。

"哈哈，我这就是刚从隐居国回来的。"林子微微一笑。

"今天过来找我有何贵干？"古老师把玩笑话收起来，一本正经地问。

"贵干当然有啦！"林子说，"我表弟是个武术迷，我专门陪他来看武术队训练的。"

"这是你表弟？"古老师再次把目光转向龙杰。

"是的，我亲姑妈的亲儿子，名叫龙杰。"林子边说边偷偷朝龙杰吐吐舌头。

生活真是现场直播啊，林子要撒谎也不事先彩排一下。龙杰在心里直骂"林子你这个臭丫头"，脸上却只能一直绽放着阳光灿烂的笑容。

"龙杰？"古老师顿了顿，"请问是哪个系的？"

"他是体育系武术班的新生，以后很可能就是古老师的得意弟子啦！"

"哦，怪不得蛮面熟的。"古老师接着转向龙杰，"你那天是不是参加了武术队的选拔？"

"是的。"龙杰满心欢喜，因为古老师对自己还真的有点印象。

"我觉得你基本功蛮不错的，可惜脚受伤，中途退出了选拔。其实刘教授他们也注意到了你，说你精气神蛮不错的。要不这样吧，等你的脚伤完全康复以后，你也来跟着武术队一起训练好不好？"

"好！谢谢古老师！"龙杰激动地说。

"古老师，他的脚已经没问题了，要不现在就让他开始跟着训练吧。"

"可以可以。"古老师说，"反正武术队要到比赛前一个月才正式定人的，你就先作为我们的候补队员吧，到时候，如果你比别的队员练得好，或者中途有人受伤、生病不能参赛的话，就让你候补转正式。"

林子一激动，差点雀跃起来："亲爱的古老师，你太太太伟大了！"

"武术的精气神很重要，你表弟在这方面确实很突出，他的甩头亮相，还有眼神，应该说是那天选拔时表现最好的。所以，只要坚持训练下去，机会不能说没有。"

"我对我表弟充满信心，更对我们伟大的古老师充满信心！"

林子的一番话，说得古老师哈哈大笑。笑罢，他问龙杰："你的脚伤真的完全好了？没完全好的话不要硬撑。"

"嗯，完全好了！"龙杰肯定地说。

古老师说："那你快去做准备活动吧。"

"好的！"龙杰一个箭步，闪电般跃向地毯的另一端，把林子"小心点，别再把脚搞伤了"的叮嘱远远地扔在后面。

深秋一过，天气一天比一天冷了。校园里的树木，大都删繁就简，抖擞精神，严阵以待数九严寒的到来。校园里，大部分学生都已换上了御寒的冬装，只有体育系的男生女生，依旧穿得单薄。也有音乐系和美术系的少数"只要风度不要温度"的女孩，在凉丝丝的初冬的风里，还穿着那短短的裙子，仿佛季节的变化与他们毫不相干似的。林子就是这些潮女中的一个。

自从龙杰参加武术队训练以来，林子一直都是体育系武术馆的常客。而且很明显，武术队的帅哥们也因有美女的督阵而激情倍增。当然，林子也并不满足于光做看客，有时也跟着踢踢腿，或者比画比画动作什么的。今天，穿着短裙和长筒靴子的她不方便踢腿也不方便跳跃，只好对着镜子反复练习冲拳。她眉头微蹙，眼睛一眨不眨的，做得还挺像那么回事儿。

古老师见她一副非常认真的样子，便笑着说："林子啊，你要是学武术，也一样能学得好！"

"真的？"林子停止了动作，说，"那你教我啊！"

"当然是真的啦。你想要学的话，明天穿身运动点的衣服过来。"

"好哇好哇！我没运动服，穿舞蹈服怎么样？"

"可以，可以。"

"那我现在就去换舞蹈服！"

"用不着那么急……"

古老师话还只说了半句，另外半句还卡在喉咙口，林子早已一溜烟跑了。过了不到10分钟，她就屁颠屁颠地回来了，下身穿一条紧绷的黑色弹力提拉裤，上身着一件红色的紧身衣，胸前印着一个大大的"舞"字。

林子再次走进武术馆时，队员们都还在休息。因为刚才做了几组身体素质练习，他们体力有点透支。

女队员刘丹丹第一个注意到从武术馆门外火焰般闪进来的林子，"哇"地尖叫了一声，于是，大家又是尖叫，又是鼓掌，弄得"久经沙场"的林子都有点不好意思。

古老师说话算数，开始教她练武术基本功。当古老师手把手教她的时候，龙杰依然笑着的脸上，忽地掠一丝不快的神色，心里也涌起一种不是滋味的滋味。幸亏他并不知道，古老师曾经也是追过林子的。

两年前的元旦晚会上，古老师表演的醉拳轰动了整个南校区，因此，年轻帅气的他很快成为许多女生热烈追捧的明星教师。林子他们寝室的几位女生，甚至争着抢着要追古老师。林子开玩笑说，爱情面前人人平等，各位加油加油再加油，谁先追到古老师，谁就请大伙吃火锅。素有辣妹子之称的何晶，问林子有没有古老师的电话，林子说元旦晚会彩排的时候留了，应该还在。何晶就逼着林子赶快找，说找到了请林子吃烧烤。电话找到了，大胆的何晶竟真的立马拨了过去，说他们寝室的同学邀请他一起去夜色温柔唱歌。古老师非常爽快地答应了，乐得何晶在寝室里直扭屁股。古老师不但武术练得好，唱歌也毫不逊色。那天晚上，古老师激情万丈，一口气唱了很多歌，还与何晶对唱了《心雨》《知心爱人》等好几首情意绵绵的情歌。那之后，何晶便猛烈地向古老师发起了爱情攻势，短信轰炸是她采取的最重要的手段之一。就在大家断定古老师已被何晶束手就擒而吵着要何晶请吃火锅的时候，何晶却沮丧地宣布偃旗息鼓彻底放弃，她爆料说，古老师喜欢的人，是林子。而对于大家歇斯底里的质问，林子没有肯定，也没有否认。她并没有迟钝到对一个男人的喜欢视而不见的地步。其实她不但不迟钝，而且相对来说比一般的女孩要敏感。只是她对古老师有意无意的爱的暗示，采取了一味装傻的办法。快放寒假时，正好碰上张艺谋的首部武术大片《英雄》全球首映，古老师鼓起勇气送了林子一张电影票，林子却把它送给了何晶。从此以后，古老师就没怎么跟她联系了。对年轻有为的古老师，林子当然也是有好感的，但她却不可能接受他的爱。爱是需要缘分的，真正属于自己的那个人，在自己的生命里出现，不能太早也不能太迟，太早和太迟都只能遗憾地错过。对于林子来说，仿佛上苍冥冥之中早已注定，古老师只能是自己遗憾错过的那一位，不管他是多么优秀，多么有魅力。更确切点说，当时，林子心里那个最重要的位置，已经被一个神秘的人物牢牢占据。

　　十几分钟的休息时间，一晃而过。龙杰和他的队友们，又精神饱满地站到了场地上。今天，他们主要攻克的难度动作，是侧空翻转体。武术队包括龙杰，总共有 13 个队员，但只有一个队员能够轻松完成侧空翻转体这个 C 级难度动作。他，就是来自河南嵩山一所武术学校的王忠侠。在上大学之前，龙杰就听到过许多关于河南人的种种议论，说河南人都是大骗子，是忽悠人的高手。网上也流传着很多拿河南人说事的段子，最搞笑的是一则戏说河南人的笑话："河南人在北京打工，北京人问道，你们河南人能干什么？河南人道：就干四件大事吧：给地球镶上金边、给长城贴上瓷砖、给黄河修上栏杆、给珠穆朗玛砌上台阶，北京人不信：那是吹牛，你们干不了。河南人于是小声道，那就干四件小事吧：给所有的蚊子戴上口罩、给所有的苍蝇戴上手套、给所有的跳蚤戴上脚镣、给所有的蟑螂戴上避孕套，让你们北京人都过上健康卫生的生活……"尽管这笑话带有强烈的戏谑和侮辱的味道，但它还是使涉世未深的龙杰对河南人的印象大打折扣。所以，刚一接触到王忠侠的时候，听说他是河南人，龙杰就对他保持着一种本能的警惕。没想到，王忠侠这个地道的河南人，却用他的热情、善良、忠诚、质朴，在很短的时间里便改变了龙杰心中原本固执地存在着对河南人的偏见。来自少林武功发源地又自幼得以进武校学习的王忠侠无疑是队里武术练得最好的，于是，他理所当然地成为古老师最得力的助手。他训练非常刻苦，同时也似乎并不忌讳其他的队友赶上并超过他，当古老师不在的时候，或者是休息时间，常常对队友们施以耐心细致的指点。他很欣赏龙杰那份对武术的执着，龙杰则很欣赏王忠侠的为人，两个人因为相互的欣赏而渐渐走近。虽然王忠侠是2003级的学生，又是运动训练专业的，但好得就像是同一个班同一个寝室的，训练课之外，他们还经常在一起交流和探讨。在王忠侠的帮助下，龙杰的武术表演水平又跃上了一个新的台阶。龙杰最擅长的是剑术，因为剑术主要靠剑法和身法来展现其刚柔相济、行云流水的特点，并不太强调难度。而现在，龙杰不但能完成所有 B 级难度，而且，C 级难度中的侧空翻转体也差不多可以顺利拿下了，因此，他的长拳也渐渐具有了相对明显的优势，甚至可以与王忠侠并驾齐驱了。王忠侠说，龙杰的潜力不可估量，用不了多长时间，就会全面赶上甚至于超越他。

古老师讲了一番动作要领之后，让王忠侠为大家做了个标准的示范。王忠侠的动作，又高又飘，旋转迅速，落地轻盈，赢得满堂喝彩。

接下来做练习的是龙杰。龙杰默默地想了一遍动作要领，然后，助跑、起跳、腾空，都做得相当顺利，关键的最后一步是转体与落地，跟先前一样，他来不及转体就落地了。

"龙杰，不要急，再做一遍，找找感觉。"王忠侠说，"你做的高度够了，只要不急于落地，一定能够转起来。"

龙杰点点头往回走，再一次挑战这个动作，同时也是挑战自己。

凝神静气。再次助跑，起跳，腾空——转体！成功了！

真是突破就在一瞬间。

"好的！龙杰！完成得非常漂亮！"古老师一连串的叫好声，点燃了武术馆内的火爆气氛。大家纷纷为龙杰的出色表现鼓掌。

"哇，好棒！"站在古老师旁边的林子，似乎比古老师和王忠侠都要激动。她使劲地拍着手，差点跳了起来。

龙杰一下子找到了感觉，接下来又趁热打铁练了好几遍。这个动作总算被他拿下来了。不过，回宿舍的路上，他竟没有表现出应有的兴奋。

为了活跃气氛，林子没话找话地说："师傅，你的侧空翻转体简直做得帅呆了！"

龙杰只是淡淡地笑笑，让人一看就知道有什么心事。他是最不善于伪装的一个人。

林子总感到龙杰今天有一种怪怪的感觉，却也懒得进一步深究。在漫长的成长的道路上，谁不曾有过一点不愉快的心绪呢？

37

　　强劲的寒流，是一个性格内向又十分火爆的角色，他不打一声招呼就来了。先是寒风肆虐，继而冷雨霏霏，校园里的银杏树，在风雨中落光了所有的叶子，像露宿街头的乞丐般瑟瑟发抖。很多学生除了上课，就缩在寝室里不敢出门了，他们在寝室里的主要活动，就是打牌、搓麻将、吹牛皮。还有一部分人，则把网吧当成了自己的家，把玩游戏当成了自己的主业。好一点的网吧里都安装了空调，比教室和寝室不知道要舒服多少倍。但作为武术队的队员，再冷也得去训练房，包括双休日，一周照常只休息一个下午。俗话说，夏练三伏，冬练三九，要想打好明年夏天的比赛，把握好冬训是非常关键的。

　　由于训练强度很大，龙杰又练得非常刻苦，一个星期下来，浑身都是痛。痛，但并不觉得累，而且乐在其中。这种美妙的感觉，用一句很时髦的话说，就是"痛并快乐着"。当然也盼望着休息。周六的下午，是武术队最难得的轻松时刻。大伙儿就利用这点时间，逛逛超市，上上网，或者去公园游玩。龙杰跟大家都不一样，他最主要的去处，依然是泡书店，在书店里感受那一份浓浓的书香。有时他跟林子一起，有时则是独自一人。他经常在书店里一待就是几个小时，林子脚都站僵硬了他还没有要出去的意思。林子觉得很奇怪，一个体育生怎么就这么喜欢读书呢？读书和习武，这一静一动又是怎么在他身上完美结合的呢？

那天，龙杰从书店回来的时候，已经很晚了。脚刚踏进寝室门，就接到王忠侠打来的电话："喂，龙杰，我今天发高烧，明天早上的训练，可能不能去了，麻烦你帮我跟古老师请个假吧。"

"发高烧？严不严重啊？"龙杰关切地说。

"不用担心，死不了的啦。刚才已经在医务室打吊针了，应该很快就会退烧，就是没一点儿力气。"

"哈哈，我也知道死不了呢。"龙杰说，"不过，请假的事，你还是自己跟古老师讲好一点。"

"古老师的电话打不通。"王忠侠的声音很小，小得需要仔细去听才能听得清楚，"拜托你了，我睡了，真的没力。"

"好的，那你好好休息。明天我们过去看看你。"

"不用看，放心吧，我没事的，男子汉嘛，挺一挺就好了。再见！"

"再见！"

挂了电话，龙杰去水房洗了个冷水澡，结果冷水一刺激，根本睡不着觉了，到熄灯时仍无丝毫睡意，于是又打着手电筒在被窝里看了很久的书。

第二天中午，龙杰约了林子去运动训练班的寝室看王忠侠。王忠侠不在寝室，他的同学说因为高烧一直没有退下去，他已经去北校区的校医院治疗了。龙杰想，需要去校医院治疗，病情可能有点严重，一般的发烧脑痛，南校区医务室是完全可以搞定的。两个人又匆匆忙忙赶往北校区。他们找到王忠侠时，发现王忠硤已经被安排住院了，陪同他的，有他的班主任，还有几个班干部。王忠侠正躺在病床上打吊针。也许因为是体育生的缘故，他烧了一天一夜了，精神状态却还不错。

"忠侠，好点了吗？"

"现在好多了。"王忠侠笑着责备道，"说了我没事的，你们都那么老远地跑来干什么啊！"

"想你了呗！"林子笑嘻嘻地说。

龙杰跟王忠侠的班主任和同学都不是很熟悉，只简单地寒暄了几句。

"忠侠，你没事我们就放心了，你好好养病，我们等着你早点回来带我们一起训练。没有你，我们少了很多激情啊！"见王忠侠问题不大，又有这么多人照顾，龙杰坐了一会儿便准备打道回府。

"好的，我身体素质好，要不了几天就可以出院的。"王忠侠自信满满地说。

王忠侠的班主任也说："你们先回去吧，忠侠这里，我会安排好人照顾的。"

"嗯，那就劳您多费心了！"林子用一种特殊的目光打量着她面前这位慈祥的老师，在她心里，充满了对这个极负责任的班主任的敬意和感激。如今，在大学，这么负责任的班主任已经不多了。

临走时，龙杰摸了摸王忠侠依然很烫的额头，说："忠侠，好好休养吧，我们走了！"

"谢谢，你回去转告古老师和兄弟们，我没事。"王忠侠充满血丝的眼睛里放射出一道灼热的光芒。

龙杰和林子走出医院，在校门口看到一个花店，细心的林子又提议给王忠侠送一个花篮上去。

意外收到龙杰和林子送上去的花篮，王忠侠笑着笑着，声音就哽咽了。这是这个坚强如钢、忠厚老实的河南小伙子，上大学以来第一次流泪。

生活充满了意外，或者说，生活本就是一部由一连串的意外组成的戏剧。龙杰怎么也没想到，王忠侠的病竟越来越严重，从校医院又转到了市医院。而市医院的检验结果令人震惊——有可能是白血病！

白血病，这是三个多么让人不寒而栗的字啊！龙杰想，千万不要是这种病，老天爷啊，你长长眼吧，千万不要让这种病降临到王忠侠身上！王忠侠曾经跟龙杰谈起过他的家庭。他的家，在河南嵩山县一个很穷很穷的乡村。家里一共五口人，爷爷、奶奶、父亲，以及他和弟弟。母亲在他很小的时候就去世了。爷爷奶奶都七十多岁了，弟弟也在上大学。他家中并不富裕，为了养活一家人，并送他和弟弟读书，他的父亲，这几年一直在深圳打工，有一年，甚至连过年都没回来。他父亲所在的厂子是个小五金厂。没回来过年的那一次，他父亲正月初一上班不小心被机器咬掉两个手指。这是王忠侠后来才知道的。老王失去了两个手指，厂长除了给他治疗之外，还额外给了他几百块钱的营养费，让老王高兴了好一阵子，逢人就说那厂长真是个好人。但是，出了那次事故后不久，厂长就委婉地辞退了忠厚老实的老王。老实巴交的老王并不知道，他属于因公致残，如果按劳动法上的有关规定进行赔偿，岂止是几百块钱能打发得了的？

王忠侠的家乡河南嵩山，是全国著名的武林圣地，那里有闻名中外的少林寺，还有数百家武术馆校。也许是受当地环境的影响，活泼好动的王忠侠从小就不太爱学习，却对武术很感兴趣。上完小学后，老王干脆把他送到了当地的一家文武学校，并不指望他能把武术练得有多好，只要出去打工能够不被人欺负就好了。可王忠侠天生是块学武术的料，他第一年就在学校的武术比赛中拿到了长拳冠军。校长发现了他这个好苗子，认定他会有发展前途，就把他选入学校的武术表演团，由知名的教练进行指导、培养。武术表演团相当于大学的高水平运动队，专门代表学校外出参加表演和比赛。第二年，王忠侠又在市里的比赛中拿了长拳第一名、剑术和枪术第二名。这样，原本只打算在武校学习三年就跟父母去深圳打工的王忠侠，心中有了更长远的计划。他想好好训练下去，拿全省乃至全国的冠军。他试着在电话中征求了父亲的意见，父亲也表示赞成他的想法。到了第三年，王忠侠果然拿到了河南省武术散打通级赛暨武术馆校邀请赛长拳、剑术、枪术冠军，并与队友一起夺得对练亚军。他也因此获得二级运动员资格。初三那年，他的教练和校长准备把他推荐到省队，结果他在一次训练中摔断了手臂，错失了进省队的机会。于是，教练只好让他上高中，走单招上大学的路。他高中毕业那年，湘楚大学体育系运动训练专业到河南的武校去招生，他闻讯后报了名，然后一路过关斩将，顺利圆了大学梦。王忠侠的父亲做梦也没想到儿子能上大学，兴奋不已，说为了儿子，再苦再累也值得，原本不想再打工的他，又来到儿子学校所在地湘楚市寻找合适的活计。老王没读过什么书，只能靠卖苦力挣几个钱。最后，他在市煤气公司找到了一份送煤气的工作。老人累死累活挣来的几个钱，既要孝敬爹娘，又要送两个孩子上大学，家中境况可想而知。如果王忠侠真的得了白血病，治疗费用少说也要四五十万，老王就是倾家荡产也无法挽救孩子的生命啊！

然而，天不长眼，疾病无情，市医院几位专家经过会诊后一致认定，王忠侠患的是急性再生障碍性贫血，是白血病中比较严重的一种。得知准确消息后，龙杰急得睡不着觉。想到王忠侠之前对自己的好，想到他还这么年轻，想到他那为了生存而丢下了两个手指的父亲，龙杰在心里默默地做了一个决定，一定要想方设法帮助他渡过难关，战胜死神。可是自己也是个穷学生，捐很多钱给他是不现实的。怎么办呢？想了很久，突然灵机一动，我不是会写文章吗，可以用自己的笔，向社会发出爱的呼唤啊。他想到了向湘楚市的媒体求助。

夜里一点多，龙杰拨通了林子寝室的电话。林子很快就接了电话，原来作为南校区记者站站长的她也一直没有睡觉，正在绞尽脑汁策划王忠侠的救援行动。龙杰与林子一拍即合，决定连夜给市里的几家大报写篇文章，首先各写各的，天明后再碰头修改。第二天上午，一篇三千字的纪实稿《爱的呼唤：武术冠军罹患白血病，紧急求援助力侠客行》顺利出炉。林子送到团委去盖了章，然后给日报、晨报、晚报各快递了一份。遗憾的是，几家报纸都没有登出来，只有晚报的记者给龙杰打了个电话，说他们很同情王忠侠的遭遇，但这种情况太普通，基本上没有什么新闻价值，没法上报纸。他建议龙杰尽快在学校里面进行一次募捐。

龙杰只得和林子再次碰头，商讨募捐事宜。

龙杰眉宇紧皱，认真地说："林子，事不宜迟，我们得赶紧想办法。"

"是啊，不过，现在就那样摆个宣传展板，捧个募捐箱募捐，效果已经不理想了。"林子说，"我们系的团总支组织过几次这样的募捐，过来献爱心的同学并不多，最多能募捐一两千块钱。这点钱对现在的忠侠来说，可是杯水车薪啊！"

"那怎么办好呢？"龙杰问林子，也是问自己。

"我们再好好想想吧。"

不一会儿，林子嘴角渐渐露出微微的笑意："师傅，我想到了一个好办法！"

"什么好办法？"龙杰显然迫不及待。

"你不是学武术的吗？我们到街上去卖艺啊，你表演，我收钱……"林子模仿那次龙杰初到湘西的样子双手抱拳道，"列位看官，精彩的武术表演马上开始，请有钱的捧个钱场，没钱的捧个人场……师傅，你看我的动作做得对不对？"

看得出来，林子只是开个玩笑而已。可龙杰却因此茅塞顿开。他一拍脑袋："小徒弟，你给了我一个很好的启发！我们可以为忠侠组织几场爱心义演！由体育系团总支牵头，先在学校南校区和北校区各义演一场，然后再到街头去义演，保证效果很好！"

"这个主意确实不错！"林子激动地说，"快要搞元旦晚会了，大家都在排练节目，义演的节目不用担心，我跟各节目负责人说一声就可以了！"

"好，就这么愉快地决定了！我马上写策划方案，你负责联系节目。下午我再去找一下我们李老师。"

38

　　下午，龙杰带着义演的策划方案去辅导员办公室找李莉老师。其实李老师第一时间就知道了王忠侠同学患病的情况，她看了方案后，肯定地说："这个活动非常好，既能以实际行动帮助王忠侠同学战胜病魔，也能呼唤爱心，凝聚爱心，让同学们在活动中接受一次生动的爱的教育！我让系团总支全程参与，全力支持你们把这次活动做好！"末了，李老师带头捐了666元钱，预祝募捐义演一举成功。

　　从李老师办公室出来，龙杰大受鼓舞。是的，李老师的话和爱心行动，给了他莫大的信心和力量。

　　星期六，天气难得的晴好。虽然太阳很久才冲破灰色的云层，露出一张羞涩的脸来，阳光也颇有点初冬的凉意，龙杰和林子仍然感到非常舒心和惬意，认为这是一个好兆头。

　　上午10点整，经过精心策划的首场募捐义演在体育系篮球场正式拉开帷幕。在《爱的奉献》的歌声中，主持人陈默和林子登上了临时搭建的舞台。他们的身后，是一家广告公司赞助的一块巨幅彩喷背景，"生命因爱而美丽"几个红色大字赫然在目。熟悉的震撼人心的音乐，吸引了越来越多的人，很快，陆续到来的观众占据了大半个篮球场。

　　陈默和林子小心地试了一下话筒，又悄悄地耳语了几句，然后，几乎是同时，他们的脸上露出了那通常只有演讲者或者主持人才有的颇具亲和力的微笑，他们甜美的笑容与冬日煦暖的阳光交织在一起，给人一种很春天的感觉。

"亲爱的同学们、朋友们，大家上午好！我是主持人陈默。"

"我是主持人林子。"林子做完一句话的自我介绍后，悄然地收敛了她的微笑，"今天的阳光很好，但是，大家可能还不知道，就在我们尽情享受阳光享受生命的美好时刻，我们的同学——体育系2003级运动训练班的王忠侠，却正在经受疾病的折磨和死神的威胁。为了帮助家境贫穷的王忠侠同学筹集救命钱，我们特在这里举行一场以'生命因爱而美丽'为主题的募捐义演。下面，我们有请陈默为大家介绍一下王忠侠同学的情况。"

听到这里，喧闹的人群突然安静了下来。这种突然到来的安静，衬托出一种庄严肃穆的氛围。

"好的，下面我给大家介绍一下王忠侠同学的情况。王忠侠同学是体育系2001级运动训练班学生，来自河南嵩山，他从小就在当地的文武学校接受正规的武术培训，因此，他的专业成绩非常优秀，是前不久刚刚成立的体育系武术队队长，这段时间，正在为迎接明年在我校举行的全省大学生运动会武术比赛而刻苦训练。可是，就在上个星期，体格健壮的他突然病倒了，检查结果出人意料，他患了再生障碍性贫血症，也就是可怕的白血病。医生说，要治好这个病，需要四五十万元钱。而王忠侠10岁时就失去了母亲，为了养活他和弟弟，他的父亲曾常年在深圳打工，直到无情的机器吃掉了他右手的两个手指，他才被迫回到老家。后来，为了生活，他又来到湘楚市，在一家煤气公司送煤气。四五十万元钱，对于这样一个在苦难中挣扎的父亲来说，无疑是个天文数字。因此，我希望大家能够慷慨解囊，为王忠侠同学奉献一片真诚的爱心。朋友们，人字的结构，就是一撇一捺的相互支撑，命运给了王忠侠同学一个严酷的冬天，让我们一起伸出手来，送给他一个美丽温馨的冬天里的春天！"

陈默一口气讲了两三分钟。他讲得很投入很投入，同学们听得很认真很认真。

"同学们、朋友们，募捐义演正式开始！首先，我们有请王忠侠的队友们为大家表演精彩的武术节目!"林子报幕完毕,轻盈地退到舞台的右侧。篮球场上,响起热烈而持久的掌声。

随着成龙演唱的《男儿当自强》的雄浑的歌声响起,身手矫健的龙杰,一路小翻接空翻,稳稳地落在舞台的正中央,向大家抱拳行礼。他潇洒的出场动作和大侠般的风度,赢得了更加热烈的掌声和一浪高过一浪的欢呼声。他凝神静气,突然间一甩头,一连串的动作噼里啪啦势不可挡,一套自选长拳挥洒出来,舒展大方,气势如虹。龙杰每完成一个难度动作,在场的每一个观众都报以最热烈的喝彩。他的收势动作,刚好落在《男儿当自强》的最后一个音符上,显得干净利落,像一篇文章的精彩的结尾,戛然而止,余音绕梁。

龙杰表演完毕,背景音乐换成了屠洪刚的《中国功夫》:"站是一棵松,卧是一张弓,走是一阵风,不动不摇坐如钟……",八个手持长棍的小伙子,精神抖擞地出场,把手中的棍子舞得虎虎生风,颇有横扫一大片的霸气和威风。他们的动作刚劲有力,整齐划一,点棍如密集的鼓点,扫棍似狂风席卷乌云,上打如雪花盖顶,下打似古树盘根。所有的观众都看呆了,现场鸦雀无声。直到他们兵分两路鱼跃出场,观众才像突然恢复了记忆,使劲地拍手叫好。

接下来表演的分别是刀术、枪术和对练。刀如猛虎,枪似游龙,对练则紧张激烈、扣人心弦。现场气氛堪称火爆。最后,又是龙杰做压轴表演。一套刚柔相济、行云流水般的剑术,看得人眼花缭乱而又心潮澎湃。篮球场上,前来观看的人越来越多,越来越多,不但篮球场爆满,就连田径场旁边的几棵大树下,都站了许多在学校建筑工地上做事的民工。龙杰表演完毕,全体队员又一齐上场,围绕龙杰摆了一个相当酷的造型。歌声停止,掌声响起,队员们面向在场的观众深深地鞠了一躬。

稍微歇一歇气,龙杰从陈默手里拿过话筒,饱含深情地说:"朋友们,王忠侠是我们的队友,好兄弟,我们在一起训练,虽然还不到两个月,但却结下了很深很深的友谊。作为武术队队长,他不管是做人还是做事,都是我们的榜样。为了帮助王忠侠同学治病,我们武术队决定从今天开始,一有时间就出去义演，直到将他治病的钱凑齐。我们不是富翁，我们每个人的力量都是微薄的，但众人拾柴火焰高，只要我们把大家的力量汇聚起来，汇聚成一条温馨的爱的河流，我们坚信，死神就会望而却步，生命的奇迹，就一定能够在王忠侠的身上出现！"

林子的眼睛湿润了。她被武术队队员们的精彩表演和龙杰的一番肺腑之言深深感动了。她含着泪说："谢谢龙杰！谢谢武术队的全体同学！我为忠侠有你们这些肝胆相照的好队友、好兄弟而感动！好了，各位朋友，今天我们为大家准备了几十个精彩的节目，请大家慢慢欣赏，在欣赏节目的同时呢，也请大家根据各自的能力，奉献出自己的一份爱心，我们的募捐箱，设在舞台的左右两侧……好的，现在已经有不少同学来到募捐箱前踊跃捐款，我代表忠侠和他的父亲，向你们致以最衷心的感谢！谢谢你们！谢谢！"

节目一个紧接着一个，捐款也在源源不断地继续。有的同学本来是去足球场踢球的，只是路过这里顺便过来看看，看着看着就被那种浓烈的爱的氛围感染了，索性返回寝室带了钱来，默默投进红色的募捐箱。另外，也有不少老师闻讯赶来捐款。武术队的古老师，早就在自己的爱徒们那里得到了义演的消息，一大早就抽空来到了义演的现场。他悄悄捐了500元钱，被眼尖的林子发现。她邀请古老师上台说几句话。古老师没有推辞。他说："王忠侠是我最优秀的学生之一，此时此刻，好像说什么都是多余的，我也为大家表演一个节目吧，以此来感激各位的慷慨解囊！"说罢，脱掉外套，摇摇晃晃地迈开了醉步。他的醉拳，表演得形神兼备，让人如痴如醉。醉拳里面有很多动作需要倒地，或前扑，或后倒，或侧卧，或挪移，古老师完全不顾水泥地面的脏和硬，动作一丝不苟，大开大合，跌宕起伏，把义演的气氛推向了又一个高潮。

古老师表演完后，林子也上了一个节目。她的节目是诗歌朗诵——《生命因爱而美丽》，这首朗诵诗，是龙杰专门为义演而写的。然后是音乐系吉他协会的吉他弹唱，美术系书法协会的书法表演，体育系健美操队的健美操表演……

义演直到太阳落山才结束。本来只准备了三十几个节目，最后上台表演的节目竟超过五十个。那二十来个计划之外的节目，都是同学们自发上来表演的，大部分是林子音乐系的同学。毕竟，体育系和美术系能上台表演节目的人并不多。义演的最后一个节目，是由林子领唱，所有演员和志愿者合唱《爱的奉献》。"在没有心的沙漠，在没有爱的荒原，死神也望而却步，幸福之花处处开遍……"美丽的真情，化作动人的歌声，沁人肺腑，撼动心灵！

义演结束后，大家请体育系团总支在体育系团总支工作人员的监督下，一起清点募捐款。他们把两个募捐箱搬到一块，由龙杰、林子各负责清点一个箱子。把募捐箱打开的一刹那，他们都惊呆了——真没想到会有这么多捐款！龙杰说估计有两千多，林子说不止，至少是两千的三倍。陈默则折中一下，说四五千的样子。结果是陈默猜对了，总共四千九百九十九元。古老师笑着说，凑个整数吧，又从口袋里摸出一枚硬币。在龙杰他们清点募捐款的同时，张翔、刘猛他们则和武术队的队员一起，拆架子，收器材，清扫场地，忙得不亦乐乎。当他们把这一切都认认真真做完的时候，夕阳早已归隐天边，暮色，也早已沉沉地降落下来。城市的万家灯火，又把这黑色的夜晚擦亮，如同白昼。

"今天大家都辛苦了啊，把这些捐款送到医院我们就去吃饭，我请客！"怀揣着满满一包钞票，林子兴奋地说。

"林子你这个鬼丫头，你不说还不觉得，你一说，我就觉得真是饿得不行了啊！"陈默笑道。

龙杰也突然感到肚子里空空的，饿极了，于是接过话茬："是的哦，我都忘了今天还没吃午饭呢！"

"哈哈，你们看看今天的收获，饿一顿饭也值得啊！"林子抖了抖装钱的袋子，脸上洋溢着兴奋和快乐。

龙杰连连点头："是的，再饿一顿饭都值得！"

林子说得对极了，虽然大家肚子都很饿，但是，内心却充盈着从未有过的愉悦。世界上，还有什么比无私地帮助别人战胜苦难和疾病更开心的事情呢！

　　第二天，募捐义演又在北校区举行了一场。由于得到了校团委和学校各个社团的大力支持，义演更加成功，不但节目更加丰富多彩，捐款金额也多很多，接近一万元。此事也惊动了市内的几家新闻媒体，都派了记者过来采访。湘楚晚报社的一位记者，表示要对这次义演做一个重点报道。想到通过媒体的力量，王忠侠也许将得到社会上更多爱心人士的帮助，龙杰和林子就感到非常非常的有成就感，也真正体会到了"助人为乐"四个字的深刻内涵。

　　晚上，一身疲惫的龙杰匆匆忙忙洗了个澡，就一头栽倒在床上。这两天的义演，从策划到组织节目，并亲自上场表演，龙杰累得连书都不想看了。浑身的骨头都像散了架。

　　龙杰刚入睡不久，寝室的电话铃响了。陈默接了电话，对方说找龙杰。陈默喊了龙杰几句，没一点反应，最后找一个凳子垫脚，爬上去捏着他的鼻子才把他弄醒。

　　龙杰慢吞吞地下床，嘶哑的声音明显乏着睡意："喂，你好！"

　　"你好！请问你是龙杰同学吗？"听声音是个中年女性，普通话很标准。

　　"您好，我就是。"龙杰客气地答道。

　　"真不好意思，这么晚还打扰你。"

　　"没关系的，请问您是？"龙杰依旧睡眼蒙眬。

"我是湘楚晚报的章记者，是这样的，今天下午过来采访过你们的义演，很受感动。关于这次义演的报道，明天就可以见报。我觉得你们的义演很有社会意义，完全可以从学校走向社会。我希望你们能在市区做几场，比如新世纪商业中心，火车站广场，效果一定会更好。如果你们决定做的话，我会想办法支持你们的。我们的报纸也将跟踪报道。我刚刚报了一个选题，我们老总已经通过了。"

"啊，那太好了，谢谢您！"龙杰像仅仅买了两元的彩票却中了五百万的头奖一样，一下子睡意全无，"我们也正有这个计划，只是还不知道具体怎么操作呢。有您帮忙的话，我们就更加有信心了！"

"哦，那好，我们约个时间好好商量一下吧，我想这个义演完全可以做大，做出影响来。"

"好的，除了上课，我随时都有时间。"

"那就明天中午吧，怎么样？"

"好的，好的。"

"那先这样，明天见！你今天辛苦了，早点休息，晚安！"

"谢谢您，晚安！"

跟章记者通完电话，龙杰便迫不及待地给林子打电话。

"喂，小徒弟，告诉你一个特大喜讯！"

"什么特大喜讯？"

"刚才湘楚晚报的记者给我打电话了！"

"跟你说什么啦？是不是晚报要发义演的新闻呀？"

"是啊，明天就见报！不过，还有比这更好的好消息！"

"什么好消息？我的师傅，你快说啊，别卖关子了！"

"哈哈，我没卖关子啊！告诉你，晚报的记者明天中午会到我们这边来，帮助我们策划去校外义演！"

"哇，太好了！有晚报这种强势新闻媒体的参与，王忠侠就更有希望得救了！"

"是的，我有一种预感，我们的义演，必将在湘楚大地刮起一场爱的风暴！"

"嗯，加油吧！"

"革命尚未成功，同志仍需努力！我们一起加油！"

第二天中午，刚吃过饭，龙杰就接到了章记者的电话，她说她已经到了南校区大门口。龙杰约了林子，一块去校门口迎接。

出宿舍，左拐，他们远远地看到铁门外站着一个四十岁上下的中年女人，穿一件红色风衣，肩挎白色小包，微胖，不是很漂亮，却很有气质。估计就是章记者了，走近了再看，果然就是，因为昨天见过面，脑子里多少有点印象。见到这位气质不凡的女记者，林子不经意间想起自己曾在一本叫作《气质何来》的书上看到的一句话："如果你很漂亮，请让优雅的气质升华你的美丽，如果你不漂亮，优雅的气质同样能使你楚楚动人！"

握手问候之后，章记者从随身携带的包里面取出两张名片，递给龙杰和林子："我姓章，你们就叫我章姐吧！"

"谢谢！"林子接过名片，认真地看了看，然后小心翼翼地装进钱包，"章姐，您吃饭了吗？要不，先去吃个饭？"

"不用了，不用了，我吃饭了。我们到附近找个茶楼坐坐吧，我请你们喝茶。"

林子说："怎么能让您请我们？"

章记者说："你们都是学生，应该我请你们的。"

龙杰侧脸看着林子："这个你应该熟悉点。"

"嗯，让我想想啊，"林子顿了顿，说，"就去金色年华，好不？"

龙杰说："好。"

于是，由林子带路，三个人轻松地闲聊着，向不远处的金色年华走去。

金色年华是湘楚大学南校区一带最有品位的茶楼，消费也不是很贵，有一段时间，林子曾是那里的常客。

到了金色年华，林子要了二楼的一个小包厢。有一对漂亮的小酒窝的女服务员彬彬有礼地问："请问三位今天想喝什么茶？"

龙杰望着对面的章记者："章姐，您先点吧！"

"哈哈，你们太客气了。"章记者拿着桌上精美的服务菜单看了看，说，"请给我来杯菊花茶。"

"你们二位呢?"服务员用探询的目光打量着龙杰和林子。

"我嘛，随便。"龙杰说。

"对不起，先生，这里没有随便。"林子打趣道。接着又以探询的口吻说，"我们都喝菊花茶好不?"

龙杰笑了："好的。"

章记者说："那就来一壶吧。"

"好的。"林子抬头对服务员说，"服务员，请给我们来一壶菊花茶。"

三个人又随便聊了一会儿，茶就上来了。服务员斟了茶，带上门出去了。

包间内音乐轻轻，茶香缕缕。

龙杰忍不住赞道："好香的茶哦!"

林子呷了一小口茶，说："我一直都喜欢喝菊花茶，很香，对于清火也有很好的效果。"

章记者笑着点点头："我也喜欢喝菊花茶。"

"看来我们和章姐真的很投缘啦!"林子说。

"是啊! 认识你们真有缘。昨天偶然路过你们学校，看了你们为王忠侠同学举行的爱心义演，我非常的感动! 真的，很多年都没这样感动过了!"章记者认真地说。

"其实，我们都只是尽自己的一点绵薄之力而已。"林子说。

章记者感叹："这是一个物欲横流真情缺失的时代，但你们的爱心义演，让我坚信，这人间还是有温暖的。"

龙杰说："章姐，作为学生，我们的能力十分有限，但我们可以用爱心呼唤爱心，用真情呼唤真情。"

章记者点头："善待别人，就是善待自己，帮助别人，就是帮助自己。生命因爱而美丽，这是真的。"

"章姐说得太好了，帮助别人就是帮助自己。"林子说："我以前是活得很自私的，从来也没想到过去帮助和关怀别人，是龙杰教我学会了助人为乐。"

"是啊，人活着，就需要有这么一种关怀精神，关怀自己，关怀他人，关怀整个人类的命运和生存处境。"章记者的话，让龙杰和林子都若有所悟。

"章姐，我一定要永远记住您这句话！"林子激动地说。

"我们共勉！共勉！"章记者问，"对了，你们有没有信心把接下来的义演做得更好？"

龙杰抢先说："有！要么不做，要做就做好！"

"好样的，练武术的人，做事的风格就是不一样！"章记者说，"义演的下一站，就定在湘楚新世纪商业中心吧，那里商家众多，人流密集，效果一定会很好。场地你们不用担心，新世纪商业中心管理处我有熟人。"

"好，谢谢章姐。"龙杰和林子同时说。

接着，龙杰对林子说："那你还是主要负责组织节目和主持，我负责海报和背景板的制作，陈默继续跟你一起做主持。"

"陈默？就是昨天那个很活跃的小伙子呀？不错，很会调动现场气氛的。"章记者说，"我有个朋友，是市电视台的节目主持人，如果她能抽空过来客串主持一下的话，那就更好了。"

"章姐，谁呀？"林子问。

"莫宁，知道吗？"

"哈哈，莫宁？我偶像啊，我经常看他主持的节目啊。"如果不是在茶楼，林子肯定会兴奋得跳起来。

"那你赶快祈祷上帝吧，如果上帝打发他来的话，你不是可以和你的偶像同台主持节目了？"龙杰笑道。

"嘿嘿，不用祈祷，章姐就是我的上帝。"林子说，"章姐，我说得对不对呀？"

"哈哈，对对对！我想只要有时间，他一定会来的。我现在就跟他联系下。"说着就拿起手机拨号了。

"喂，莫宁，你在哪里？……在北京做节目？……哦，是这样的，湘楚大学有个学生得了白血病，他的同学们准备本周六在新世纪商业中心举行一场募捐义演，我想请你过来支持一下他们，做一下客串主持，时间不用太长……哦，你周末不能回来？……没事，没事，北京很冷，注意保暖啊……好的，再见！再见！"

　　林子听到后面，一张原本灿烂的脸，立刻就蔫成了霜打的茄子。

　　章记者放下手机，抱歉地笑了笑："很遗憾，他在北京演播室做节目，下周一才能回来。不要紧的，还有时间，我回头再通过莫宁找一下别的主持人看看。"

　　"真的给章姐您添麻烦了。"林子说。

　　"不麻烦不麻烦，献爱心是我们每一个人的职责嘛！"章记者微笑道。

　　"铁肩担道义，妙手著文章，章姐，你是我的榜样！"龙杰站起身，端起茶杯，"来，章姐，我这个湘楚大学南校区广播站的小记者，以茶代酒，敬您这个大记者一杯！"

　　"哈哈，谢谢！"章记者说，"不用站起来，我们老家有句俗语，叫作屁股一抬，喝酒重来。"

　　"那我老老实实坐下好了。"龙杰说。

　　"嗯，这就对了。"章记者笑着举杯，"来，林子妹妹，我们一起！"

　　茶杯与茶杯相碰，爱心与爱心交融。在温馨弥漫的乐曲中，小小的茶杯里，静静氤氲着时光的美好。

又一个周末如期而至。新世纪商业中心义演的一切准备工作全部就绪。林子统计了一下，节目多达六十几个，演一整天都没有问题。场地也很顺利地联系好了。尤其值得欢欣鼓舞的是，章记者通过莫宁帮忙，请到了两位市电视台的知名节目主持人来做客串主持。他们答应在中午人流高峰的时候过来义务主持两个小时。

可是，偏偏天公不作美，深夜突然下起雨来。那时候，满脑子都是义演的龙杰还没入睡。他听到窗外细细碎碎的声音，开始以为是风。从床沿的布帘子探出头来仔细谛听，才真真切切地听清楚了，是雨声。这该死的雨啊，来得真不是时候！他在心里埋怨道。他叹口气，无奈地把身子缩进被窝，默默祈祷老天爷快快开恩，尽快把雨停下来。他想，即使停不了的话，哪怕是小一点也好。然而，他无限虔诚的祈祷偏偏并不灵验，雨不但没有停的意思，反而在下半夜越下越大了，由先前的细细碎碎，变成了噼里啪啦。他不无悲戚地想，天明后的义演，肯定彻底没戏了。他不知道该怎么办，想给林子打电话，可从枕头底下掏出手机开机一看，已经是凌晨两点了，要商量也只能等到天亮了。

龙杰不知道自己是什么时候睡着的，醒来的时候，校园里的广播还没有响。窗外的雨，小是小了点，但淅淅沥沥淅淅沥沥，并没有半点停的意思。推开窗户，一股冷风嗖嗖地钻入他的脖子里，他忍不住打了几个寒噤。他索性关了窗，去水房洗脸漱口。当他再度返回寝室的时候，校园广播终于响了。

龙杰把毛巾挂好，立即给林子打电话，耳边出现的却是忙音，电话占线。

他刚把话筒放下，电话就来了。

"喂，你好！"龙杰接了电话，心里很希望打电话的就是林子。

"下这么大的雨，我不好啊！"果然是像他一样心急如焚的林子。

"唉，天要下雨，娘要改嫁，有什么办法呢！"龙杰叹口气说。

"听说医院已经在中华骨髓库为忠侠找到了相匹配的骨髓，现在万事俱备只欠东风了。义演可不能拖呀！"

龙杰顿了一下，说："要不，我先给章姐打个电话，看看她有什么解决的办法没有。"

"好的，我等你的消息。"

"待会联系！"

挂了电话，龙杰立即拨通了章记者的手机。

"喂，章姐，早上好！"

"早上好！"章记者问，"是龙杰吧？"

"是的，章姐，我是龙杰。"

"我刚起床，正要给你打电话呢。今天天气不好，雨看来一时半会不会停，这次义演啊，我看只能往后推一推了。"

"可是……"

"你别急，依我看啊，往后推几天会更好，我们有更多的时间来准备。准备充分点，效果会更理想。我们要的就是效果啊，你说呢？"

"嗯，您说的有道理。"龙杰紧绷的心弦松弛了下来，"章姐，您看改在什么时间合适？"

"改在下周日吧，刚好是平安夜。在平安夜义演很有意义的，为王忠侠同学祈祷平安嘛！"章记者显然早就想好了。

"章姐，这个主意不错！"

"我想，平安夜那天可以举行两场义演，第一场放在新世纪商业中心，第二场放在火车站广场。这两个地方场地都没问题，我来联系，而且，那天莫宁不是也从北京回来了吗？"

"嗯，真是太好了！"

"那天，湘楚市几家主要媒体都会派记者过来，我们准备做一次大型的联席报道。"章记者越说越激动。

"章姐，您真是忠侠的大救星！我代表忠侠感谢您了！"

"龙杰老弟你客气什么啊！你那天说得好，人字的结构，就是一撇一捺的相互支撑。现代人之所以活得痛苦，其根源就是太自私。其实，只要我们走出以自我为中心的小天地，多给他人和社会一点爱和关怀，大家都会过得快乐许多，我们生活的这个世界，也会多一些温暖，少一些寒冷，多一些真诚，少一些欺诈，多一些和谐，少一些纷争，多一些快乐和幸福，少一些疼痛和苦难。"

"嗯，我非常欣赏这么一句话——善待自己，关怀他人，用爱心画出生命的美好！"龙杰激动地说。

冬日的冷雨，断断续续下了几天，终于停了。天气却愈加冷了，校园里的树木，在寒风中瑟瑟发抖。估计要下雪了。平安夜的前一天，果然下起雪来。起初只是小雨加雪，乍一看以为是下雨，伸出手掌，只见雪粒子在掌心里跳跃。于是确定是下雪了。下午，气温降得更加厉害，没过多久，校园里就飘起了鹅毛大雪。龙杰和林子，又开始为准备了两个星期的义演而发愁。但章记者的电话稳住了他们的心。章记者说，下雪跟下雨不一样，并不影响义演，而且，雪中的义演，更能温暖和打动人心呢。

12月24日，白雪覆盖下的湘楚市，提前笼罩在一片圣诞的节日气氛中。如今的中国，不仅中学生大学生流行过洋节，就连城里的普通老百姓，也渐渐认同了某些西方文化，对圣诞节情人节之类的洋节，也是愈来愈热衷起来。街道上，不管是商场、超市，还是餐馆、服装店，精品店，都摆出了大大小小的圣诞树和可爱而慈祥的圣诞老人，挂出了各种各样的气球、彩带。而因为一场大雪的降临，又使得这平安夜更像是平安夜，圣诞节更像是圣诞节了。

对于大部分青春浪漫的大学生来说，平安夜，注定是一个激情狂欢的不眠之夜。一大早，很多学生在欢呼着大雪降临的同时，就在心里盘算着平安夜的晚上如何潇洒度过，让美丽的大学生活多一点罗曼蒂克的回忆。而龙杰、林子、陈默等一大帮为义演而奔忙的学生，却被另一种热烈的激情牵引着，早早地来到位于市中心的新世纪商业中心，开始了忙碌紧张的一天。

冒着飞舞的雪花，龙杰负责指挥搭建舞台，林子负责最后确定义演的节目并联络演员，陈默负责搬运音响。张翔和刘猛负责后勤。八点半，舞台就搭起来了，舞台背景也挂起来了，话筒和音响都安装和调试好了，参加义演的演员，也都全部确定了。准备活动进展得非常顺利。因为义演的需要，工作人员把王忠侠的爸爸也接到了现场。

几分钟后，章记者也风风火火地赶来了，后边还跟了三个人。一个背相机的大胡子——晚报的摄影记者彭胡子；一个提摄像机的眼镜帅哥——湘楚市电视台晚间新闻记者李越；还有一个个儿高挑、身材超好的年轻美女——湘楚市电视报的首席记者萧潇。龙杰和林子开心地迎上去，跟章记者打了招呼，又在章记者的热情介绍下，跟其他几位记者一一打了招呼，握了握手。这些记者都像章记者一样，显得很亲切，很随和，一点架子都没有。大家聊一会儿就熟了，都成了自己人。

章记者告诉龙杰和林子，等一会儿，市电视台真情对对碰的两位主持人胡歌、杨小娜会过来与林子和陈默一起主持两个小时的节目。莫宁则确定晚上来。把林子乐得屁颠屁颠的。

上午九点，胡歌、杨小娜准时到来。因为比较早，新世纪商业中心暂时人还不多，却引起了一阵不小的骚动。虽然没有台词，但为了赶时间，他们稍微留意了一下募捐箱前宣传展板上的相关情况介绍，便匆匆上台了。尽管胡歌、杨小娜刚从传媒大学毕业不久，在圈子里还算新秀，并不是非常知名的节目主持人，但他们的"明星效应"同样不可小觑。

不多时，商业广场便站满了闻讯赶来的热心观众。而且，他们毕竟是吃主持这碗饭的人，除了声音和语言富有非同寻常的感召力之外，还特别善于调动现场气氛。心灵被同情和感动充盈着的观众，纷纷慷慨解囊。

两个小时很快就过去了，两位主持人要走了，把话筒交给了陈默和林子。临走时，两人各往募捐箱里投了几张百元大钞，杨小娜真诚地握着身材佝偻面容憔悴的老王的手，叮嘱他多保重，说有这么多好心人的关爱，他儿子一定会好起来的。老王感动得掩面而泣，不知说什么好。

41

　　义演在进行整整五个小时之后，转移到火车站广场继续进行。火车站工作人员在进站口的液晶显示屏上，破例为义演打出了滚动的宣传标语："相约平安夜募捐义演正在进行"；"生命因爱而美丽，让关爱他人成为一种习惯"；"爱心化雪，这个冬天不会冷！"参加义演的演员来了一批，又走一批，走了一批，又来一批。因为人数众多，工作人员根本无法安排演员们就餐，连坐公交车的钱都是他们自己掏的，但大家都毫无怨言。所有的演员和爱心志愿者，都把参与这次义演当作一种光荣而神圣的使命。

　　雪仍在不大不小地飘着。在火车站义演，面对的主要是南来北往的旅客。旅客们来了，又走了，观众也换了一批又一批。所以，捐款的人实际上比新世纪商业中心多得多。陈默和林子都是首次连续主持这么久的节目，都已经累得不行了，嗓子更加受不了。尤其是陈默，压根就没有正儿八经当过什么主持人，只是因为他平时爱说话，也会说话，普通话又比较标准，因此大家一致推举他作为林子的搭档。不过，他们身体累了，嗓子哑了，激情却丝毫不减。而他们声嘶力竭的呼吁，似乎更能打动人心。

　　其实最累的还是龙杰。林子主持节目去了，所有的工作安排都落到了他的头上。他最担心的是下午和晚上的节目不够，因为今晚是平安夜，那些有男朋友或女朋友的志愿者，也许都不会来了。为了充分利用资源，他发动武术队多表演节目，把刀、枪、剑、棍、拳都分开来表演，一个队员表演两到三个套路，再加上对练，和古老师的保留节目——醉拳，光武术队就有十来个节目。他把这些节目拆开，穿插以别的歌舞节目，这样也不显得单调乏味。他以十个节目为一组，做成简单的节目单交给陈默和林子，站在台上的他们才不至于因无米下锅而手足无措。作为义演的发起人之一，龙杰自己也带头表演节目。表演南拳时，他奋力做了个后空翻接双跌步，结果右膝盖跪在一个没有压紧的钉子上，他疼得直咬牙，还是坚持把整个套路做完。章记者发现他下来时走路的姿势有点不对，一询问才知道他受伤了。他的膝盖都被血染红了，却一口一个不要紧，章记者心头一热，感动的泪水止不住地流了出来。

下午六点，暮色降临，华灯初上。火车站明亮如昼。湘楚火车站有多趟列车在七点到十点之间始发，所以，这段时间是旅客进站的高峰期。"莫宁来了！""莫宁来了！"六点半，莫宁在林子焦急地盼望中到来。莫宁如同一块巨大的磁石，把刚进站的和早已进站的旅客都牢牢地吸引住，如同吸引一堆的铁钉铁屑。候车室里空空如也，火车站广场却人头攒动。为了维持秩序，车站派出所临时增加了几位值班警察。

莫宁没有休息，一来就潇洒地跳上了舞台。陈默激动地跟偶像握了手，就把话筒交了出去。林子笑着跟莫宁说："莫老师，不用准备一下吗？"莫宁胸有成竹地说："不用了，情况我都清楚了。"

林子润了润嘴唇，对场下的观众说："亲爱的旅客朋友们，疾病无情，人间有爱。现在，湘楚电视台著名节目主持人莫宁老师也于百忙之中抽空来到了义演现场，他将跟我一起，接着主持此次相约平安夜募捐义演，让我们以热烈的掌声感谢莫宁老师的真诚义举！"

话音刚毕，广场上再次掌声如潮。莫宁右手持话筒，左手置于胸前，朝大家深深地掬了一躬。

"大家好！我是莫宁。今天是平安夜，首先衷心地祝福大家平安快乐！"莫宁顿了顿，待掌声过后，继续饱含深情地说，"朋友们，当我们在满天飞舞的雪花中迎来今年的平安夜的时候，却有这样一位苦难的老父亲，因为他的儿子突然罹患白血病，平安快乐离他是那么的遥远。现在，这位心急如焚的老父亲也来到了募捐义演的现场。"

林子配合默契地把老王从募捐箱旁边的椅子上搀扶到舞台上来。老王神态木然，边走边不停地抹眼泪。

莫宁把手搭在老王的肩上，神色凝重地说："父爱如山！这是一个不向生活低头的男人，更是一个责任重于泰山的父亲。他的妻子，王忠侠同学的母亲，在生下小儿子王义侠后，因为产后大出血而不幸逝世。为了把两个孩子抚养成人，别人受过的苦，他都受过，别人没有受过的苦，他也受过，他都坚强地挺过来了。"莫宁熟练地把话筒换到另一只手上，举起老王的右手，眼含热泪地说，"大家看，这就是一位父亲的手，粗糙，红肿，长满老茧和冻疮，还缺了两个手指头——食指和中指，这两个手指头，就是老王在广东打工的时候，被冷血的机床咬掉的！可就是这红肿粗糙的失去了完整的手，撑起了一个风雨飘摇的家，还为我们的国家培养出了两位优秀的大学生！我刚才提到的老王的大儿子王忠侠，就在我们湘楚大学体育系就读。儿子来湘楚大学读书后，老王也跟着来了湘中，在一家煤气公司送煤气，赚取一家人的生活费和两个儿子上大学的费用。送一罐煤气才三块钱，据说，勤奋的老王平均每个月能挣1800元！虽然煤气公司的大部分送气工是本地的，可是很多客户要煤气时却往往指名要老王送。有一次，老王有事请假回了一趟河南老家，回公司的时候，才知道一个老太太用完了煤气等他好几天了，别人给她送煤气她都不要。原来，有一次老王去老太太家送煤气，老太太住在第28层楼，老王刚到楼下就停电了，老王硬是扛着煤气罐一步一步爬上第28层楼。当老王大汗淋漓气喘吁吁扛着煤气罐出现在老太太家门口时，老太太感动得愣了老半天说不出话来。因为勤快和老实，老王是众多送气工里最受客户欢迎的一个，月月被评为优秀员工。他想，再苦再累，只要熬过这几年，王忠侠大学毕业了，日子就会好过了。因为有了这个盼头，老王把苦涩的生活嚼得有滋有味的。然而，不幸发生了，前不久，突如其来的可怕的白血病，把王忠侠同学击倒在病床上。医生说，要治好王忠侠的病，至少需要40万元。40万啊，对于任何一个普通的家庭都是天文数字，更何况这位靠扛煤气送孩子上学的单身父亲……可怜天下父母心啊！我们每一个人都有父亲，让我们一起来帮帮这位可亲可敬的父亲吧，也许你少抽一包烟，少吃一袋零食，就会给老人增添一份救儿的希望！"

莫宁的话，几次被热烈的掌声打断。老人家一直在抹眼泪。一旁的林子，也被莫宁说得泪水涟涟。莫宁刚说完，一位戴眼镜的中年女士含着泪走上舞台，把一叠钱塞在老王颤抖的手中，并用带着港台腔的普通话说："老人家，这是我的一点心意，请收下！"说完就准备走，被林子留住："对不起，耽误您几分钟，请您随便说几句爱心感言，可以吗？"中年女士点头说："可以。"她接过林子递过去的话筒，激动地说："我是从香港来湘楚旅游的，今天准备坐火车去深圳回香港。我强烈地感受到，湘楚的山美，水美，人更美！我从进站开始，就在这里看你们的爱心义演，看了以后非常感动，真的是非常感动。候车室外面虽然很冷，但我心里却是热乎乎的。一直以为这个世界是物质的，冷漠的，没有真情的，你们的义演，让我看到了人间真情的闪光！刚才主持人的一席话，说得我直掉眼泪。当我看到这位父亲的手后，我的心在流血。而他给老太太送煤气的那个细节，尤其使我感动。这样的一位父亲，值得我们同情，更值得我们尊重！我觉得，帮助这样一位父亲，是我们每一个做儿女的义不容辞的责任！"女士摘掉眼镜，用纸巾擦了一把眼泪，继续说，"对不起，实在太感动了，情绪失控了。我马上就要上车，不能再多说了，最后我想说一句，这是我有生以来过得最温暖最有意义的平安夜！谢谢大家！"女士说完，轻轻地拥抱了一下早已泪水滂沱的老王，匆匆走了，留下一个美丽的背影，在雪花点缀的灯光下。

接着又有很多人上台捐款，林子只得吩咐龙杰把一个募捐箱搬到台上来。

就在这时，一个瘦瘦的中年人快步走上台去，往募捐箱里投了100

元后转身就走。龙杰觉得这个人有点面熟，一下又想不起来在哪儿见过。想问林子，林子却先开口了，附在龙杰耳边轻声说："你看他像不像一个人？"

"像谁？"

"开学时在公交车上偷我钱包的那个人？"

记忆突然清晰起来，龙杰肯定地说："不是像！是他！就是他！"

顿时，莫名的激动，潮水般冲刷着两颗年轻的心。

老王突然呜呜地失声痛哭起来，最后扑通一声跪倒在舞台上，用颤抖的声音说："好心人啊，俺给你们叩头了！俺这辈子报答不了你们的救命之恩，下辈子再报答你们！"

林子和龙杰赶紧搀扶住情绪失控的老人。

募捐义演一直持续到晚上 10 点才结束。谢幕时，大家把老王拥在中间，手拉手排成一列，再度深情地合唱了一曲《爱的奉献》。歌声与雪花交织，穿透那夜色苍茫……

天气愈来愈冷，雪却迟迟不肯降落下来。凛冽的冻雨下个不停，出门又冷又不方便，还不如干脆就下一场大雪好，有雪相伴的日子可要有趣得多。在同学们对于雪的强烈盼望中，寒假到了。

系里决定，参加大运会的所有运动员，寒假都要留在学校强化训练半个月，只在春节前后各放一周的假，让队员们回家过年与家人团聚。

那天在食堂吃饭，龙杰对林子说："小徒弟，我寒假要留校训练，你准备什么时候回家？"

林子微笑着说："回家？还没定呢……对了师傅，我留下来给你当陪练，你看怎么样？"

林子的话里透露着某种特殊的信息，敏感的龙杰立刻就捕捉到了。但他还不敢完全确定自己捕捉的信息的准确性。他试探着问："那当然好啊，不过，你可别开玩笑，我会当真的啊。"

"不是开玩笑呢。"林子努力做出一副认真的样子，"晚上我给我妈打个电话，问问她同不同意。"

"你妈肯定不同意的，再说，即使你妈同意，你爸也不会同意啊！"

林子沉思了一下，点了点头："是啊！唉，我要是个男孩该多好！"

"对啊，你要是个男孩多好！我就少了许多烦恼，而且，寒假你都不用另外找住的地方了，跟我睡一张床就是！"龙杰说完，"嘿嘿"地傻笑着。

林子笑着横了龙杰一眼："我才不跟你睡呢，想得美！"

龙杰笑得更厉害了，边笑边说："我是说如果你是个男孩，你不要忽视了这个前提条件好不好，哈哈哈哈……"

"师傅你真坏，就晓得占小徒弟的便宜，哼！"

"我哪敢占你的便宜啊！"

"你就是占我便宜！"

"霸道！不说了，吃饭，吃饭！"

"师傅说不过我了吧，哈哈哈……"

晚上，林子给家里打了电话。电话是她妈妈接的。她把寒假留校学习准备考研的情况简单向妈妈汇报了一下，妈妈要她先问问爸爸。林子鼓起勇气跟爸爸说了，爸爸想了想，居然答应了，只是，最后一再地提醒她要注意安全，还提到了跟男孩子交往要注意分寸，不要上当受骗什么的。爸爸叮嘱她的时候，她感到自己的心，仿佛正在被一把锋利无比的刀子一刀刀地切割着。她连声答应着，泪水无声地流淌下来。她想，要是爸爸知道了自己以前的那些情况，不知会有多么痛苦和难受。

挂了电话，擦干眼泪，林子一个人静静地思索了很久。她的眼前，老是晃动着一个人的影子，她不知道自己到底还有没有资格去爱他，或者接受他的爱。她只知道，她无法抗拒他的魅力，她只知道，他才是那个真正懂得爱并且真正值得自己去生去死的人。人的生命只有一次，她不想在只有一次的生命过程当中，遗憾地错过这个上帝慷慨地送到她面前来的人。这种即使花上一千年甚至一万年也难以修来的缘分，值得自己一辈子去珍惜。如果自己珍惜了，最后还是一无所有，这不是自己的错，这是命运的错。她要把唯一的正确留给自己，把出错的可能交给那不可知的命运。

放假的前一天，林子又打了个电话到家里，听出妈妈的声音有些嘶哑，她好担心家里出了什么事。妈妈说得了个小感冒，没什么大碍，叫她不要牵挂家里。挂了电话，她突然有一种好想家的感觉。于是，她决定还是先回一趟家，看一看爸爸妈妈，然后再来学校。反正学校离家也不是太远，坐火车也就几个小时。

林子把自己的想法告诉了龙杰，龙杰也很支持。

林子回家的时候，龙杰送她到火车站。他们出发得比较早，又没有遇上堵车，所以提前一个多小时就到站了。龙杰又陪林子在火车站附近的超市里逛了逛，买了点湘楚的特产。林子是个孝顺的女儿，每次回家，都会给爸爸妈妈买点东西。虽然价格不是很贵，但光是那份心意就很难得了，常常把迎接她归来的爸爸妈妈弄得感动莫名。

要进站了，龙杰匆匆跑去买了张站台票。他硬是一个包也不让林子提，一个人大包小包地冲在前面，仿佛要回家的不是林子，而是他自己。林子望着他并不高大却很结实的背影，有一种东西，悄悄触动了她内心最柔软的部分。

龙杰一直把林子送到火车上，把行李都安置妥当，又站在林子的座位旁陪她说了一会儿话，真有点依依难舍的味道。直到开车前两分钟，他才在列车乘务员的提醒下匆匆下车。因为是空调车，窗玻璃无法打开，林子又没用手机，他们之间不能再有话语的交流。两个人隔着玻璃手贴着手，眼睛对着眼睛，"此时无声胜有声"那句古诗，仿佛就是为此刻的他们写的。脉脉深情地对望了一会儿，两人又开始演无声电影，根据口型判断对方的意思。他说："一路平安！"她说："谢谢师傅！"真是心有灵犀一点通，他们都快速准确地领会了对方的意思。随后，龙杰又灵机一动，想到了在有着浓浓雾气的玻璃上写反字。他用英文激动地写上："I love you"，玻璃的反面，立刻出现了另一行反写的英文："Metoo"。看着玻璃上这个如梦似幻的他期待已久的答案，他的胸腔剧烈地起伏。不知是玻璃的雾气越来越重，还是悄然涌出的泪水濡湿了他的眼睛，车窗内，林子的影子渐渐模糊，渐渐模糊，模糊成一朵美丽的带露的玫瑰。

"开往怀化方向，Z198次列车开车时间到了，为了保证旅客安全，请停止检票进站，站台上没有上车的旅客请上车，送亲友的朋友请您站在白色安全线后面……"随着火车站列车启动的播音提示响起，乘务员迅速上车，车门关闭，站台上的安全员反复鸣哨，示意送亲友的人赶快撤到白色安全线以内。龙杰的动作稍微迟疑了一下，被快步赶过来的安全员猛地往后一拉，失去重心的他连忙扎了个马步稳住身子。

"呜——"的一声长鸣，列车缓缓启动。龙杰沿着站台上的白色安全线，使劲地追着火车跑，使劲地挥手，挥手，再挥手。火车越跑越快，他也越跑越快。列车上，紧贴着窗玻璃的那张脸，早已泪流成河。

长长的列车渐渐变小，变小，变成一个点，最后变成一片遥远的空白。一首叫作《站台送别》的小诗，在龙杰的脑海里呼之欲出——

我用目光
铺成两条长长的铁轨
送你，却一不小心
把自己也送走了
我的心，跟着你一路奔驰
留下浸透离愁的站台
在身后呆呆伫立……

43

好好活着 〉〉〉

寒假集训前，武术队休息调整一天。同学们用这一天的宝贵时间，集体去医院看望正在等待骨髓移植手术的王忠侠。通过一段时间的治疗，他虚胖了不少，但气色还不错。那几次义演后，有一位不愿透露姓名的企业家通过电视台给他捐了 30 万，并说如果不够的话，他会继续再捐。所以，王忠侠的治疗费用完全没问题了。而且，相匹配的骨髓早已找到，现在万事俱备，只等待骨髓移植的最佳时机。那天，王忠侠的心情特别好，躺在病床上跟同学们聊了很久。他兴奋地告诉大家，据主治医生说，他的手术在春节期间就可以做了。大家听了都非常开心，纷纷预祝他手术成功，早日康复。

好消息的背后，却紧跟着一个坏消息。刚从医院回来，他们就听说外语系有人跳楼自杀了，但具体是谁，大家都不知道。小道消息传播的大致情况是，这位女生恋爱受挫后，一直很堕落，曾经做过一位大老板的情妇。后来，那位大老板又看上了与她同年级的一位更加漂亮的女同学，借故把她给甩了。长期的过度压抑，使她患上了严重的抑郁症，放假前就有一些反常的举动，因为学校放假在即，她的种种反常之举并没有引起老师们的足够重视，悲剧便发生了。

因为说那女生是外语系的，龙杰的眼前迅速闪过陈乐乐的影子。不，不可能是她！怎么可能是她呢！瞎猜，简直就是瞎猜！龙杰在心里狠狠地骂了自己一声。但他还是约了寝室的几个同学一起去北校区，也许是好奇，

好好活着 ｜ **233**

也许是自己还是有那么一种隐隐约约的担心。女生是从位于六楼的寝室跳下来的，据目击者说，跳下来刚好头着地，顿时脑浆迸裂，惨不忍睹。龙杰到达那里的时候，现场早已被警察保护起来，坠楼女生的尸体上盖着白布，周围拉着警戒线，警戒线外面站满了闻讯赶来的寒假留校的师生。在人群里，龙杰一眼就看到了一位以前在北校区见过面的外语系的老乡。他跑过去轻轻拍了拍那老乡的肩膀。

老乡愕然地回过头："龙杰，你也知道了？"

"刚听到消息，过来看看。你知道这个跳楼的女孩是谁吗？"

"陈乐乐啊！"

"陈乐乐？真的是陈乐乐？"龙杰的头上如被人重重地击了一棒，他一个趔趄，险些栽倒。

"是啊，她好傻啊！"老乡的眼里蓄满了泪，泪珠在他的眼眶转了转，终于没有滴落下来。

龙杰的心尖上，猛地袭过一阵剧烈的疼痛。他想冲进去看看倒在地上的陈乐乐，被警察和学校的保卫人员毫不客气地拦住了。无奈之下，他转身就跑，跑到波涌浪涌的楚江边，强大的悲痛再也憋不住。他不顾一切拍打着栏杆失声痛哭起来……

第二天，整整一夜没合眼的龙杰接到校学工办电话通知，要他和其他几位梅岭中学毕业的学生一起去陪一下陈乐乐的爸爸。在学校办公室，他见到了久违的陈尔东校长。陈校长一夜之间头发全白了，他一言不发，眉头紧锁，全然没有了昔日的风采。"白发人送黑发人"，龙杰突然想到这句话，不禁悲从中来，鼻子一酸，眼泪又来了。陈乐乐的母亲没有来。陈校长只告诉她，说乐乐在学校里出了点事，必须赶快去一趟，她就晕倒在地，被送往医院急救。如果她知道了陈乐乐的死讯，后果更加不堪设想。

陈乐乐的事情整整处理了一个星期。这一个星期，龙杰是在一种复杂而万分悲痛的心情中度过的。他每天都陪在沉默无言的陈校长身边，每天看到的是沉默无言的悲伤，想着的是初恋情人陈乐乐的自杀身亡和人生悲剧的种种，别的事情，都被暂时放逐在他的思绪之外。

龙杰平生第一次深刻地感受到，活着真难，死却是多么容易！生命实在是太脆弱了！

送别陈尔东校长之后，他才猛然想起，林子怎么还没有来。他想给她家里打个电话，直到要拨号的时候才反应过来，他根本就没有留她家里的电话。他只得跑到附近的网吧去，在她的QQ上留言。他还顺便去她的QQ空间看了看，空间很漂亮，但已经很久没有更新了。最新的一篇空间日记，还是回去的前一天写的。内容很短，只有几句话："昨天是永远的过去，我要收拾心情，重新上路。死了的心，爱情能够使它复活。不管结果如何，我选择新的开始……"朦朦胧胧的几句话，写得很美，让在悲痛中沉浸已久的龙杰感到舒心，感到陶醉。

奇怪的是，第二天，林子没有来。第三天，林子没有来。第四天，林子还是没有来。是她母亲病得厉害，还是她的父亲对她放心不下，最后又决定不许她来了？龙杰百思不解，找不到答案。他想，如果是上面的原因，她也应该给他打个电话，或者在QQ上留个言啊。难道还有别的原因？他不敢再继续往下想。连续几天，龙杰都感到很累。体力不好，心情也差，训练的效果当然可想而知。最近的一次训练，他连最简单不过的侧空翻都连连失误，差点受伤。教练跟他强调要点的时候，他也听得心不在焉。结果，下训后，从不发脾气的古老师把他留下来狠狠地训了一顿。

龙杰每天都去网吧给林子留言，但每天都收不到任何回复。他灰心，失望，担忧……各种各样的情绪，像蚕茧一样紧裹着他的心，他有种透不过气来的感觉。

腊月二十四，南方的小年夜，天气更是刺骨的寒冷。龙杰睡在被窝里，怎么也睡不热。他在被子上加盖上新买的羽绒衣，可是一点作用都没有，他的身体还是在被窝里直哆嗦。外面寒风呼啸，把宿舍的玻璃窗拍打得砰砰作响。龙杰想，看来明天一定会下雪了。后半夜，果然听到雪粒子落在地上、溅在窗户上的沙沙声。"沙雪打底，抛雪盖面，要想晴得一个月。"龙杰想起在老家常常听到的一句谚语，不禁深深地忧虑起来，不知道自己该怎么度过这个见不到太阳的漫长难挨的冬天。

44

天亮了。古老师一早就踏雪来到宿舍，通知武术队没有回家的队员晚上跟其他寒假留校的同学一起在南校区宾馆会餐，还说，到时候学校领导和系领导会给大家来拜年。大家听了都倍感振奋。有人提议出去打雪仗，几位女生齐声尖叫，男生们也孩子般地大声附和。"古老师也一起去"，又有人高声提议，古老师来不及表态，就被大家强行拉着推着朝银装素裹的运动场跑去。龙杰全无打雪仗的兴致，半路上便借故撤了回来。刚到宿舍楼下，手机就响了。是南校区传达室，值班人员通知他去领一个包裹。他想不起谁会给他寄包裹来，因为他既没邮购东西，也没有要家里给他寄东西。

"这包裹是早上刚到的，因为今天下午就不上班了，所以给你打个电话。要是今天不领，就要到明年才能领啰。"传达室的胖阿姨面带微笑地说。

"谢谢您！谢谢！"龙杰连连道谢。他接过那个小小的包裹，心情立刻变得异常复杂起来，因为他看到包裹上那几行熟悉的字，是出自林子的手笔。

龙杰小心翼翼地打开了包裹。里面有一个黑色的密封的塑料袋，还有一封信。他先拆开了那封信，因为他太想知道她为什么没有来，为什么不给他留言，为什么不给他打电话，为什么……太多太多的为什么，让他拆信封的手有些颤抖。

信很长，密密麻麻写了好几页。

亲爱的师傅：

请允许我第一次，也是最后一次这么称呼你！

在我的心中，你是一个很有才华、诚实、善良、正直、勇敢的男子汉，遇到你，是上帝对我的恩赐。你用你出色的才华和正直善良的行为，一次次征服了我的心。而我一开始之所以没有答应你，甚至有意无意地回避你，并不是因为我不爱你。唉，怎么说呢？我真不愿再让自己去回想那噩梦般的一切啊！

师傅，我多想在认识你之前，那一切都不曾发生！可这只是一个美好的愿望罢了。我好心痛，真的好心痛。信写到这里，不争气的眼泪突然奔涌而出，止也止不住。我只能等一下再接着给你写……

哭完了，不哭了，现在继续给你写信。

有些事情，我本打算这辈子都不跟任何人讲，包括你。并不是我不信任你，而是我只想把这浸透着苦涩与屈辱的过去永远埋葬。但现在，我决定把它讲给你听，讲完了，我就可以轻松地走了。

我刚上大学的时候，很单纯，什么都不懂，没想到这该死的单纯把我害得那么惨。因为单纯，我认识了一个房地产公司的营销总监，他说他想提高自己的音乐艺术修养，请我教他。他看起来文质彬彬，很有风度，很有教养，我万万没想到，他却是一头披着羊皮的狼。他打着爱的幌子，把我骗到手后，不久便销声匿迹，给我的心灵留下一道永难愈合的伤口。我真的好傻啊！我好恨我自己！我深深体会到了活着的悲哀！我想过放弃，放弃我的生命，但我的理性阻止了我自己。我流着泪，默默地独自舔着渗血的伤口，叮嘱自己一定要挺住。每当我实在挺不住了的时候，我就用冰心老人的话鼓励自己："无论发生了什么，生活仍将继续！"这句话，我在我的本子上写过不下一百遍！但我阴霾重重的日子终于重见阳光，还是因为你的出现。永远难忘你报到那天在公共汽车上用你的武功彻底制服企图偷我钱包的小偷的情景，永远难忘你在音乐粥吧为我朗诵的那首叫《相信爱情》的诗歌，永远难忘元旦联欢晚会上我们的默契配合和精彩表演，永远难忘我们一起为王忠侠策划募捐义演的难眠的日日夜夜……所有这一切，带给了我一种巨大的精神力量。师傅，正是你让我感到，沧桑之后，活着，依然是多么美好！

亲爱的师傅，在拒绝你的那些日子里，我的心每天都在经受剧烈的折磨与煎熬。最后，我还是决定听从内心的声音，彻底告别昨天。因为爱你，也因为我相信你不会计较我的过去，所以我才决定，寒假留下来陪你。对于我来说，这是一个多么艰难而又多么幸福的决定啊，在回家的火车上，我一路泪流不止，我想，这就是我们湘西籍著名画家黄永玉先生所说的"蜜泪"吧！

然而，幸福才刚刚开始，魔鬼就出来捣乱。我是一个不相信命运的人，但我不能不接受人生的无奈。我回到家的第二天就开始发烧，持续低烧，开始以为是感冒了，可打了几天针都退不下去，口里也开始生溃疡，打针吃药都不见好。快过年了，爸爸担心小医院治不好我的病，就建议我到市里的医院去看看。起初我执意不去，因为我想尽快赶回学校。在爸爸的再三敦促下，我才启程坐上了去市医院的快巴。医生简单地询问了一下我的情况，表情严肃地说："你先去做个化验吧。"没想到，化验的结果简直令我绝望——我可能得了艾滋病，需要进一步确诊！天啦，我到现在都不相信这是真的！我真不知道上苍为什么要这样一次又一次地惩罚我，我究竟做错了什么？无情的上苍啊，你为什么竟不肯给我留下一条活路！

师傅，人生的路太艰难了，我已经没有继续前行的勇气和力量。我好想紧紧握着你的手，一同走过风雨坎坷，与你一起慢慢变老。可是不能啊，这将成为我永不能实现的梦想！我不想让自己成为家庭和社会的负担，不想成为你的负担！

亲爱的师傅，当你收到这封信的时候，也许我已经去了另外一个世界，但请你千万不要悲伤，因为死亡是每一个人命定的归宿。唯一觉得遗憾的是，在离开这个世界的时候，我却不能尽情地吻你一次。记得张海迪在她的书里写过这么一句话："如果我能站起来吻你，世界该多美啊！"这句话曾把我感动得热泪盈眶。我不是一个残疾人，我可以正常地行走和站立，但这种可怕的病，却无情地剥夺了我吻你的权利。此时此刻，我多想说："如果我能尽情地吻你一次，死亡会变得多么美丽！"

师傅，还记得我跟你说过我很喜欢海吗？今生今世，我好想跟你一起去看海，跟你一起赤着脚在柔软的海滩上嬉笑追逐，跟你一起在大海的涛声中背诵海子的名作：面朝大海，春暖花开……这都不可能了，永远不可能了。寄走这封信后我就会独自上路，去海边。我想，只有大海才能洗净我污浊的生命。如果有来生，你就到海边来找我吧，我一定会把一个完整的纯洁的我给你！

亲爱的师傅，天那么冷，你在那边一定要好好照顾自己。可能过几天就会下雪，到时会更加寒冷。我用三天的时间给你赶织了一件毛衣。这是我第一次织毛衣，而且因为时间关系，织得有点粗糙，有点难看，但这是我的一份心意，一针一线里都深藏着我的爱。当你穿上它的时候，就像我们依偎在一起一样，寒冷就会退避三舍！此时此刻，我脑海里出现的就是我们相亲相爱地紧紧依偎在一起的情景，虽然我清楚地知道这是幻觉，我却感到了最真实的幸福……

亲爱的师傅，信已经写得够长了，再写下去我可能就会犹豫自己的决定了，还是就此打住吧。最后，送一首我学写的诗给你（我想起那次在凤凰沱江上划船时你教我写诗的情景，不争气的泪水再一次模糊了我的眼睛）。

我想珍惜的美好

我想珍惜的美好
像蔚蓝天空中
一片洁白的云儿

飘着飘着就散了

我想珍惜的美好
像绿色河流中
一朵红色的小花
打个旋儿就没了

我想珍惜的美好
像漆黑夜空中
一粒橘色的光亮
风一吹它就灭了

我用文字
砌成一座最好的纪念馆
唉，我想珍惜的美好
注定只能在诗歌里珍藏……

永远爱你的林子

2005 年 1 月 28 日

流着泪读完信，龙杰脚下一滑，重重地跌坐在雪地上。他没有力气爬起来，就那样木然地跌坐在那里，无声地抽泣。

寒风呜呜地吹着，雪白的世界，在剧烈地摇晃。

　　龙杰一遍又一遍地提醒自己，要冷静，一定要冷静，可是再怎么提醒，他就是冷静不下来。情况发生得太突然了，到底该怎么办呢？该如何阻止又一出人生悲剧的上演？龙杰首先想到了尊敬的汪校长。他迫不及待地拨通了汪校长家里的电话。电话无人接听。再拨，还是无人接听。快到除夕了，估计汪校长已经回老家过年了。龙杰没有汪校长的手机号码，只好怅然地放下了手机。

　　少顷，龙杰的脑海里又跳进来一个人，辅导员李莉老师。李老师是大家的知心姐姐，又是自己的老乡，如果能联系上李老师，相信她一定会热心帮忙的。还算幸运，李老师没有回家过年。她在电话中简单了解了一下林子的情况后，便约了龙杰在办公室见面。当龙杰火急火燎地赶到李莉老师办公室的时候，李老师已经在那里等他了。

　　李老师面色凝重地说："坐吧，龙杰。"

　　"……"龙杰木然地在李老师对面的椅子上坐下来。

　　"别急，遇到这事儿，急也没用。"李老师说，"我们抓紧时间去一趟她家吧，我这就联系一下他们的辅导员，看能不能一起去。"

　　"嗯。你不要回家过年吗？"

　　"本来买了明天的车票，我改签吧。"李老师说，"我们晚上就出发，坐火车。"

"就怕她……"

"你是说，怕来不及？"

"嗯，这么多天了，她早就应该知道确诊结果了。"

"应该来得及的。我是学心理学的，我想，她原本是个非常热爱生活的人，不会那么轻易地做出那个决定。我们就是要在她犹豫的时候，赶过去拉她一把。"

"如果确诊结果出来了，她真的得了那种病，那可怎么办呀？"

李老师叹口气说："那也只能接受现实啊。"

"我现在都有点怀疑人生了。你知道前几天北校区跳楼自杀的女孩是谁吗？"

"谁？"

"我以前的女朋友。现在林子又……"

"这就是生活。"李莉老师把头转向窗外，又回过头看着龙杰，"你知道我三年前经历过什么吗？SARS，听说过吧？"

"SARS？就是非典？"

"对。2003年春天，我在北京读研，不幸感染了非典。你知道的，得了那种病，就等于领到了死亡通知书。我都写好了遗书的。没想到，最后竟奇迹般地活过来了，而且顺利完成了学业。只有经历过死亡的人，才知道活着是多么珍贵。"

"简直太可怕了！"

"我一开始也很害怕，恐惧，但极度地害怕和恐惧过后，我慢慢地想通了，接受了，戴着呼吸机躺在ICU的病床上，自己能做的，就是坚强乐观，全力配合医生的治疗。最困难的时候我想，要是自己就那么死了，最对不起的就是父母。当然我想得更多的是，如果我幸运地活下来了，一定要加倍地珍惜，活好属于自己的每一天。"

"大难不死，必有后福。李老师，祝福你！"

"谢谢！大难不死，必有后福，我深信。你说什么是'后福'？我想，自此懂得了珍惜生命，好好活着，就是最大的'后福'吧。"李老师略微停顿了一下，继续说，"我要把我的故事讲给林子听听，告诉她，无论发生了什么，都要好好地活着，世界上真的没有什么比活着更重要的。"

"李老师，你说，人生的意义到底是什么?"

"不瞒你说，我也曾上百次上千次的追问过，人生的意义到底是什么。问过很多长辈、老师和朋友，都没有得到我想要的答案。直到读了美国著名心理学家弗兰克尔的书——《活出生命的意义》，我才真正明白，人生的意义是什么。"

"人生的意义，是什么?"龙杰又忍不住问了一遍。

"我还是用弗兰克尔的原话回答你吧，我都背得滚瓜烂熟了：生命的意义在每个人、每一天、每一刻都是不同的，所以重要的不是生命之意义的普遍性，而是在特定时刻每个人特殊的生命意义……你不应该追问抽象的生命意义。每个人都有自己独特的使命。这个使命是他人无法替代的，并且你的生命也不可能重来一次……由于生命中每一种情况对人来说都是一种挑战，都会提出需要你去解决的问题，所以生命之意义的问题实际上被颠倒了。人不应该问他的生命之意义是什么，而必须承认是生命向他提出了问题。简单地说，生命对每个人都提出了问题，他必须通过对自己生命的理解来回答生命的提问。对待生命，他只能担当起自己的责任。"

"……"龙杰皱着眉头，在脑海里反复琢磨着弗兰克尔的话，一会儿清醒，一会儿又糊涂了。

李老师继续说："所以，根据我现在的理解，人生的意义，就是好好活着，努力完成上帝交给我们的使命。"

"可是，我感到生活真的很残酷。"

"确实有点残酷，但这并不影响我们好好活着。有一位叫罗曼·罗兰的作家说过——世界上只有一种真正的英雄主义，就是认清了生活的真相后还依然热爱它!"

"嗯，我知道该怎么面对眼前的生活了。"龙杰突然感到眼前亮起一盏灯，前路豁然开朗。

晚上，龙杰再一次踏上了那一趟开往湘西的列车。在车上，龙杰跟李老师讲他的初恋，讲她认识林子的经过，过去的一切，就像一部有悲有喜的电视剧。

"缘分啊，真是个神奇的东西。"李莉老师感叹道。

"是的，太神奇了。"

"对了，龙杰，我想问你，如果林子真的得了艾滋，你还会选择跟她在一起吗？"

"……"龙杰真不知该如何回答。这也是他这几天一直在反反复复思考的问题。

列车摇摇晃晃地行进着。不知什么时候，龙杰睡着了。他梦见了大海。没有喧哗，没有狂啸，美丽的大海，用宁静的蔚蓝迎接他的到来。

龙杰默默地站在海边，一望无际的海水，把他的绵绵思绪带到无尽的远方。站了不知多久，他有点累了，就在柔软的沙滩上躺了下来。他闭上双眼，任海风轻拂。朦胧中，他又听到那熟稔的箫声了。循声望去，他的眼前，亭亭玉立着一个美丽得令人战栗的背影。她向着大海，忘情地吹着那支可以替她哭替她传达内心的声音的长箫。

龙杰努力抑制住心中的激动，轻轻地呼唤了一声："小徒弟！"

箫声戛然而止。吹箫的女子，优雅地转身，静立片刻，突然泪流满面。

"亲爱的师傅，你来看我了？你知道吗？我等你等得好苦啊！师傅，我不想死，我要跟你在一起，你带我回家吧！带我回家……"她用力地摇着他的肩膀，用力地摇着。

"好！好！我带你回家！我们都要好好活着，快乐地活着！"

"嗯，好好活着，快乐地活着！"

"小徒弟，我刚才又写了一首诗，要我念给你听吗？"

"嗯，我想听！"

"这首诗的题目是——《生活是一把锯子》：生活是一把锯子/在心上，来回地锯/血迸出来/殷红一片/痛，但不能说/坚持的过程/即生命的意义……"

"师傅，我觉得你这首诗写得好深刻！"她紧紧地抱着他，紧紧地。

他与她合而为一，在海风中幸福地伫立，如同一尊爱的雕塑。

大海的蔚蓝，一直延伸到天边，延伸到岁月的尽头……

自问自答（代后记）

问：胡建文先生，你不是诗人吗，怎么突然又写起长篇小说来了？

答：不能说突然。其实我在中学时代就写过小说，最开始写的是长篇武侠小说，题目叫《梅山武豪》。因为那时候我对武术特别痴迷，我的同桌也是一个武术迷，经常给我讲我们那一带的武侠传奇故事，如楚宝瞎子、刘春山、伍再生等。当然因为高中课业繁重，文学积累不够，长篇没有写完，搁置在那了。

接着就开始写短一点的小说。我高中时严重偏科，数理化成绩差得一塌糊涂。每次上数理化课，我几乎是不听讲的，因为再怎么认真听也不懂。这些课我不是用来补充睡眠，就是看课外书，或者胡思乱想。有一次上物理课，照例是一点也听不懂，感到实在无聊，就突然萌生了写一篇爱情小说的想法。于是，老师在上面讲课，我躲在课桌下面偷偷地写我的小说。两节物理课，竟一口气写了五千多字。写完后，自我感觉良好，便工工整整地誊写好，寄给曾发表过我一篇散文的辽宁少年儿童出版社主办的《文学少年》杂志。真没想到，几个月后，这篇小说居然发表了，标题还在杂志封面隆重推荐。小说的题目叫《走出梦境》，男主人公叫胡鹄，女主人公叫刘丹。这篇小说的发表，在我的母校湖南新化二中引起轰动。一是这篇小说是写师生恋的——刚大学毕业的教数学的女老师刘丹，爱上了班上颇具文学才情的男生胡鹄，因为男主人公也姓胡，很多老师和同学便将我和学校一位年轻漂亮的女老师对号入座了；二是因为这篇小说，我得了175元稿费，差不多相当于当时我们老师一个月的工资。对于正在上中学的我来说，这无疑是一笔巨款呀！

这篇小说发表后，我还收到了来自天南海北的几百封读者来信，有中专生、大学生，当然更多的是中学生。这些都是我的同龄人，他们说我的小说引起了他们深深的共鸣。那些书信，我至今还像宝贝一样珍藏着，成为我一生的财富。

问：真是令人羡慕嫉妒！那你后来怎么不继续写小说呢？

答：后来当然又陆续写过几篇，也都发表了。如写复读生活的《好汉悲欢》，写青春烦恼的《青春期非常事件》等，都在读者中获得了很好的反响。

那时候校园文学非常火暴。在新化二中，我认识了一帮志同道合的朋友，跟我交往最多的是比我高一个年级的刘第红，和我同年级的刘鹏，以及我的学弟陈翊伟。他们都酷爱诗歌。我的老师中也不乏写诗的，如教语文的刘助芳老师、伍实强老师，教地理的罗国芳老师，教化学的易新时老师。一个偶然的机会，我还认识了主编《青少年诗报》的曾冬，从他那里，我知道了风靡中学生诗坛的马萧萧、邱华栋、洪烛、田晓菲等。他们都是神一样的存在。不知是谁对我说，诗歌是文学皇冠上的明珠，作为一个文学爱好者，不会写诗是很遗憾的。刚好遇上席慕蓉热、汪国真热席卷校园，我也自然被带进了诗歌的潮流中。青春是诗意的季节，诗歌的语言和意境，深深地吸引着我，我开始写起诗来，从此一发而不可收。很快的，我的诗歌就写满了一个作文本。我把这个写满诗歌的作文本交给教我们语文的邹昌才老师，邹老师大加赞赏，给每一首诗都写了批注和评语。我写诗的劲头更足了。在《少年之友报》发表我的诗歌处女作《在春夜》之后，我的诗作，又陆续登上了《中学生》《作文通讯》《文学少年》《东方少年》《少年人生》等国家级、省级刊物，成了一位小有名气的"校园诗人"。

考上湖南师范大学后，我认识了其时正在《大学生》杂志主持诗歌栏目的青年诗歌评论家谭五昌先生，在《湖南教育报》担任编辑的诗人吴新宇老师，以及台湾《秋水》诗刊的主编、诗人涂静怡大姐。他们不但从堆积如山的自然来稿中多次选发了我的诗歌，而且给我写来热情洋溢的回信，对我鼓励很大，现在想起，依然倍感温馨。

特别值得一提的是，大学时代，我有幸结识了时任湖南省教委人事处处长、著名散文诗人刘定中先生。他非常平易近人，从他那里，我学到了很多作诗的学问，也收获了很多人生的道理。我的第一部诗集《寻梦的季节》出版，他欣然作序；我大学毕业找工作，他亲自给吉首大学校长打电话，鼎力推荐。对于先生的恩情，至今无以为报，只有感激。

因为他们的出现，我与诗歌建立了更加密切的亲缘关系。你知道的，写诗和写小说，完全是两种不同的表达方式。彻底被诗歌俘虏的我，便渐渐疏远了小说。

问：我觉得你这个人真好玩，移情别恋诗歌之后，又与你的小说藕断丝连。请问长篇小说《好好活着》是什么时候开始动笔的？

答：我觉得我是一个有故事的人，不写小说真是可惜了。事实上，我的脑海里一直有许多生动的故事，它们始终在呼唤我把它们写下来。大概是十五年前吧，我开始动笔写这部小说。写完后觉得不满意，又放了很久，几乎是推倒重来。

问：天啦，一部小说写了十五年，你不觉得累吗？

答：如果觉得累我还写，不是被逼无奈，就是脑子有问题。

艾米丽·狄金森说："我想，世界上再没有像文字这样充满力量的东西了，我有时写下一个字，便会盯着它看，直到它绽放出光芒。"这也正是我内心最真实的感受。

那些觉得写作很苦很累的人，他们压根就不是真正地热爱文学。他们大都怀有强烈的功利目的。当他们的目的不能达到时，便对笔下的文字充满了抱怨乃至仇恨。我奉劝这样的人，离文学越远越好！

问：我非常赞同你的这个观点。对了，你现在对这部小说是不是很满意？

答：现在还是不满意，甚至是很不满意。我以为，写作就是随心所欲的表达。只要我想要表达的都表达了，这就够了。好像沈从文先生也说过类似的话。如果你认为我这个小说写得有点不像小说，那你就别把它当小说来读就可以了。对，它就是我茶余饭后说给大家听的一个故事，你觉得还算好听或者有点意思就行。

问：谭旭东老兄在序言中说，这是一部带有自传性质的小说。我很好奇，那个跟你一样能文能武的龙杰就是你自己吗？小说中的故事都是真实的吗？

答：傻瓜，龙杰怎么可能是我自己呢？要是那样的话，我不成了暴露癖了吗？你应该知道，小说都是虚构的，非虚构就不是小说了。不过我认为，任何文学作品都是创作它的作家的精神自传。不管故事如何虚构，小说中所呈现出的思想情感和精神气质一定是真实的。

问：为什么取这个书名？与你刚刚经历了新冠肺炎疫情有关吗？

答：20 世纪 90 年代，我们上大学的时候，校园里是很少出现非正常死亡的。如果哪个学校有人自杀，那肯定是爆炸性新闻。现在情况却发生了极大的变化，大中小学学生自杀事件时有发生，大家似乎已经见怪不怪了。为什么会这样？值得所有人深思。

2003 年我在北京，亲身经历了"非典"的恐慌。17 年后，我又目睹了新冠肺炎疫情的疯狂肆虐。在巨大的灾难发生时，我最深切的感受是，生存不易，我们都要好好活着。无论发生了什么，都要保持对生活的真诚热爱。小说在修改过程中，曾几度易名，定稿之后，一个题目呼之欲出——《好好活着》。

问：你还想对你的读者说点什么吗？

答：亲爱的读者，谢谢你阅读这本书。不敢说我的小说写得有多好，但我敢肯定，读了这本书，你一定会更加热爱生命，更加珍惜活着的每一天。这已足够令我满足！